Volker Hage

Des Lebens fünfter Akt

Roman

btb

Sollte diese Publikation Links auf Webseiten Dritter enthalten,
so übernehmen wir für deren Inhalte keine Haftung,
da wir uns diese nicht zu eigen machen, sondern lediglich auf
deren Stand zum Zeitpunkt der Erstveröffentlichung verweisen.

MIX
Papier aus verantwortungsvollen Quellen
FSC® C014496
FSC www.fsc.org

Penguin Random House Verlagsgruppe FSC® N001967

1. Auflage
Genehmigte Taschenbuchausgabe Oktober 2021
btb Verlag in der Penguin Random House Verlagsgruppe GmbH,
Neumarkter Straße 28, 81673 München

Umschlaggestaltung: semper smile, München
Covermotiv © Gustav Klimt Fruit Trees XIXth – XXth century /
The Artchives / Alamy Stock Photo
Druck und Einband: GGP Media GmbH, Pößneck
Klü · Herstellung: sc
Printed in Germany
ISBN 978-3-442-77044-1

www.btb-verlag.de
www.facebook.com/btbverlag

ERSTER TEIL

Tod in Venedig
(1928)

Mit jenem Julitag war mein Leben doch zu Ende.
Die andern wissens nicht – und manchmal
ich selber auch nicht.
Arthur Schnitzler (Tagebuch)

1

Der Juli, der sich dem Ende zuneigte, war extrem heiß gewesen. Über Wien hatten sich heftige Gewitter entladen und manche Donnerschläge, von Blitzen eher begleitet als angekündigt, das Haus in der Sternwartestraße regelrecht erzittern lassen. Nichts aber, wie auch, hatte den Schriftsteller auf das vorbereitet, was an diesem Tag über ihn hereinbrechen würde.

Er war am Morgen in guter Stimmung erwacht. Die Hitze hatte endlich nachgelassen, was ihm wohltat. Vor wenigen Wochen war er 66 geworden. Eine schöne, fast elegante Zahl, wie er fand, und er kam sich nicht wirklich alt vor, auch wenn sein Körper ihn bisweilen im Stich ließ, vor allem was das Gehör betraf, sein altes Leiden.

»Therese« schien in jeder Hinsicht ein Erfolg zu werden. Selbst sein Verleger Samuel Fischer äußerte sich nur in den höchsten Tönen über den Roman, fast freundschaftlich gab er sich neuerdings wieder am Telefon. Es wurde nachgedruckt, die Buchhändler waren beglückt, die Kritiker überraschend wohlwollend.

Dabei hatte er sich nie als Romanautor verstanden. Er war der Verfasser von Novellen, so kannte man ihn, und natürlich war er immer noch ein Dramatiker, auch wenn sich die Bühnen schon lange nicht mehr um seine Stücke rissen. Ein Mann, der schreibt, sagte er gern von sich. Kein Dichter. Am liebsten war ihm ohnehin sein Tagebuch. Da war er ganz bei sich, unbehelligt von Urteilen und Kritik. Seit Jahrzehnten hatte er kaum einen Tag ausgelassen. Vielleicht war das Tagebuch überhaupt sein wichtigstes Werk. Es sollte bewahrt und nach seinem Tod vollständig veröffentlicht werden, ohne jede Kürzung. So hatte er es im Testament verfügt. Bisweilen schien es ihm beim Schreiben, als würde er zu Freunden sprechen, die noch gar nicht geboren waren.

Ein Kollege, der in diesem Haus schon Gast gewesen war und wahrhaftig etwas vom Romanschreiben verstand, hatte auf die Übersendung des Widmungsexemplars überaus freundlich reagiert. »Therese« habe er in »inniger Lektüre in sich aufgenommen« und dabei die Konzeption des Romans sehr bewundert, das »Große, Einfache, durchaus Lebensgemäße«, ebenso die »dauernde Stille« und »tiefe Erschütterung durch das Menschliche«. Der gute Thomas Mann: fein formuliert war das und wie stets von ausgesuchter Höflichkeit.

Vor wenigen Tagen hatte ihm nach langer Zeit auch Hofmannsthal wieder einmal geschrieben, voll des Lobes über den Roman. Er, Hugo, war der wahre Dichter. Und ein wahrer Freund, auch wenn sie einander siezten und der andere um so vieles jünger war. Beglückend allein diese eine Formulierung: Dass sich in »Therese« die rhythmische Kraft zum Zauberhaften entfalte. Wie hätte man es schöner sagen können?

Und ein Brief seiner Tochter Lili aus Venedig lag auf dem Pult. »Wie immer in unangenehmen Lebenslagen lese ich Schnitzler«, hatte sie ihm geschrieben. Jetzt habe sie sich »Therese« noch einmal vorgenommen, »die ich beim ersten Mal zu flüchtig gelesen und beurteilt habe«. Dass die Tochter überhaupt die Bücher des eigenen Vaters zur Hand nahm, war ihm nie selbstverständlich gewesen. Und dass sie ihn, als wäre er ein fremder Autor, einfach Schnitzler nannte, amüsierte ihn. Jetzt finde sie den Roman wunderbar, hieß es im Brief, wieder habe sie feststellen müssen, wie wenig Spannung mit Überraschung zu tun habe. Er hatte natürlich gleich gespürt, dass Lili von »Therese«, der »Chronik eines Frauenlebens«, zunächst gar nicht begeistert gewesen war, dem Roman, in dem er auf Überraschungsmomente fast vollkommen verzichtet hatte.

Gedämpft wurde seine Freude freilich dadurch, dass sie ihn gleichzeitig um eine telegrafische Übersendung von immerhin 3000 Lire bat. Dringende Geldsorgen plagten sie wieder einmal: »Du ahnst nicht, wie nervös mich diese Sachen machen.« Um auf Nummer sicher zu gehen, hatte sie ihm vorab sogar ein Telegramm geschickt: »bitte sende telegrafisch für bewusste causa lire dreitausend brief unterwegs dank innigst lili«.

Es gab Streitigkeiten mit dem Vermieter. Natürlich hatte er ihr umgehend das Geld angewiesen und einen väterlich-fürsorglichen Brief nach Venedig hinterhergeschickt. Er hoffte, dass Lili sich wegen der sechs handgeschriebenen Seiten nicht gegrämt hatte. Sowohl seiner Belehrung als auch seiner krakeligen Schrift wegen. Einen früheren Brief von ihm hatte sie einmal mit der Klage beantwortet, sie habe das meiste leider nicht entziffern können. Dabei schrieb sie selbst auch nicht gerade leserlich.

Er schaute vom Balkon hinunter in den Garten mit den Rosensträuchern, in dem vor vielen Jahren seine beiden Kinder gespielt hatten. Damals war die Sternwartestraße 71 noch belebt gewesen. Jetzt lag über allem, wie er es nannte, die Melancholie des leeren Hauses. Dabei war er die meiste Zeit über gar nicht allein. Die Hausdame hatte ihm schon das Frühstück bereitet, und gleich würde seine Sekretärin kommen, der er das sechste Bild seines Stücks »Zug der Schatten« diktieren wollte, an dem er nun schon anderthalb Jahre arbeitete. Sie, Frieda Pollak, zwanzig Jahre jünger als er, gehörte zur Familie, sie war eine gute Freundin und verlässliche Gesprächspartnerin geworden.

Später an diesem Donnerstag, nach dem Diktat, aßen sie, wie üblich, gemeinsam zu Mittag. Ganz selbstverständlich. Aber es war eben alles andere als das. Bei wem sonst hätte er solche Treue und Diskretion, solches Verständnis gefunden?

»Mein liebes Fräulein Frieda«, sagte er. Er nannte sie gern so. Und sie lachte dann. Das wusste er. Liebes Fräulein Frieda! So redete er sie auch an, wenn er einen Zettel mit Wünschen und Aufträgen hinterließ, bevor er auf Reisen ging. »Ich kann Ihnen nicht oft genug sagen, wie wohl mir Ihre Gegenwart tut, wie unentbehrlich Sie mir sind.«

»Ich höre es immer wieder gern«, sagte sie.

»Und das alles ohne Ärger, ohne jeden Streit«, sagte er. »Seit bald zwanzig Jahren. Ich kann mich gut daran erinnern, wie Sie sich hier vorstellten. Ich weiß sogar, wann das war: im September 1909, kurz vor Lilis Geburt. Damals wirkten Sie ein wenig schüchtern auf mich. Dafür voller Elan, das war gleich zu spüren.«

»Sie sind auch schon ein berühmter Schriftsteller gewesen, da darf man doch nervös sein, oder? Und ich habe mich so gefreut, als die Zusage kam. Na, Sie wissen's ja. Und dass Lili schon auf der Welt war, als ich bei Ihnen anfing«, sagte Frieda Pollak. »Die Kleine ist mir gleich ans Herz gewachsen.«

»Und umgekehrt. Die kleine Lili hat Sie Kolap genannt, kaum dass sie die ersten Worte sprechen konnte. Kam gleich nach Mama und Papa.«

»Nicht nur sie hat mich so genannt.«

Da musste er lächeln. Auch in seinen Tagebüchern hieß sie so. Kolap, dabei war es geblieben. Sie wusste ohnehin alles. Es gab keine Geheimnisse vor ihr. Ihr diktierte er ohne Bedenken das Privateste. Sie, die Verlässliche und Vertraute, konnte auch seine Handschrift entziffern, was ihm selbst zunehmend schwerfiel. Und sie wusste darüber Bescheid, wie mit dem Nachlass, allem voran seinen Tagebüchern, zu verfahren sein würde. Sogar als Vermittlerin hatte sie sich versucht, zwischen Olga und ihm, als die Ehe endgültig in die Phase der Agonie getreten war.

Frieda Pollak war damals die Erste gewesen, der er sich anvertraut und mit der er über die zunehmende Unerträglichkeit seiner Ehe gesprochen hatte. Sie gab ihm zu seiner

Erleichterung zu verstehen, dass sie, die ja ohnehin alles aus der Nähe beobachtet hatte, ihn gut verstand und ganz auf seiner Seite war. Glücklicherweise war sie für ihn als Frau stets ohne Reiz gewesen, was die Glaubwürdigkeit ihrer Bemühungen zur Rettung der Ehe erhöht hatte. Auch wenn am Ende alles vergebens war.

Seit sieben Jahren waren Olga und er geschieden. Olgas Ausbruch war in Wirklichkeit keiner gewesen, lange vorbereitet zwar, doch am Ende unbedacht. Sie hatte, das sah sie bald ein, alles verloren: den Platz an seiner Seite und die Nähe zu der damals gerade elf Jahre alten Lili, am Ende wohl auch die Hoffnung, mit einem anderen Mann besser zurechtzukommen oder überhaupt ihren eigenen Weg zu gehen – ob als Sängerin oder Geschäftsfrau. Er wusste, dass sie es bitter bereute, all die Jahre schon. Sie selbst hatte es ihm mehr als einmal gesagt. Sogar gefleht hatte sie, wieder an seinem Leben teilhaben zu dürfen. Und an ihrem 46. Geburtstag, Anfang des Jahres, hatte sie ihm mit Altersangst und ihrem Gefühl der Heimatlosigkeit in den Ohren gelegen. Sie war zwanzig Jahre jünger als er und betrachtete sich doch schon, gegen jede Vernunft, als alternde Frau.

Abgerissen aber war die Verbindung zwischen ihnen nie, auch wenn sie nun in verschiedenen Städten lebten. Vorgestern erst war wieder Post aus Berlin gekommen: einer jener Briefe, wie nur sie sie zu schreiben verstand, ein großartiger Brief, der ihn ganz ergriffen hatte. Niemand konnte an Olga heranreichen, wenn es darum ging, ihn zu packen, anzuspornen, mit kluger Kritik wesentlich zum Gelingen seiner Werke beizutragen. Oder ihn gründlich zu verärgern, was ihr regelmäßig gelang. Und wieder musste er feststellen, wie großartig sie zu formulieren wusste, sobald es nicht für die Öffentlichkeit bestimmt war. Ähnlich wie bei ihrem Gesang: Wunderschön kam ihre Stimme immer dann zur Geltung, wenn sie im kleinen Kreis vortrug, etwa wenn er sie hier im Haus auf dem Klavier begleitet hatte.

»Lili gehört hierher, nach Wien«, sagte die Sekretärin. »Ich weiß doch, wie sie Ihnen fehlt.«

»Und nun ist sie schon seit mehr als einem Jahr verheiratet«, sagte er. »Und so weit weg.«

Seine Tochter, sie war bei der Hochzeit noch keine 18 gewesen. Und ihr Mann, der Italiener: 20 Jahre älter. Ein überzeugter Offizier der faschistischen Miliz. Aber was hätte er tun sollen? Er kannte die Willensstärke seiner Tochter, die ihm in vielem nachkam. Und das nicht unbedingt zu ihrem Vorteil.

Lili lebte mit Arnoldo in Venedig. Sie hatte sich diesen Italiener mit der schwarzen Uniform in ihren hübschen Kopf gesetzt. Da war er machtlos gewesen, zumal dieser Mussolini-Getreue wirklich etwas hermachte und auch Olga auf Anhieb gefallen hatte, die sogar so weit gegangen war, finanzielle Opfer bringen zu wollen. Um ihm Lilis Heirat schmackhaft zu machen, hatte sie behauptet: »Ich bin gern bereit, dem Paar ein Drittel meiner Rente abzutreten.«

»Olga, das ist völlig illusorisch«, hatte er sofort gesagt. »Mein Geld reicht dir doch jetzt schon nicht.«

Sie war darauf nicht weiter eingegangen, sondern hatte ihn nur angeschaut und gesagt: »Mir bricht das Herz, wenn ich daran denke, dass du in deinem großen Haus nun allein leben sollst.« Später war sie nie wieder auf ihr Angebot zurückgekommen, finanzielle Abstriche zu machen.

Und jetzt? Ohne seine regelmäßigen Zahlungen kamen Lili und ihr Mann nicht über die Runden. Und nun auch noch der Ärger mit dem Vermieter, der offenbar auf eine gerichtliche Auseinandersetzung hinauswollte, weil das Ehepaar die Miete zurückbehalten hatte, was nicht sehr klug war, wie ihm schien. Und wieder einmal hatte er helfen und aushelfen müssen.

Drei Haushalte galt es zu finanzieren: den in Venedig, Olgas in Berlin und seinen eigenen in Wien. Bisweilen bangte ihm, dass er das auf Dauer nicht würde durchhalten können. Einnahmen vom Theater gab es kaum noch. Das Honorar für »Therese« war so gut wie aufgebraucht, bevor der Roman überhaupt erschienen war. Und auf das Geld, das ihm in den vergangenen Jahren seine Novellenerfolge eingebracht hatten, besonders »Fräulein Else«, konnte er nicht ewig zählen. Auch das relativ neue und recht einträgliche Geschäft mit Filmrechten erwies sich als schwer kalkulierbare Angelegenheit.

Der Hausdame hatte er zum Herbst gekündigt. Für ihn allein rechtfertigte sich ihre Anstellung nicht, was sie verstand. Sie war selbst nicht mehr die Jüngste, außerdem versorgt mit einer guten Pension.

Und an sie, Frau von Klimbacher, war das Telegramm gerichtet, das an diesem 26. Juli zur Mittagszeit eintraf, während er mit seiner Sekretärin noch zu Tisch saß. Es war am Vorabend von Arnoldo in Venedig aufgegeben worden und lautete: Sie möge dem Doktor mitteilen, dass Lili erkrankt sei, wenn auch nicht schwer, und sich die Anwesenheit des Vaters wünsche.

Wenig später kam ein verzweifelter Anruf aus Berlin. Olga hatte ebenfalls ein Telegramm aus Venedig erhalten und sich zu Dora Michaelis geflüchtet, ihrer gemeinsamen guten Freundin. Von dort aus telefonierte sie. Das Telegramm war erst am Morgen von Lilis bester Freundin Anna Mahler aufgegeben worden, und was Anni schrieb, klang weitaus bedrohlicher: Lili sei schwer erkrankt, die Mutter müsse sofort kommen.

Ohne viele Worte zu verlieren, waren sich die Eltern rasch einig: Gemeinsam würden sie am nächsten Tag nach Venedig fliegen. Es gab seit diesem Jahr eine direkte Verbindung von Wien aus. Das nächste Flugzeug würde morgen um halb zwölf starten. Olga konnte mit einem frühen Flug aus Berlin rechtzeitig in Wien-Aspern eintreffen. Gegen drei Uhr würden sie dann auf dem Lido landen.

Jetzt galt es, die Zeit zu überbrücken. Er packte wie in Trance ein paar Sachen in seine Reisetasche. Die Sekretärin kümmerte sich derweil um die Billetts und Pässe. Darüber musste nicht viel gesprochen werden. Auch mit einem Besucher, der am Abend vorbeischaute, blieb nicht viel zu reden, nicht einmal mit Clara, die ebenfalls gekommen war und ihm zur Seite stehen wollte, nun aber ebenso rat- und hilflos war wie er selber. Seit mehr als fünf Jahren waren die Schriftstellerin Clara Katharina Pollaczek und er ein Paar – natürlich wenig angesichts der 28 Jahre, die vergangen waren, seit Olga in sein Leben getreten war.

Sie ließen ihn bald allein. In seinem Zimmer griff er nach Lilis Porträt, das an seinem Bett stand, und küsste es. Ihr rundes Gesicht, die weit aufgerissenen dunklen Augen, mit denen sie ihn anblickte, als würde sie zu ihm sprechen, die hohe Stirn, ihr prächtiges schwarzes Haar mit dem Mittelscheitel, die geschwungenen dichten Augenbrauen, der feine Mund, wie gemalt, die Oberlippe dicht unter ihrer Nase. Sie hielt das Kinn auf die gefalteten Hände gestützt. Wie eine ägyptische Prinzessin aus fernen Zeiten sah sie aus, das Leben herausfordernd und zugleich fürchtend.

2

Als er am nächsten Vormittag auf dem Flugfeld eintraf, wartete Olga schon. Sie warf sich ihm in die Arme. Er konnte es ihr nicht verwehren, wollte das auch gar nicht. In diesem Augenblick waren sie wieder ein Paar, ein verzweifeltes, vertrautes Elternpaar. Aller Zwist war wie nicht gewesen.

»Das Telegramm von Anni«, sagte sie nur und reichte es ihm. Aber was nützte es, wenn er immer wieder darauf starrte.

Rudolf Stanger von der Österreichischen Luftverkehrs-AG stellte sich ihnen und den anderen Reisenden vor. Der Flugzeugführer geleitete sie zur Junkers, half den acht Fluggästen beim Einstieg: drei Stufen einer hinzugeschobenen kleinen Trittleiter hoch, ein paar Schritte über den Wellblechflügel zur Tür.

Der Schriftsteller nahm in der engen Kabine auf der linken, Olga auf der rechten Seite Platz. Sie waren nur durch den schmalen Gang voneinander getrennt und konnten sich die Hände reichen. Er legte den Gurt an und starrte aus dem Fenster. Der Pilot und sein Mechaniker, beide mit Lederkappe und Schutzbrille, kletterten vorn in die Kanzel mit der kleinen Windschutzscheibe. Zwei Männer am Boden warfen das mittlere Propellerblatt so lange hin und her, bis der erste der drei Motoren ansprang.

Dreieinhalb Stunden Flug lagen vor ihnen. Er war diese Strecke schon zweimal geflogen, jeweils allein und in entgegengesetzter Richtung. Olga schaute gegenüber aus dem Fenster. Zu reden war ohnehin nicht möglich im Dröhnen der Motoren, jeder war allein mit sich und seiner Angst.

Acht Jahre hatte Lili mit ihm unter einem Dach gelebt, nach der Trennung. Er war Olga gegenüber rigoros und unerbittlich gewesen, das wusste er. Er hatte darauf bestanden, dass die Tochter bei ihm blieb. Er hatte ihre Mutter schließlich nicht fortgeschickt. Sie sollte sich nur entscheiden zwischen ihm und dem jungen Geliebten, ihrem Gesangslehrer, das war seine Forderung gewesen. Sie war gegangen. »Lieber Mansarde und Butterbrot«, hatte sie noch gesagt. Und so konnte er die zermürbende Ehe aufkündigen, ohne der Schuldige zu sein. Er hatte die Chance ergriffen und wenige Jahre später erfolgreich auf Scheidung gedrängt.

Aber nun, wo sie gemeinsam einem ungewissen Schicksal entgegenflogen, hatte er auch wieder ihre verzagte und verzweifelte Stimme von damals im Ohr, als alles zerbrach: »Ich will lieber mutterseelenallein sein als in dieser von allen Furien gepeitschten Gemeinschaft.« Es war wohl richtig: er hatte sich ebenfalls verbittert aufgeführt.

Sie gehe auch »um seinetwegen«, hieß es in einem Brief, um »diesem unseligen Trieb der Zerstörung in Dir ein Ende zu setzen und Dich in eine Deiner würdigeren Ruhe und Gesammeltheit zu versetzen«.

Was sie angesichts der Trennung über Lili formuliert hatte, war so überzeugend, dass er schwankend geworden war und für einen Moment am liebsten alles rückgängig gemacht hätte: »Mit dem Kind, das so viel ahnungsvoller und zärtlichkeitsbedürftiger ist, wird es schon schwerer gehen, und es ist meine schrecklichste Angst, sie in eine Traurigkeit zu versetzen, die ihre Seele mit einem zu frühen Frosthauch verletzen könnte.« Er aber war sicher gewesen, dass seine Tochter bei ihm gut aufgehoben sein würde.

So überflogen sie die Alpen. Er schaute zu Olga hinüber. Sie blickte aus dem Fenster und nahm ihn nicht wahr.

Auf seinem ersten Flug von Venedig nach Wien, seiner allerersten Luftreise überhaupt – wie faszinierend fand er das damals, vor mehr als zehn Monaten: aus dieser Höhe auf die menschenleer wirkende Welt hinabzusehen, nach Turbulenzen über dem Gebirge mit dem Aeroplan auf dreieinhalbtausend Meter zu steigen und die strahlend weiße Wolkendecke unter sich zu bewundern. Wie eine Fahrt auf flockigem Meer, so war sein Gedanke gewesen, und er hatte sich dabei ganz in Sicherheit gefühlt, berauscht und beglückt geradezu. Eine Mitreisende hatte derweil unbeirrt seine Novelle »Spiel im Morgengrauen« gelesen, ohne ein einziges Mal aufzublicken, ohne den Autor zu erkennen. Ihm war die Lesebeflissenheit reichlich kurios vorgekommen – als gäbe es vor dem Fenster nicht

Interessanteres zu sehen. Aber es hatte ihn auch gefreut, dass die Frau so gefesselt war.

Damals, im September 1927, hatte er das junge Ehepaar in Venedig besucht. Zu dritt hatten sie Lilis 18. Geburtstag im Café Florian gefeiert. Eine Reise ganz allein, weder in Begleitung von Olga noch von Clara, auch deswegen ganz unbeschwert. Es waren allerdings wieder Geldsorgen von Tochter und Schwiegersohn zur Sprache gekommen.

Aber was bedeutete das angesichts dieser lähmenden Sorge jetzt, angesichts der unausdenkbaren Möglichkeit, zu spät zu kommen. Er sah sie vor sich, seine Lili: als Fünfjährige, wie sie ihn bittet, ihr etwas zu schenken, und als er sagt, sie dürfe nicht immerzu Geschenke fordern, zurückfragt: »Wozu bist du denn da?«; die Zehnjährige, die alles erfahren will über den Dreißigjährigen Krieg und die Psychoanalyse; die Vierzehnjährige, die ihm verkündet: »Kein Ärger ist so groß, dass er nicht von dem Vergnügen aufgewogen würde, überhaupt auf der Welt zu sein.« Dieses lebensfrohe Mädchen, das so überraschende Fragen stellen konnte: »Wann hat der erste Mensch gemerkt, dass er kein Affe mehr ist?«

Einmal – die Familie lebte da noch gemeinsam in der Sternwartestraße – hatte die Tochter ihrer Mutter ganz ernsthaft erklärt, dass Eltern sich nicht scheiden lassen dürften: »Was sollen die Kinder tun, die ja beide liebhaben?« Ein Vater, der sich scheiden lasse, solle sich einen Galgen kaufen und sich aufhängen.

Hätte er sie besser beschützen müssen? Lili schien so glücklich mit Arnoldo zu sein, in den sie vom ersten Moment an völlig vernarrt gewesen war und den auch er, ganz gegen seine Natur, bei dessen Antrittsbesuch in Wien sofort ins Herz geschlossen hatte. Und nach der Hochzeit in Wien hatte sie ihrem Vater zugeflüstert: »Dank.« Und Arnoldo hatte ihm gesagt: »Sei nicht traurig. Sie ist in guten Händen.«

Und nun mussten die Eltern anreisen.

Das Dröhnen der Motoren hatte nachgelassen, die Junkers ging in den Sinkflug über. Die Alpen lagen lange hinter ihnen. Olga schaute immer noch aus dem Fenster.

Als er das zweite Mal, kein Vierteljahr war es her, vom Lido aus zurück nach Wien gestartet war, hatten Lili, Arnoldo und er eine gemeinsame Schiffsreise hinter sich, eine zweiwöchige Kreuzfahrt, seine Einladung: von Triest aus Richtung Athen und Konstantinopel. Die Akropolis im Sonnenglanz, der Kanal von Korinth, die Dardanellen, Rhodos, Argus. Lili, das hatte nicht nur er so gesehen, war die schönste Frau an Bord gewesen, anmutig und andachtsvoll im Tanz mit ihrem stolzen Arnoldo, beide ganz in Schwarz gekleidet. Und dass ihnen vom Kapitän der »Stella d'Italia« noch im Hafen von Triest zwei komfortablere Kabinen zugewiesen worden waren, für den Scrittore sogar eine mit Badewanne, die dann allerdings trotz Reparatur nicht funktionierte, das hatten sie nicht nur seinem Ruhm als Schriftsteller, sondern zweifellos auch Lilis dunklen Augen und ihrem keck aufgesetzten Hut zu verdanken. Natürlich waren sie aufgefordert worden, beim Diner am Kapitänstisch Platz zu nehmen, sieben Gänge: er zur Linken des Gastgebers, Lili zur Rechten, daneben Arnoldo. Sie hatten sich wohlgefühlt an Bord und miteinander.

Er sah aufs Wasser hinunter. Sie flogen eine Schleife über Venedig, unverkennbar der Canal Grande dort unten, dann erblickte er den Flugplatz San Nicolò di Lido, sah die Grasnarbe, auf der sie gleich landen würden.

Nach der Schiffsreise war er von beiden gefragt worden, ob er nicht zu ihnen nach Venedig ziehen wolle. Oder sollten sie, Lili und Arnoldo, vielleicht zu ihm nach Wien übersiedeln? Hätte er doch damals besser zugehört. Vor dem Rückflug hatte er Lili zuletzt in die Augen geschaut.

Die beiden Räder berührten den Boden, hüpften hoch, setzten hart wieder auf. Der Ruck ging mitten durch sein Herz. Der Flug war ein Aufschub gewesen. Nun holperten sie quälend langsam auf das kleine Gebäude zu, vor dem er Arnoldo stehen sah. Benommen registrierte er, wie die Motoren erstarben. Plötzlich diese Stille. Er blickte Olga an und sie ihn. Hintereinander verließen sie in gebückter Haltung die Kabine. Sie nahmen sich bei der Hand und gingen gemeinsam auf den Wartenden zu.

Arnoldo musste nichts sagen. Er sagte auch nichts. Stumm umarmten sie einander. Dann aber, auf der Fahrt mit dem Motorboot zur Riva degli Schiavoni, redete er umso mehr, italienisch, französisch, deutsch, alles wild durcheinander. Der Vater verstand nur: Lili, die Tochter, die er geliebt hatte wie keinen anderen Menschen, sie lebte nicht mehr. Es gab keine Worte dafür. Er überließ sich dem Schmerz, während er Arnoldo reden hörte. Die Sonne spiegelte sich im Wasser. Ihn umgab eisige Finsternis.

Noch am Abend war sie im Krankenhaus gestorben, zu jener Stunde, da er in Wien ihr Foto in Händen gehalten hatte. Eine Schussverletzung, die sie sich im Badezimmer selbst zugefügt hatte, so verstand er den Schwiegersohn. Dann war im Krankenhaus nach geglückter Operation eine Sepsis hinzugekommen. Die Pistole war von Arnoldo während des Krieges einem sterbenden Österreicher entrissen und von ihm aufbewahrt worden. Es steckte eine verrostete Kugel im Lauf. Ob Lili das gewusst hatte oder nicht, was spielte es für eine Rolle.

Der verdammte Krieg. Damals, in jenen August-Tagen, als eine Kriegserklärung die andere jagte, von vielen seiner Kollegen begeistert begrüßt, hatte er gleich bei Kriegsausbruch in sein Tagebuch geschrieben: »Der Weltkrieg. Der Weltruin.« Er war nichts als entsetzt gewesen. Er wusste, wie verletzte, zerfetzte Menschen aussehen. Und es war nicht vorbei. Er hatte es kommen sehen. Es würde nie aufhören. Jetzt war Lili das Opfer.

Später saß er mit Arnoldo im Garten des Hotels Bristol-Britannia am Canal Grande. Olga war auf dem Weg ins Krankenhaus, sie wollte ihre Tochter noch einmal sehen. Er konnte das nicht: Lili als Tote zu betrachten. Wie hätte er den Anblick ertragen sollen? Er ließ sich alles wieder und wieder erzählen. Hilflos schauten sie auf die Gondeln und Vaporetti, die ungerührt vorbeizogen, die einen träge und traumverloren, scheinbar ziellos, die anderen zügig die Wasserstraße querend, auf dem Weg zum nächsten Anleger.

Arnoldo berichtete wie aufgezogen. Und jedes Mal kam ein neues Detail hinzu. Es habe Streit gegeben am Mittwochabend, nicht gravierend, wie es eben vorkomme unter Eheleuten. Sie wollten eigentlich spazieren gehen, beide waren sie schon angekleidet, als Lili plötzlich ins Badezimmer rannte. Dann sei der Schuss gefallen. Die Kugel knapp am Herz vorbei, und, wie gesagt, die Verwundung schien nicht besonders schwer zu sein.

Im Krankenhaus war sie gleich am nächsten Morgen operiert und die Kugel entfernt worden. Als sie aus der Narkose erwachte, seien alle froh und optimistisch gewesen. »Ich will nicht sterben«, habe Lili gerufen. Am Nachmittag dann die Krise, der Kollaps. Das Fieber stieg und stieg. Sie war nicht mehr zu retten. Noch vor elf Uhr in der Nacht starb sie. Als die Eltern in Venedig landeten, war sie schon seit Stunden tot.

Am Abend saßen sie alle drei auf der Terrasse eines Restaurants in der Nähe des Hotels, Arnoldo, Olga und er. Ihr Hunger war groß, wie zum Hohn. Olga berichtete, was man ihr im Krankenhaus bestätigt hatte: ja, eine Blutvergiftung, niemand habe mit ihrem Tod gerechnet. Eine Tragödie.

Dann die Nacht. Er hatte in seinem Leben schon manche schlaflos zugebracht. Aber keine wie diese. Kaum lag er im Bett, sprang er wieder auf. Folter in der Finsternis. Sein Geist rebellierte, die Muskeln zitterten fluchtbereit. In ihm ein einziger fiebriger Aufruhr. Wohin? Er dachte an Olga. Wie mochte es ihr jetzt gehen? Er war schon auf dem Weg zur Tür, kehrte dann wieder um, legte sich auf sein Bett, wartete auf eine Art von Betäubung. Er dämmerte kurz ein, schreckte wieder hoch. Vielleicht waren Minuten vergangen, vielleicht nur ein paar Sekunden. Er konnte das Unabänderliche unmöglich respektieren, nicht akzeptieren, dass es unabänderlich war. Es darf nicht sein, sagte eine Stimme in ihm, das kann nicht geschehen sein.

So gingen Stunden dahin. Er verließ das Bett, ging wieder im Zimmer auf und ab, sah auf das dunkle Wasser vor dem Fenster. Er wollte nicht einschlafen. Er fürchtete den Schlaf des Erwachens wegen. Aber wenn er das Licht neben dem Bett aufdrehte, stand ihm alles nur unerbittlicher vor Augen. Der einsame Weg hinab: Von diesem Tag an, nach dieser Nacht würde sein Leben nur noch eines sein, das es abzuleben galt.

Arnoldo war zu ihnen ins Hotel gezogen, er hatte nicht allein in die Wohnung zurückkehren wollen. So saßen sie am nächsten Morgen auf der Terrasse am Canal Grande zu dritt beim Frühstück. Später an diesem Samstag ging er mit seinem Schwiegersohn zur nahe gelegenen Bank, um Geldangelegenheiten zu regeln. Nachmittags zog er sich auf sein Zimmer zurück und mühte sich damit ab, einige Briefe zu schreiben, an Dora nach Berlin, an seinen Bruder, seine Sekretärin nach Wien. Es war unerträglich heiß.

Einen Brief an Clara hatte er schon früh am Morgen in Angriff genommen. Es fiel ihm schwer. Aber bei aller Bedrängnis durfte er sie jetzt nicht vergessen, die Getreue an seiner Seite. Er hatte sie zurückgelassen, weil andere ihm näher waren. Es ging nicht anders. Was er aber tun konnte, war, ihr zu berichten, um sie nicht völlig auszuschließen. Mehr der Pflicht gehorchend als einem wahren Bedürfnis.

»Jeder Satz, den ich beginnen will, zerbricht an seiner Unzulänglichkeit«, hatte er geschrieben. »Das Wort Schmerz ist lächerlich geworden, denn nun weiß ich, dass ich das erste Mal erlebe, was Gott damit gemeint hat.« Im

Brief, den er vor dem Frühstück dem Concierge übergeben hatte, hieß es weiter: »Fort ist sie – mit ihren 18 Jahren, aus der Welt – dieses himmlische einzige Wesen – nie kommt sie wieder – und aus den Tiefen der Verzweiflung gibt es kein hinauf.«

Dann tauchte er wieder ein in den Kreis der vertrauten Menschen, die hier um ihn waren, nun auch Anni mit ihrer Mutter Alma. Dass sie, die Witwe Gustav Mahlers, dem Witwer Arnoldo misstraute, war recht deutlich spürbar. Aber was ließ sich mit Bestimmtheit wissen? Wer konnte sagen, wie es zu all dem gekommen war?

Er sah sie beide wieder vor sich, damals auf der gemeinsamen Schiffsreise. Das stolze Ehepaar Cappellini auf einer patriotischen Feier an Bord: Arnoldo in Stiefeln und Schwarzhemd, Lili wie eine Herzogin an seiner Seite, ebenfalls ganz in Schwarz gekleidet. Dann das Gerücht, der Schwiegersohn sei damit beauftragt, einen anderen Reisenden, einen Sozialisten, zu observieren. Und beim Landgang in Dalmatien die unangenehme Situation, wie ein jugoslawischer Polizist Arnoldo bitten musste, das Abzeichen der Faschisten abzulegen, was der auch ohne Murren tat.

Olga war am Morgen in der Wohnung der Cappellinis gewesen. Alles unfassbar, drückte ihre verzweifelte Miene aus. Sie hatte Lilis Tagebücher mitgebracht und offenbar darin gelesen. Stand den Eltern dieses Recht zu? Aber es waren Worte der Tochter. Auch er würde die Aufzeichnungen Lilis lesen, nur nicht jetzt.

Später stiegen sie gemeinsam vor dem Hotel in eine Gondel, um Heinrich am Bahnhof abzuholen, Lilis sieben

Jahre älteren Bruder, der in Berlin lebte, jetzt aber mit dem Zug aus Sulden kam. Das war im Moment der einzige Lichtblick: dass es ihn gab, diesen großen Jungen, so vielseitig begabt, ihn, den Schauspieler und Musiker, der des Vaters Liebe zur Tochter immer verstanden und niemals Eifersucht gezeigt hatte, der Sohn, mit dem er am Flügel sitzen und vierhändig spielen konnte. Als er Heinrich fest und lange in die Arme schloss, fühlte er sich zum ersten Mal wieder ein wenig aufgehoben.

Am folgenden Tag, dem letzten Sonntag des Schreckensmonats, saßen sie allesamt erneut in einer der tiefschwarzen Gondeln, die sie zunächst zum Krankenhaus brachte, Olga, Arnoldo, Heini und ihn. Dort fand die Übergabe der Toten statt. Schweigsam verlief die anschließende Fahrt über das Wasser zum Lido, zum jüdischen Friedhof. Anni und zwei Freunde Arnoldos warteten dort schon in der drückenden Hitze auf sie. Das Ritual der Bestattung nahm er kaum wahr. Olga und er klammerten sich an Heinrich, umarmten Arnoldo.

Und so, in gemeinsamer Verzweiflung, saßen sie Stunden später wieder alle in der Hotelhalle zusammen, als ein Page kam: »Ein Anruf aus Wien für Sie, Herr Doktor.«

Heinrich erhob sich sogleich und bedeutete seinem Vater mit einer Handbewegung, dass er sich kümmern werde. Schon kurze Zeit später kam er erbost zurück.

»Unglaublich«, rief er. »Ein Zeitungsmensch wollte wissen, wie die Bestattung verlaufen sei. Und was du dabei empfunden hast. Ich war so wütend, dass er schnell wieder aufgelegt hat. Ich habe mir seinen Namen gemerkt, ich werde einen Brief schreiben.«

Auch in der Sternwartestraße hatten sie schon angerufen. Vorerst war nur von einem Unglück die Rede. Die »Arbeiter-Zeitung« spekulierte über einen tödlichen Reitunfall Lilis auf dem Lido. Woanders war davon die Rede, seine Tochter sei erschossen in der Badewanne aufgefunden worden. Seit dem Tod Tolstois in einem entlegenen Bahnhofsgebäude, vor dem sich Wochenschau-Kameras aus aller Welt postiert hatten, gab es keinen Respekt mehr, kein Halten. Selbst die stillsten Momente wurden durchbrochen vom Lärm der Reporter.

Was würde ihn zu Hause erwarten? Als Arnoldo ihm am nächsten Morgen nahelegte, Olga doch wieder zu sich zu nehmen, da ahnte er, dass es für ihn in Wien auch in dieser Beziehung nicht einfach werden würde. Sie rechne fest damit, setzte der Schwiegersohn nach, und etwas anderes sei doch eigentlich gar nicht denkbar.

Später fing auch Heinrich damit an: »Ich sage dir das nur, weil Mutter mich darum gebeten hat. Vielleicht hast du selbst schon daran gedacht. Jetzt, wo ihr Lili verloren habt.«

»Natürlich habe ich das. Aber es würde nicht gutgehen, Heini, das weißt du besser als jeder andere. Und was soll aus Clara werden? Denkt denn niemand an sie?« Er ergriff Heinrichs Hand. »Natürlich erscheint das im Moment konsequent. Ich habe mich stets für Olga verantwortlich gefühlt. Das hat nie aufgehört. Wie oft haben wir uns in den Jahren seit der Trennung wieder angenähert – und uns immer neu zerstritten. Ich habe an ihrer Seite nicht mehr arbeiten können. Mein Herz tat weh. Und ich meine das sehr konkret, als Arzt.«

Heinrich nickte nur. Ja, er verstand das. Er hatte es immer verstanden. Schon als junger Mann. Zum Glück war er kein Kind mehr gewesen, als die Trennung der Eltern unvermeidlich geworden war.

»Du wirst zu kämpfen haben«, sagte der Sohn. »Ich werde vermitteln, so gut ich kann. Wir bleiben ja zunächst alle zusammen. Ich habe die Luftkarten für uns vier besorgt. Es waren die letzten Plätze im Aeroplan.«

Am nächsten Tag führte Arnoldo sie zur Wohnung. Heinrich fotografierte. Der Vater stand am Bett der Tochter, sah sich um, betrachtete die kleinen Dinge, die herumlagen, ihre Handschuhe auf dem Tisch. Es war schwer zu ertragen.

Von seinem Schwiegersohn wurde ihm ein Blatt mit dem Telegrammentwurf gereicht, den Arnoldo noch am Abend der Einlieferung gemeinsam mit Lili im Krankenhaus formuliert hatte, direkt an den Vater gerichtet, sonst nahezu identisch mit dem Wortlaut der telegrafischen Mitteilung, die dann abgeschickt worden war. Bis auf den einen Satz, der hier ganz am Schluss stand, es gehe ihr hervorragend: »Lili che sta benissimo.«

Und eine kleine Notiz bekam er zu lesen, die Lili offenbar am Nachmittag des Unglückstags für Arnoldo hinterlassen hatte: Sie treffe sich jetzt mit einer Freundin, bei der er sie vielleicht später abholen könne. Rührend ihre Kosewörter: Schöner, lieber, geschätzter und sympathischer Hasi … War es vielleicht auch ein wenig ironisch gemeint? Aber es klang einfach so schön, wie es da auf Italienisch geschrieben stand: »Hasi bello, caro, stimato e simpatico …«

Es sei gestern erdrückend heiß gewesen, sagte ihm Rita, das Hausmädchen, das von Lili als Freundin betrachtet worden war, über 35 Grad im Schatten. Lili sei sehr unruhig gewesen. Aber sie habe sich nicht töten wollen, auf keinen Fall. Ob seine Tochter noch etwas gesagt habe, bevor sie ins Krankenhaus gebracht worden sei, fragte er. Nur ein paar Worte, sagte Rita. Es sei ein »momento di nervosismo« gewesen. Das habe ihr Lili zugerufen.

Ein Augenblick der Nervosität, der Reizbarkeit – was genau sollte das heißen? Es half ihm nicht weiter. Er verließ die Wohnung, die er nie wieder betreten würde. Die anderen folgten.

3

Es war dieselbe Junkers G 24, mit der sie hergeflogen waren, die gleiche Abflugzeit, 11 Uhr 30, derselbe Flugzeugführer, Rudolf Stanger. Es ging einfach alles weiter, der Flugplan wurde eingehalten, die drei Motoren dröhnten im Steigflug. Die Erde entfernte sich unter ihnen, bis sie zu einer menschenlosen Landschaft wurde.

Sein Blick verlor sich ins Weite. Die Motoren hatten bald zu einem eintönigen, einschläfernden Gleichmaß gefunden. So könnte es ewig fortgehen, dachte er, es müsste nie mehr ein Ankommen geben. Fragen kreisten in seinem Kopf, auf die er keine Antwort fand. Lag eine familiäre Disposition vor? Wie konnte es in einer einzigen Familie zu einer solchen Kette von Todesschüssen kommen? Ein Bruder seiner Mutter, Julius, hatte sich schon mit siebzehn umgebracht, ein Cousin von ihr war in der Kaserne von einem Kameraden versehentlich erschossen und schließlich eine ihrer Cousinen tödlich getroffen worden, als deren Vater eine gefundene Pistole in den Ofen warf und sich dabei ein Schuss löste.

Und nun Lili. Vielleicht hätte er als Arzt wachsamer sein müssen. Symptome einer leichten Hebephrenie hatte er durchaus an ihr wahrgenommen, Anzeichen schizophrener Schübe, wie sie in der Pubertät vorkommen können, meist vorübergehend. Extravaganzen hatte sie sich schon als Kind erlaubt, aber immer eine kluge Erklärung und Entschuldigung zur Hand gehabt. Vielleicht hatte er sich täuschen lassen, nicht genau genug hingesehen, sich vorschnell beruhigen wollen. War er als Vater nicht wachsam genug gewesen? »Ich weiß, dass mich niemals ein Mensch so lieben wird wie der Vater«, hatte sie einmal Kolap anvertraut.

Hätte er vielleicht sogar Lilis schriftstellerische Ambitionen ernster nehmen müssen? Ihm war ihr Schreiben immer wie eine rührende spätkindliche Spielerei vorgekommen, als Nachahmung dessen, was der Vater vormachte. Sie hatte Kolap eigene kleine Geschichten und Theaterszenen diktiert. Hätte es ihr geholfen, wenn er sie mehr unterstützt und angespornt hätte? Hatte sie gespürt, vielleicht unbewusst, dass er sie vor dem Scheitern beschützen wollte, überhaupt vor der ganzen Mühsal, der Kritik, den Versagensängsten? Vielleicht wäre es ein Weg für sie gewesen.

Nun war das Pathologische ihres Wesens durchgebrochen, ein Schub im falschen Moment, eine Tat des Augenblicks, Minuten später vielleicht schon überwunden. Aber womöglich zu späterer Zeit wieder aufgetaucht. War das ein Trost? Das Grübeln darüber, ob es Rettung hätte geben können, ließ ihn noch tiefer in sich versinken.

Wieso nur hatte er selbst, mit Anfang dreißig, eine junge Frau auf der Bühne in den freiwilligen Tod geschickt und ihren verzweifelten Vater vergebens nach ihr rufen lassen? Dessen Worte geisterten nun unaufhörlich in seinem Kopf herum: »Sie kommt nicht wieder – sie kommt nicht wieder!« Mit ihnen hatte er »Liebelei« enden lassen, jenes Stück über ein verletztes Herz und einen leichtfertigen Liebhaber, das auch Selbstanklage war – und sein Durchbruch als Dramatiker, nach der Uraufführung am Burgtheater, damals, im anderen Jahrhundert.

Und dann »Fräulein Else«, sein bisher größter Erfolg als Erzähler. Als die Novelle erstmals im Druck erschien, vor knapp drei Jahren in Fischers »Neuer Rundschau«, war Lili gerade 15 geworden und hatte diese fixe Idee vom Magerwerden entwickelt. Wie mochte die Geschichte auf sie gewirkt haben? Ein Mädchen, 19 Jahre alt, stellt sich, um den geliebten Vater vor dem Bankrott zu retten, einem finanzstarken lüsternen Geschäftsfreund nackt zur Schau und bricht zusammen. Sie schluckt danach Veronal, allerdings keine unbedingt tödliche Dosis, darauf hatte er Wert gelegt. Auch wenn es meistens so gedeutet wurde. Er hatte die Novelle mit Elses Dämmerschlaf enden lassen, das musste genügen. Und er hatte sie in einem inneren Monolog sagen lassen: »Aber was in mir vorgeht und was in mir wühlt und Angst hat, habt ihr euch darum je gekümmert?« Natürlich hatte er dabei auch an Lili gedacht, und sie, sein kluges Kind, dürfte es so verstanden haben.

Kurz nach drei landeten sie wieder in Wien-Aspern. Als sie ausstiegen, wurde er von einem amerikanischen Mitreisenden erkannt, der ganz offenbar nichts von Lilis Tod wusste. Beileidsfloskeln wären ihm jetzt unerträglich gewesen. Er ließ sich gemeinsam mit Arnoldo und Heinrich in die Sternwartestraße fahren. Olga setzten sie unterwegs vor der Pension Peter ab, wo sie meist unterkam, wenn sie sich in Wien aufhielt. Von der Peter-Jordan-Straße bis zu seinem Haus waren es nur wenige Minuten zu Fuß entlang des Türkenschanzparks. Er wollte auch jetzt nicht, dass Olga bei ihm übernachtete. Sie akzeptierte es noch widerstrebender als sonst.

Nein, kein Ankommen. Sein Haus war ihm fremd. Da stapelten sich Telegramme und Kondolenzbriefe, er warf nur einen kurzen Blick darauf; da lag die »Wiener Sonn- und Montagszeitung« mit der Überschrift gleich auf der ersten Seite: »Der Selbstmord der Lilly Schnitzler«, nicht einmal ihren Namen konnten sie richtig buchstabieren; und es standen Blumen neben Lilis Foto auf dem Kamin. Sie waren dort von Clara arrangiert worden, so berichtete es Kolap. Die Sekretärin umarmte ihn unbeholfen zur Begrüßung. Und pries ihm Claras Anhänglichkeit.

Als Olga kurz darauf das Haus betrat, hielt sie einen Brief in der Hand, von der Tochter noch am Vormittag des Todestags in Venedig aufgegeben und nun von Berlin aus hierher nachgesandt, einen Brief, den Lili offenbar in bester Stimmung verfasst hatte. Mit »Liebling« redete sie die Mutter an und berichtete munter von einer Einladung zu Ehren von Marine-Offizieren. Ein liebenswürdiger General habe Arnoldo und sie im Motorboot zurückfahren wollen, aber zwischen Lido und St. Helena sei an Bord ein Feuer ausgebrochen: »Es war das einzige Amusement des Abends.« Was sie allerdings Olga außerdem schrieb, klang ernst und verzweifelt: »Ich habe oft solche Sehnsucht nach dir, das kannst du dir gar nicht vorstellen.« Spätestens im Oktober wolle sie unbedingt nach Wien kommen.

So gab es auch in Wien nur das eine Thema, für ihn, für sie alle: beim Mittagessen, später im Garten mit Olga und Arnoldo, am Abend mit Heinrich allein. Und in seinem Kopf schrie es unentwegt: Lili, Lili, Lili!

Es waren dann die Blumen auf dem Kamin, über die sich Olga empörte. Als sie erfuhr, wer sie dorthin gestellt hatte, tobte sie: »Was hat diese Frau mit Lili zu tun?« Ihm gegenüber war Olga gleichzeitig von ungewohnter Zärtlichkeit, und nur zu gern hätte er sich dem Gefühl von Vertrautheit und Geborgenheit hingegeben, wäre ihm nicht stets bewusst gewesen, aus langer schmerzlicher Erfahrung, wie unvermittelt Olgas Stimmung wechseln konnte, ohne dass man recht wusste, warum.

Von seiner Sekretärin erfuhr er später, dass sie hinter seinem Rücken weiter über Clara gezetert hatte. Warum ihr »diese Frau Pollaczek« eigentlich nicht kondoliert habe? Das Haus sei jetzt ihr Platz! Und niemand werde sie von hier wieder wegbringen. »Sie war außer sich«, berichtete ihm Kolap, »als ich ihr sagte, dass es ein weiteres Unglück geben könnte, wenn sie Clara verdrängen wolle.«

Clara Pollaczek, gut ein Dutzend Jahre jünger als er, war nun schon so lange an seiner Seite, auch wenn sie nicht unter einem Dach wohnten, dass die Ansprüche und Ausbrüche Olgas grotesk, wenn auch nicht neu waren, in dieser Form verständlich und verzeihlich nur wegen des gemeinsam erlittenen und zu tragenden Verlusts.

An diesem ersten Augusttag des Jahres 1928 nahm er sich endlich sein Tagebuch wieder vor. Seit der Abreise aus Wien hatte er nichts mehr notiert: die erste längere Unterbrechung der täglichen Notizen nach Jahrzehnten. Einst war es der jähe Tod seiner großen Liebe Marie Reinhard gewesen, der ihn für Wochen lähmte, Marie, die ebenfalls an einer Blutvergiftung gestorben war, nur wenige Tage nach ihrem 28. Geburtstag. Wenige Jahre danach hatte die bedrohlich an Scharlach erkrankte Olga, seine junge Ehefrau, ihn aus lauter Sorge das tägliche Notieren mehr als einen Monat lang scheuen lassen; Heinrich war damals schon auf der Welt gewesen, Lili noch nicht.

Er beugte sich über sein Stehpult. Alles, was sich in Venedig ereignet hatte, war nun nachzutragen. Er rekonstruierte sorgsam Tag um Tag. Selbst die Begegnung auf dem Rückflug ließ er nicht aus, mit jenem Amerikaner, der gefragt hatte, ob er tatsächlich der berühmte Schriftsteller sei.

Er musste es festhalten, um sich selbst Halt zu geben, bevor er, am Tag danach, beklommen zu Lilis Tagebüchern griff. Er wollte sich ihren Aufzeichnungen – sie umfassten knapp ein Jahrzehnt – andächtig und konzentriert widmen. Er hatte die Lektüre vor sich hergeschoben. Später wollte er alles Kolap diktieren, die eine dreifache Abschrift anfertigen sollte: je eine für Olga, für Heinrich und für ihn selbst.

»Bin 10 Jahre alt.« Am 10. November 1919 hatte Lili ihr Tagebuch begonnen, eine Seite mit Bleistift in ordentlicher Schulmädchenschrift. »Nach Tisch übte ich Klavier und dann hatte ich französische Stunde.« Bei einer Laubsägearbeit, die sie ihm, dem Vater, zu Weihnachten schenken wolle, sei ihr das Federgestell abgebrochen. »Dann kam mein Nachtmahl und jetzt gehe ich schlafen.« Vier Tage später war von einer »Bubenjause« mit Tombola die Rede, bei einem Robert, der sie eingeladen hatte. »Leider waren ein paar Mädel dabei. Es wäre besser gewesen, wenn wir Buben unter uns gewesen wären.« Wir Buben? Wie sonderbar.

Stolz war sie auf ihre Leistungen in der Schule: viermal »Sehr gut« (in Betragen, Religion, Deutsch und Französisch), fünfmal »Gut« (Mathematik, Naturgeschichte, Schreiben, Zeichnen, Geschichte) und einmal »Genügend« (Geografie), eine Zensur, über die sie sich offenbar maßlos geärgert hatte: »Die Goldberg ist ein Ekel.«

Das waren ihre ersten Einträge. Seine Augen füllten sich mit Tränen. Er konnte kaum weiterlesen. Seine Lili: so lebendig trat sie ihm hier entgegen.

Einen Schwarm hatte sie auch schon: Es war der Pianist und Dirigent Georg Szell, damals mit Anfang zwanzig bereits ein berühmter Mann, ein musikalisches Wunderkind. Szell hatte zu Anfang jenes Jahres als Gast in der Sternwartestraße ganz fabelhaft auf dem Flügel gespielt. Das väterliche Vergnügen, Lili dabei zuzusehen, wie sie konzentriert lauschte, war ihm gut in Erinnerung. Und nun war sie laut Tagebuch »verliebt« – und enttäuscht (»O Traurigkeit!«), dass sie ein Konzert von Szell nicht besuchen durfte; der sei so süß, goldig und reizend. Sie habe schrecklich geweint: »Die Augen tun mir noch weh.«

Schon bald darauf, im Februar 1920, war Szell wieder bei ihnen zu Gast. »Das ist meine liebste kleine Freundin«, habe er zu ihr gesagt. Sie daraufhin: »Und er ist mein liebster großer Freund.« Mitte des Monats auch ein erster Hinweis auf literarische Ambitionen: »Ich schrieb eine Geschichte. Sie heißt: Was die Briefe auf ihren Reisen erlebten.«

Er holte sein eigenes Tagebuch hervor und fand darin folgenden Eintrag: »Lili las uns ein ganz nettes Märchen vor, von sprechenden Briefen.« Es war die Zeit der sich auflösenden Ehe, und so hatte er als bemerkenswert notiert, dass Olga und er sich »auf ein paar Minuten in einem gemeinsamen Elternlächeln« gefunden hätten. Sollte Lili von den Spannungen zwischen ihnen gar nichts mitbekommen haben? Schwer zu glauben. Über ihre Eltern stand jedenfalls nichts in ihrem Tagebuch aus jenen Tagen, eine fast gespenstische Leerstelle. Dabei wusste er doch von seiner Sekretärin, dass Lili ihr einmal anvertraut hatte: »Er leidet, wenn er mit der Mutter zusammen ist.« Das allerdings war erst nach der Scheidung gewesen.

Auffällig kam ihm Lilis beständiges Hadern mit ihrem Dasein als Mädchen vor: Sie fühle sich wahnsinnig unglücklich, hieß es einmal, dass sie kein Mann sei. Das verflüchtigte sich, als sie sich intensiver für junge Männer zu interessieren begann. Zunächst spionierte sie im Sommer 1922 den Liebesgeschichten Heinrichs nach, ihres bewunderten großen Bruders. Sie las Briefe an ihn, die eine Elfy geschrieben hatte, und referierte eifrig deren Liebesschwüre in ihrem Tagebuch. Solcherlei Spionagelust konnte er zwar nachvollziehen, da er ähnliche Neigungen von sich kannte, bedenklich erschien sie ihm dennoch. Lili war damals zwölf und notierte: »Ich möchte schon so gern

16 Jahre sein. Und so viel Burschen haben wie der Heini Mädeln. Ja noch viel mehr, aber nur einen wirklich lieb. Und dann an jedem Arm ein schöner Kerl …«

Kurz nach ihrem 13. Geburtstag zog sie eine selbstbewusste Bilanz: »Ich habe Sprachtalent. Ich bin musikalisch. Ich beginne auch jetzt an meine schauspielerische Begabung zu glauben.« Sie wolle gern im Mittelpunkt stehen, ein Jahr lang Mittelpunkt der Welt sein und unsterblich werden! Doch schon wenige Tage später klang es ganz anders: »Es ist keine gute Zeit für mich.« Sie sei nervös, rauche Damenzigaretten mit langem Mundstück, habe weder beim Lesen »noch bei sonst etwas« Ruhe. Sie wolle gern eine Novelle schreiben, schaffe es aber nicht.

Und dann plötzlich Selbstmordabsichten: »Ich wollte in die Apotheke gehen und ein schnell und schmerzlos genossenes tötendes Gift verlangen.« Das Wort »genossenes« hatte sie dann wieder durchgestrichen. Es waren wohl auch eher jugendliche Phantasien gewesen, glaubte er, Gedankenspielereien. Sie hatte die Idee zu einem Theaterstück des Inhalts: »Eine Frau, welche einen sehr nüchternen, unangenehmen Mann geheiratet hat, verliebt sich in einen schönen Don Juan. Schließlich ist sie in Erwartung eines Kindes und bringt sich deshalb um.«

Sie selbst habe wenig Sinn für Sentimentalitäten, schrieb sie. Aber sie fühle, was sie kaum zu notieren wage, eine ganz fürchterliche Sinnlichkeit in sich. Wenige Wochen später sogar: »Ich glaube, ich bin das sinnlichste Geschöpf, das es überhaupt gibt.« Sie sei in ihrem Tagebuch zur Wahrheit verpflichtet, fand sie. Es werde ja niemand Fremdes darin lesen.

Nein, vorerst nur er ganz allein, ihr Vater. Von den sechzehn vor ihm liegenden Büchern und Büchlein hatte er jetzt drei durchgesehen. Eine grenzenlose Müdigkeit überkam ihn.

Und so war er dankbar, als gegen Mittag Clara vorbeikam und ihn zu einem gemeinsamen Spaziergang in den Auen überredete. Sie ließen sich in den Prater fahren, direkt vor das Restaurant im Lusthaus, wo sie eine Kleinigkeit aßen. Lili hatte den hübschen zweistöckigen Turmbau am Ende der Hauptallee geliebt, der hier schon stand, als das Pratergelände noch kaiserliches Jagdgebiet war. Er sah sie vor sich, wie sie, zehn Jahre alt, mit großer Begeisterung Steine in die Donau warf.

Clara war ebenso niedergeschlagen wie er. Sie konnte ihm nicht helfen, wie sollte sie auch. Und er konnte ihr umgekehrt auch nicht helfen. Er verspürte nicht einmal die Neigung, mit ihr über Lilis Tagebücher zu sprechen. Sie und Lili hatten sich nie besonders gut verstanden. Clara war nun einmal nicht ihre Mutter. Die wiederum war nie müde geworden, das Kind gegen Clara einzunehmen.

Der Spaziergang durch die Freudenau verlief weniger freundlich und einvernehmlich, als er sich erhofft hatte. Es begann damit, dass er den Vorschlag machte, sie möge am besten für einige Zeit verreisen: »So würdest du mir im Moment am besten helfen. Heinrich ist bei mir. Ich komme also zurecht. Fahr du aufs Land, entspann dich. Ich übernehme die Kosten.«

»Du willst mich loswerden«, sagte sie so leise, dass es bedrohlich klang. »Ich wollte niemals Geld von dir. Ich kann mir nicht von einem Mann helfen lassen, der nicht ganz zu mir gehört. Ich werde nirgendwohin fahren, schon gar nicht jetzt, um Olga das Feld zu überlassen.«

»Das ist doch Unsinn. Und das weißt du auch.«

»Sie ist dir doch schon wieder viel näher, als ich es jemals war. Und kann ich denn wissen, ob du Olga nicht vielleicht schon umarmt hast?«

Er versuchte, ruhig zu bleiben. »Wir wollen das Thema lassen. Dass Olga und ich zusammenrücken, kann jeder verstehen, außer dir offenbar. Wir sind die Eltern. Es geht dabei nicht um dich.«

»Ich habe keine Chance gegen deine Frau«, sagte Clara. »Du kommst doch nicht von ihr los.«

»Sie ist seit sieben Jahren nicht mehr meine Frau!« Er betonte jedes einzelne Wort.

Aber Clara war ohnehin nicht mehr zu bremsen: »Tatsächlich? Sie benimmt sich aber so. Sie trägt stolz deinen Namen. Du willst es nur nicht wahrhaben. Oder es nicht zugeben. Sie ist mir in allem voraus, selbst wenn es um deine Arbeit geht. Ich weiß doch, dass du ihr jede Zeile von dir zu lesen gibst.«

»Herrje, dir doch auch. Dir kann ich sogar vorlesen. Olga ist weit weg.«

»Wer weiß, wie lange noch. Außerdem ist dir ihr Urteil immer wichtiger gewesen.«

Damit hatte sie allerdings recht. Erst als Olga im vergangenen Herbst das Manuskript von »Therese« gelesen und gelobt hatte, wenn auch nicht gerade überschwänglich, waren die ärgsten Zweifel von ihm abgefallen. Beim lästigen Korrekturlesen hatte ihn der Roman mehr und mehr gelangweilt, ja, er war ihm geradezu misslungen vorgekommen. Bis sie, die erste Leserin, geurteilt hatte: »Im ganzen ergreifend und sehr gut.« Aber das konnte er Clara nicht sagen, jetzt schon gar nicht. Er wollte sie nicht kränken.

Sie gingen eine Weile stumm nebeneinanderher. Er musste daran denken, dass Clara vor einem Jahr über seine »Therese« nahezu empört gewesen war – weil an einer Stelle von einem liebevollen Vater die Rede war, der in seiner Tochter eigentlich die Mutter liebt, die von ihm längst geschiedene Frau. »Dabei hast du natürlich an Olga gedacht«, hatte ihm Clara vorgehalten. »Du benutzt den Roman, um ihr eine heimliche Liebeserklärung zu machen. Nein, gar nicht heimlich. Jeder weiß, wie du Lili verklärst. Und jeder weiß natürlich, wer mit der Mutter gemeint ist.« Was sie nicht wissen konnte: Auch Olga hatte »Therese« als Schlüsselroman gelesen, auch sie war gekränkt gewesen.

Es begann leicht zu regnen. Clara ging mit einem deutlichen Abstand neben ihm her. »Ich werde einfach nicht damit fertig«, begann sie wieder. Es sollte versöhnlich klingen. »Ich merke ja, dass du im Moment lieber mit Olga zusammen bist, auch mit Heinrich und Arnoldo. Mir ist klar, dass es nichts nützt, wenn ich immer wieder von all dem anfange. Ich weiß auch, dass ich dich damit quäle. Aber es ist zu schwer erträglich für mich, wenn ich dich in Olgas Fängen sehe. Sie nutzt Lilis Tod gnadenlos aus.«

Er spürte, wie sein Ärger wuchs.

»Sie ist Lilis Mutter. Du wirst ihr doch wohl zugestehen, dass sie leidet und sich an den klammert, der mit ihr gemeinsam um das verlorene Kind trauert.«

»Du gibst es also zu.«

»Ich bitte dich! Sie hat ihre Tochter verloren. Wir haben sie verloren. Selbstverständlich bindet uns das aneinander. Aber natürlich!«

»Ihr seid doch nicht erst seit Lilis Tod wieder eng verbunden. Olga wittert eine einmalige Chance. Sie will zurück zu dir, immer schon. Jetzt will sie mich endgültig verdrängen. Jeder sieht das, nur du nicht.«

Er verstand sie sogar. Sie hatte ja nicht unrecht. Aber konnte das alles nicht einfach aufhören?

Sie fuhr schon fort: »Versuch doch wenigstens, mich zu verstehen. Du bedeutest mir alles. Und ich frage mich, ob ich dir überhaupt noch etwas bedeute.«

Er schwieg. So würde es immer weitergehen: Vorwürfe, Verdächtigungen, Fallstricke. Es würde nie aufhören. Und was immer er ihr zu erklären versuchte, es wäre sinnlos. Konnte sie ihn, konnten sie beide ihn nicht wenigstens jetzt in Ruhe lassen? Es fehlte ihm die Kraft, sich zu behaupten, sich auch nur zur Wehr zu setzen. Er nahm sich aber vor, Claras unbeherrschten Auftritt nicht zu vergessen und ihr später einmal vorzuhalten. So notierte er sich am Abend: »Alle Eifersucht entschuldigt nicht solche Unfähigkeit des Begreifens.«

Und Olga? Am folgenden Tag kam es mit ihr zu einem ähnlichen Gespräch. Durch seine Sekretärin war er vorgewarnt. Gemeinsam hatten Kolap und er am Morgen mit der Abschrift von Lilis Tagebüchern begonnen. Im Geiste Lilis Stimme zu hören, ihr beim Diktat seine eigene zu leihen, das war das Einzige, was ihm jetzt sinnvoll erschien. Kein Wort durfte verlorengehen.

Als ihre Mutter am Nachmittag das Haus betrat, hatte

er sich gerade in Lilis Aufzeichnungen des Jahres 1923 vertieft. Er berichtete Olga von der ständigen Verliebtheit der Vierzehnjährigen, ihrer Schwärmerei für Filmschauspieler, vor allem für Conrad Veidt. »Backfischhaft« nannte er es: »Dabei war unsere Tochter doch in Wirklichkeit schon damals so viel geistiger und klüger, als es hier zum Ausdruck kommt.«

»Und mit all dem, all diesen Erinnerungen soll ich dich allein lassen? Es gibt außer mir niemanden, der sie mit dir teilen kann. Unsere Lili! Ich will die Wohnung in Berlin aufgeben. Es gibt für mich jetzt nur noch dich.«

»Olga, das ist völlig unmöglich. Es geht nicht, das weißt du selbst. Und Clara würde es umbringen.«

»Immer nur sie! Und wo bleibe ich? Sie erpresst dich. Sie redet dir ein, dass sie unentbehrlich für dich ist. Glaubt sie wirklich, mich ersetzen zu können? Das ist doch lachhaft. Niemals. Ich werde mich jetzt um dich kümmern.«

»Olga, darf ich dich daran erinnern, dass wir geschieden sind? Aus guten Gründen. Soll das jetzt alles wieder von vorn losgehen?«

»Wir haben uns nie wirklich getrennt, wir haben nur an verschiedenen Orten gelebt. Wir schreiben uns gegenseitig Briefe, sehr liebevolle. Du rufst mich an, wann immer dir danach ist. Und wenn du nicht weiterweißt, suchst du Rat bei mir. Und ich bin für dich da.«

Er winkte müde ab. »Alles richtig. Aber getrennt sind wir eben doch.«

»Was ja nicht so bleiben muss.«

Es entstand eine Pause. Er musste einen klaren Kopf behalten. Er sagte so ruhig er konnte: »Clara verhält sich wunderbar, voller Anteilnahme. Sie fühlt mit mir, mit uns, als wäre Lili ihre eigene Tochter gewesen.«

»Was sie aber nicht ist!« Olga schrie auf vor Empörung. »Sie soll uns in Ruhe lassen mit ihrem Mitgefühl!«

»Sie ist die Schwächere«, versuchte er es noch einmal. »Und ich habe ihr gegenüber auch eine Verpflichtung. Sie könnte es nicht verkraften, wenn ich mich jetzt von ihr trennen würde. Sie hängt an mir.«

Aber Olga hatte sich in Rage geredet. »Ja, wie Blei! Sie erpresst dich. Sie belastet dich doch nur.« Sie schwieg kurz, dann setzte sie nach: »Meinetwegen soll sie sich umbringen!«

4

Eine Woche nach der Rückkehr aus Venedig flüchtete er sich zu Hedy Kempny. Bei ihr gab es keine Forderungen, keine Zerwürfnisse. Hier, in ihrem Zimmer, in dem er sie in all den Jahren nur zwei- oder dreimal besucht hatte, konnte er aufatmen. Sie hatte ihm nach dem Tod von Lili einige wenige behutsame Sätze geschrieben, zurückhaltend und von großer Innigkeit. Sie hatte geduldig abgewartet, bis er sie anrufen würde.

»Welch ein Glück, bei dir zu sein«, sagte er. Er umklammerte sie mit aller Macht. Sie kannte ihn, seine Konflikte mit Olga, seine Probleme mit Clara. Sie wusste, was Lili ihm bedeutet hatte. Er konnte sich ihr vorbehaltlos anvertrauen. »Nun hab ich nur noch dich«, flüsterte er. Er hatte sie einst seine zweite Tochter genannt und zu ihr gesagt, sie komme in seinem Herzen gleich nach Lili. »Meine Seele ist zu Tode getroffen«, sagte er unter Tränen. »Nur mein Verstand kann mir jetzt noch helfen. Und du.«

Am Anfang ihrer Beziehung hatte ein Brief gestanden. Und ein ungewöhnliches Ansinnen. Neun Jahre war das her. Es war kurios gewesen. Da bittet eine begeisterte Leserin von Mitte zwanzig einen mehr als dreißig Jahre älteren Schriftsteller, eine Stunde mit ihr spazieren zu gehen. Einfach so. Eine Stunde! Er hatte schmunzeln müssen und war neugierig geworden. Zumal sie ihm schrieb, sie liebe Mahlers Symphonien und er solle ihren Brief doch bitte nicht gleich achtlos beiseitelegen: »Tun Sie es nicht, lieber Herr Dr. Schnitzler.«

Allerdings war Hedy es dann, die nach seiner raschen Antwort das erste Treffen immer weiter hinauszögerte. Sie sei schriftlich viel mutiger als mündlich, schrieb sie ihm zunächst. Erst Wochen später hatte sie ihn dann endlich darum gebeten, er möge ihr doch bitte auf der Sternwartestraße entgegenkommen, um ihr die »eventuelle Nichtannehmlichkeit« zu ersparen, wie es umständlich hieß, »mit der Frau eines berühmten Mannes« zusammenzutreffen. Das hatte ihn wieder sehr amüsiert. Was sie nicht wissen konnte: Er war damals mit Olga nur noch auf dem Papier verheiratet. Und Clara kannte er zwar schon seit vielen Jahren, doch spielte sie in seinem Leben weiter keine Rolle.

Während sie ihm nun in ihrem Zimmer zart mit der Hand durchs Haar fuhr – sie saßen auf dem kleinen Sofa, er lehnte seinen Kopf an ihre Schulter –, stand ihm die erste Begegnung wieder lebhaft vor Augen: Hedy, wie sie in einem roten Seidenkleid die Sternwartestraße heraufkommt.

Als sie auf seiner Höhe ist, schlägt sie die Augen nieder und will schnell an ihm vorbeilaufen. Er stellt sich ihr einfach in den Weg und fragt: »Sie sind doch wohl das Fräulein Kempny?«

Sie nickt schüchtern. Er versucht, ihr die Verlegenheit zu nehmen, indem er ihr Fragen stellt auf dem Weg in den nahe gelegenen Park, viele Fragen: Wo sie arbeite, ob sie einen Verlobten habe, wie sie sich ihr zukünftiges Leben vorstelle, was ihr an seinen Büchern gefalle, was sie überhaupt von ihm erwarte. Sie antwortet bereitwillig, spürbar erleichtert. Bei einem Geldinstitut sei sie angestellt und wolle am liebsten ans Theater oder schreiben. Später sitzen sie auf einer Bank. Ihn interessiert alles: Wie eine junge Frau heute lebt und wovon, wie sie mit Männern umgeht, was sie über die Liebe denkt. 33 Jahre jünger: eine neue Generation, eine der Frauen, die ihr Schicksal selbst in die Hand nehmen.

Die Liebe? Es zeigt sich, dass sie mehr darüber weiß, als er erwartet hat. Freimütig und ohne Zögern erzählt sie ihm von einem Kapellmeister, der ihr Erster gewesen sei: »Ich rief ihn nach einem Konzert an und sagte ihm, dass er den dritten Satz viel zu langsam dirigiert hat. Daraufhin wollte er mich unbedingt treffen.« Außerdem gebe es da einen weiteren Liebhaber, einen Fabrikdirektor, bei dem sie mehr oder weniger wohne, wenn dessen Mutter in Urlaub ist. »Aber er gefällt mir eigentlich gar nicht so besonders.«

Er kann nur staunen. Er ist sich nicht sicher, ob er ihr Glauben schenken soll. Sie scheint ihm – bei aller Musikbegeisterung – einigermaßen oberflächlich zu sein. Was sie zu seinen Büchern sagt, ist nicht viel, es kommt ihm banal vor. Trotzdem fragt er sie: »Was wollen Sie denn von mir wissen?«

»Alles!«

»Alles?« Jetzt muss er doch lachen. »Ist das nicht ein bisschen viel auf einmal?« Dann, zum Abschied: »Ich hoffe, wir sehen uns wieder.«

Sie strahlt.

Tatsächlich hatten sie sich schon wenige Tage später wieder getroffen und danach immer häufiger. Er war Schriftsteller, er durfte neugierig sein. Und sie ließ ihn offenbar gern an ihrem Liebesleben teilhaben, verbal, sie wusste ihn stets auf gebührendem Abstand zu halten. Und das, ohne ihn zu kränken.

In all den Jahren seither hatte er stets Sorge getragen, dass es Hedy gutging, dass seine Zärtlichkeit, seine Zuwendung, gelegentlich auch finanzieller Art, worum sie nie gebeten hatte, nicht das Gefühl bei ihr entstehen lassen konnte, ihm etwas schuldig zu sein. Schon gar nicht das, was sie anderen so problemlos gewährte.

Später hatte er erfahren, dass ihr geliebter Vater, Peter Kempny, sein Jahrgang war und ebenfalls Arzt, außerdem ein begabter Pianist, der auch verschiedene Klavierwerke und sogar zwei Symphonien komponiert hatte, gestorben mit 44 an einem Herzleiden. Hedy war damals zehn Jahre.

Auch er hegte väterliche Gefühle für sie, allerdings nicht nur, da sie eben seine Tochter nicht war. Jetzt, mit Mitte dreißig, war sie für ihn immer noch eine mädchenhafte junge Frau. Das schwarze Haar, früher oft hochgesteckt, trug sie mittlerweile kurz, wie es Mode geworden war in den großen Städten. Ihr Gesicht war gleichermaßen streng und verletzlich. Sie trieb regelmäßig Sport, war stolz auf ihren Körper. Sie verdiente weiterhin ihr eigenes Geld bei der Bank. Auch wenn sie die Arbeit dort bisweilen verabscheute.

Einmal hatte sie ihm gestanden: Sie träume gelegentlich vom Leben als Mutter hübscher Kinder und als Müßiggängerin an der Seite eines reichen Mannes. Doch die Unabhängigkeit war ihr am Ende lieber. Schon manch einen ihrer Liebhaber hatte sie dadurch irritiert, dass mit ihrer Hingabe, falls man es überhaupt so nennen konnte, da nicht selten sie die treibende Kraft war, keinerlei Ansprüche verbunden waren, kein Treueversprechen und schon gar nicht eine Unterwerfung. Und bei dieser Hedy, die ihn zum intimen Kenner ihrer rasch wechselnden Liebschaften und Gemütszustände gemacht hatte, suchte und fand er jetzt Zuflucht.

»Ich habe gerade daran gedacht«, sagte er zu ihr, »wie wir uns das erste Mal getroffen haben. Fast hätte dich in letzter Sekunde der Mut verlassen. Und wir hätten uns nie kennengelernt.«

Auf dem Heimweg von Hedy – sie hatte ihn zum Abschied noch einmal sehr fest an sich gedrückt und ihm besorgt in die Augen geschaut – fragte er sich, ob sein Interesse an ihr wohl auch von dem Wunsch geprägt war, durch sie die eigene Tochter besser zu verstehen. Lili hatte für ihn immer etwas Rätselhaftes an sich gehabt, schon lange bevor sie, wie es jetzt in der Todesanzeige hieß, »an den Folgen eines Unfalls« gestorben war. Und das musste es ja gewesen sein: eine Art Unfall. Je mehr er in ihren Tagebüchern las, desto weniger glaubte er daran, dass Lili hatte sterben wollen.

Daheim suchte er im eigenen Tagebuch nach den ersten

Eintragungen über Hedy. Was eigentlich hatte er damals notiert? Er war ohnehin mit seinen Gedanken und Gefühlen in jene Epoche seines Lebens zurückgekehrt. Lilis Tagebücher aus den Jahren 1919 und 1920 lagen auf seinem Stehpult. Daneben die eigenen.

So vieles hatte er vergessen. Gestern war er beim Blättern in seinem Tagebuch auf einen Eintrag vom Mai 1919 gestoßen. Er hatte mit der neun Jahre alten Tochter an einem schönen Frühlingstag einen langen Spaziergang unternommen, von Pötzleinsdorf bis nach Salmannsdorf. Der Eintrag endete mit den Worten: »Ich empfand das Glück, dieses wunderbare Kind neben mir zu haben so unendlich tief, dass es fast schon wieder Angst war.«

Jetzt suchte er im selben Tagebuch nach dem ersten Auftritt von Hedy. Er blätterte von hinten nach vorn und stellte dabei fest, dass das Kürzel »H.K.« im zweiten Halbjahr bald auf jeder Seite vorkam. Das erste Mal, wie er dann feststellte, im Juli, knapp zwei Monate nach der Wanderung mit Lili. Und es hieß zu seiner eigenen Überraschung nüchtern, geradezu abschätzig: »Gegen Abend H.K., nach einigen hübschen Briefen – Aus mittlerem Haus wie es scheint. Verlogen-aufrichtig.«

Das war sein erster Eindruck gewesen? Es war schwer zu glauben. Ohne den Eintrag im Tagebuch hätte er das nicht für möglich gehalten. Er hatte sie völlig unterschätzt. Unheimlich aber war das Datum dieser ersten Begegnung: 26. Juli 1919. Er konnte es kaum fassen. Es war auf den Tag genau neun Jahre vor Lilis Tod.

5

Lilis Tagebücher: Am Vormittag diktierte er Frieda Pollak, am Nachmittag las er weiter, auch noch spätabends im Bett, meist der Chronologie folgend. Bisweilen sprang er hin und her: 1925, 1926, dann 1924 und wieder vor ins erste Halbjahr 1925. Es war ein Segen, ihre Stimme zu vernehmen, es war ein Schrecken, wie sie sich selbst wahrgenommen hatte. Es kam nur ein Teil ihres Wesens zum Ausdruck, und nicht der beste.

Tagebücher waren Zerrbilder, natürlich. Er selbst hatte sich schon lange abgewöhnt, ausführlich über seine Stimmungen, Gefühle oder Gedanken zu schreiben. Er hatte sein Tagebuch mehr und mehr zu einer Chronik werden lassen, kurz und knapp, mit zahlreichen Abkürzungen, dabei Wiederholungen und Banalitäten nicht scheuend. Eine Chronik der laufenden Ereignisse: Begegnungen, Besuche, Spaziergänge, Diktate, Korrespondenzen, Fortschritte bei der Arbeit, Kernsätze aus Gesprächen. Jetzt allerdings, während er Lilis Aufzeichnungen las, bedrängten ihn seine Emotionen derart, dass er in seinem Tagebuch festhalten musste: »Meine Sehnsucht nach ihr in furchtbarer Vergeblichkeit«, »Sehnsucht bis zum Wahnsinn«, »in heftigster Erschütterung«. Und schließlich: »Dass man es erträgt! – Aber erträgt man es denn? Dass man weiterlebt, täuscht einem das Ertragen vor.«

Auch von Lili gab es Hefte mit täglichen Einträgen, vier Kalender im Miniaturformat für die Jahre 1925 bis 1928, »Tag für Tag« war auf einem eingeprägt. Und Lili war, ob sie es nun bei ihm abgeschaut hatte oder nicht, fleißig und gründlich im Notieren gewesen. Allein die Abschrift der Agenda aus dem Jahr 1925, die seine Sekretärin schon bewältigt hatte, umfasste im Oktavformat nicht weniger als 45 Typoskriptseiten.

Parallel dazu hatte Lili Hefte in größerem Format angelegt. Diese Tagebücher, einige von ihnen mit Schloss versehen, waren ihr größtenteils zu Geburtstagen geschenkt worden, und manchmal hatte sie gar nicht gewusst, welches von den schönen Büchern sie denn als Nächstes füllen sollte.

Zunächst war es immer noch der Schauspieler Conrad Veidt, den sie anhimmelte. »Ich bin so entsetzlich verliebt in ihn«, hieß es. Sie sei überhaupt auf ihre Zukunft neugierig: »Wer wird der Erste sein?« Am liebsten wäre sie die Geliebte von Cony, wie sie ihn im Tagebuch nannte. »Ich brauch dringend einen Mann«, hatte sie im Juli 1925 notiert, mit 15.

Ging ihn das alles etwas an? Wollte er es so genau wissen? Aber er konnte nicht aufhören. Wenn von ihm die

Rede war, dann schwärmerisch bis zur Verklärung. Sie habe den nettesten Vater der Welt, hieß es, er sei überhaupt »der fabelhafteste Mensch, den es gibt«. Er las es mit Freude, er las es mit Schmerz. Was nützte all seine Liebe, wenn sie nicht ausgereicht hatte, Lili vom Griff zur Waffe abzuhalten? Er begann zu weinen.

»Das Komische bei mir ist das: dass ich die Leute, die mich erotisch reizen, wahrscheinlich nie lieben könnte!« Das hatte sie mit 16 Jahren erkannt: eine bemerkenswerte Selbstanalyse. »Ich wünsche mir so – ich muss unfein sein und sagen fürs Bett – nur jemanden Perversen.« Und nachdem sie ihren späteren Ehemann erstmals in Venedig gesehen hatte, war ihre Phantasie, von dem schönen Unbekannten vergewaltigt und »ganz roh behandelt« zu werden.

Er stockte beim Lesen und schloss für eine Weile die Augen. Es strömte auf ihn ein, es war so schnell nicht zu verarbeiten. Aber er musste da durch. Und zwischendrin fand sich gelegentlich ein Satz, der wieder sehr vernünftig klang: »Ich möchte mir selbst Geld verdienen, eine eigene Wohnung haben.« Auch wenn es im Zusatz hieß: und einen Mann, wann immer sie wolle.

Im Sommer 1926, Lili war immer noch 16, verbrachte sie mit ihrer Mutter einige Zeit im Hotel Nevada Palace in Adelboden. Natürlich verliebte sie sich sofort in den Tennislehrer, einen routinierten Verführer, wie sie selbst bemerkte. Es war ihr egal. Nachts schlich sie sich im Pyjama über den Hotelflur in sein Zimmer, und begeistert notierte sie anschließend: »Er war entzückend und brutal und er ist so kräftig, dass man wirklich nichts gegen ihn ausrichten kann.« Einige Nächte später: »Er war mehr als nett. Er zog mich einfach vollkommen aus – es passierte *beinahe* alles.«

Es war eigenartig. Wie oft hatte er selbst in jungen Jahren Mädchen derart überrumpelt und verführt, ohne ein schlechtes Gewissen zu haben oder die Wirkung zu bedenken. Nun sah er es durch die Augen der eigenen Tochter. Und das war etwas völlig anderes. Dabei gefiel ihm Lilis Offenheit durchaus. Was sie schrieb, hatte eine feine Selbstironie, wie er fand. Er musste sogar ein wenig lächeln.

Ja, damals in Adelboden. Er erinnerte sich daran, wie er die beiden, Olga und Lili, dort im Berner Oberland zusammen mit Heinrich besucht hatte. Es herrschte eine angespannte Stimmung vor, als sie ankamen, es hatte offenbar Streit gegeben. Dass die Sorgen der Mutter nicht unberechtigt waren, konnte er damals nicht wissen.

Wie er jetzt aus Lilis Tagebuch erfuhr, hatte Olga sie mannstoll genannt. Und er las, dass seine Tochter in Adelboden oftmals »Heulkrämpfe« bekommen habe: »Gerade auch bei Mutter, aber sie kann einem darüber nicht weghelfen. Im Gegenteil!« Und dann: »Wenn ich mit Vater spreche, so scheint sich alles aufzuhellen, was mich bedrückt.«

Er rang um seine Fassung. Es war einfach zu viel.

Von Adelboden aus waren Olga und Lili weiter nach Venedig gereist, die Tochter in der festen Absicht, dem angehimmelten Fremden vom letzten Besuch wiederzubegegnen.

Und tatsächlich: Sie entdeckt ihn auf dem Markusplatz, sie umkreisen einander, er lächelt ihr zu. Sie wagt nicht, ihn anzusprechen. Sie wartet. Und notiert: »Es ist nicht zu beschreiben, wie verliebt ich bin.« Aber es geht nicht voran, und nach mehreren Tagen, in denen sie ihn nur von Ferne sieht, heißt es: »Ich bin in einer Selbstmordstimmung.« Als er sie dann endlich anspricht und sie sich gegenseitig eifrig Geständnisse machen, jubelt sie wieder: »Ich liebe ihn wahnsinnig.«

Wann immer Arnoldo Zeit hat, und darüber verfügt der Capitano der Miliz offenbar reichlich, sehen sie sich, fahren in einer Gondel durch die Kanäle, gehen spazieren, auch auf dem Lido, wo sie mit Olga residiert – die ihre Tochter nun nicht mehr bremst; auch ihr gefällt der reizende, zuvorkommende Mann.

Ende September dann wird Lili dessen Geliebte, offenbar nicht ohne Hindernisse. Arnoldo versagt zunächst. »Dann wieder Zärtlichkeiten und endlich …« Zwei Tage später ein offenes Gespräch darüber mit dem Geliebten, das sie sehr beeindruckt: »Er teilte mir mit, dass ihm das noch nie passiert sei« – danach, heißt es, »wurde es so unglaublich schön und unbeschreiblich«.

Von Arnoldo wird sie »Bambolina« genannt, und sie weiß nicht, wie sie die Zeit ohne ihn überstehen soll. Denn nun muss sie erst einmal zurück nach Wien. In ihrer Agenda 1926 ist dazu vermerkt: »Vater an der Bahn. Nachts langes Gespräch mit ihm.«

Was hatte er sich damals über dieses Wiedersehen notiert? Ein längerer Eintrag war es, 12. Oktober: »Ostbahn. Lili kommt an; sieht gut aus. Schon im Auto recht unbefangenes Gespräch über Venedig.« Dabei war es aber nicht geblieben. Sie hatte ihm Fotos von Arnoldo gezeigt, zwanzig an der Zahl, und bis zwei Uhr in der Nacht wurde diskutiert. Lili wollte nur in Wien bleiben, wenn Aussicht für sie bestand, bald wieder nach Venedig und zu Arnoldo zurückzukehren, und zwar für länger oder immer. Er als Vater meldete Bedenken an, auch finanzieller Natur, Olga versuchte, sie ihm auszureden.

Er war ohnehin auf verlorenem Posten. So vernünftig er mit Lili bisweilen über ihre Aussichten und eine mögliche Zukunft reden konnte, am Ende blieb sie dabei: Es gehe nicht ohne Arnoldo. Und natürlich setzte sie sich durch.

Noch vor Weihnachten brachte er Lili und Olga, die sich in den vergangenen Wochen in einer Pension einquartiert hatte, zum Schlafwagen nach Venedig, wo die beiden bei Alma Mahler wohnen wollten. Er blieb zurück. Und er hatte anschließend in sein Tagebuch geschrieben, was er jetzt erschrocken las: »Alles Weitere liegt im Dunkel. Es könnte heute die Generalprobe zu einem bedeutungsvolleren Abschied gewesen sein.«

Ja, so war es gekommen, nur anders, als er es damals gemeint hatte. Er schob alles von sich. Es war genug.

Aber dann entdeckte er im Konvolut ihrer Tagebücher einen Brief Lilis, den er übersehen hatte, geschrieben im letzten November, an ihn gerichtet zwar, aber nie abgesandt. Eine Erklärung dafür fand sich gegen Schluss: »Es stehen Dinge drin, die keiner wissen soll und darf.«

Dabei ging es eigentlich nur, wie sich zeigte, um ein paar kritische Äußerungen, die Mussolini betrafen, der nach Arnoldos Überzeugung unerreichbar geworden sei, sich gegen Besucher und Bewunderer abschirme und damit die eigenen Ideale verrate. Lili teilte diese Enttäuschung. »Unter dem Deckmantel einer großen Idee geschehen die großen Gemeinheiten«, hieß es in ihrem Brief. Es sei bisher noch keinem, nicht einmal Christus, gelungen, die Menschheit zu bessern. Allerdings, das dürfe man nicht vergessen, sei Italien durch den Duce vor dem »Zugrundegehen durch die Kommunisten« geschützt worden.

Ja, wenn Arnoldo eine Rente von 10 000 Lire hätte und nicht auf seine monatlichen 900 Lire als Centurione der Milizia angewiesen wäre, dann würde er, da war sich Lili sicher, den Faschismus mit einigen Gleichgesinnten wieder in die richtigen Bahnen lenken. Sie aber würde sich von dem Geld doch lieber eine Yacht kaufen, damit in der Welt herumfahren und »mich nicht mehr um die Schicksale der Menschen kümmern«.

Ach, sein gutes Kind. Selbst in ihren Widersprüchen war sie ihm sehr nah. »Aber mir tut das Herz weh«, so hatte sie den Brief in ihrer weit ausholenden Handschrift beendet oder abgebrochen. »Ich tue so resigniert und doch würde ich wahrscheinlich keine Yacht kaufen, sondern alles für den Faschismus tun.«

Diese Ideale waren ihm nun allerdings völlig fremd. Wenn ihn trotz der penetrant pompösen Auftritte des Duces etwas versöhnlich stimmte, dann war es dessen strikte Zurückweisung aller Judenfeindlichkeit. »Wir in Italien finden es höchst lächerlich, wenn wir hören, wie die Antisemiten in Deutschland durch den Faschismus an die Macht kommen wollen«, hatte Mussolini vor einer Gruppe internationaler Reporter erklärt, zur selben Zeit, da Lili ihren Brief verfasst hatte, im November 1927: Während der Faschismus auf höchster Zivilisationsstufe stehe, so der Duce, sei der Antisemitismus nichts als ein Produkt der

Barbarei. Und wie anders hätte auch Arnoldo, der Milizoffizier, Lili heiraten können, die Tochter eines jüdischen Schriftstellers. Zumal sein streng katholischer Vater entschieden gegen diese Heirat gewesen war.

Für ihn, Arthur Schnitzler, der in der Öffentlichkeit stand, schien es hier in Österreich einfach nicht möglich zu sein, von der Tatsache abzusehen, dass er Jude war. Und zwar deswegen, so glaubte er, weil die anderen es nicht taten, die Christen nicht und die Juden noch weniger. Die antisemitischen Umtriebe in seinem Land machten ihm zunehmend Sorgen. Und auch Angst.

In der Universität war ein Wandanschlag angebracht worden, in dem es hieß: »Wir deutschen Studenten entscheiden uns für die Kultur, die Arndt, Goethe und Fichte gegeben haben, und nicht für die, die Lassalle, Schnitzler und Korngold uns bringen ...«

Neu war das alles nicht, natürlich nicht. Seit vielen Jahren schon führte er darüber Buch, notierte sich die zum Teil lächerlichen Ausfälle und Pöbeleien gegen jüdische Künstler. Nicht lange vor Ausbruch des Weltkriegs hatte etwa die Wiener »Reichspost« geschrieben: »Es führt zu nichts Gutem, wenn Schnitzler mit dem Burgtheater förmlich im Konkubinat lebt und beinahe alle anderen Bühnen ähnlich eindeutige Verhältnisse mit semitischen Literaten unterhalten.« Im »Grazer Tagblatt« war 1911 zu lesen gewesen: »Der zweifelhafte Ruhm eines Schnitzler, Blumenthal, Fulda, Mahler, Richard Strauss – wer zählt die Namen an Israels Himmel – wäre ohne die Mithilfe der Rassenverräter aus dem eigenen Lager wie eine Seifenblase zerplatzt.«

Er musste an den Auftritt der jungen Hakenkreuzler dort in Graz denken, vor gut sechs Jahren. Die hatten damals, im Juni 1922, gemeinsam mit deutschnationalen Pfadfindern, eine Lesung von ihm stören wollen, waren allerdings von der Polizei daran gehindert worden. Anders wenige Monate später in Teplitz, am Fuße des Erzgebirges. Dort hatte die Hakenkreuzbande ihn tatsächlich am Vortrag gehindert und die Lesung im überfüllten Saal gesprengt – die Polizei war nicht entschieden gegen die Ruhestörer vorgegangen. Damals hatte er diese Krakeeler noch für Lausbuben gehalten, für belanglose Skandalmacher.

Das alles war zu unerfreulich, er wollte sich damit nicht weiter beschäftigen. Er diktierte Kolap Lilis naiven Brief über den Duce in die Maschine und ließ sie der Ordnung halber in Doppelklammern daruntersetzen: »Dieser Brief gelangte an mich erst am 6. August 1928.«

Gedacht war es als Information für die Nachwelt. Und auch für sich selbst, weil er doch wusste, wie wenig verlässlich sein Gedächtnis war. Erinnerungstäuschungen, so nannte er es, waren ihm vertraut. Es genügte, einen Blick in ältere Aufzeichnungen zu werfen: Da gab es Ereignisse, die ihm ganz und gar entfallen, andere, die mit seiner Erinnerung nicht zur Deckung zu bringen waren. Auch das war ein Grund, Tagebuch zu führen und Briefe aufzubewahren.

Dann legte er alles zur Seite, was Lili betraf. Er fürchtete sich davor, ihre Taschenkalender und Tagebücher aus den Ehejahren 1927 und 1928 zu lesen.

In dem Moment kam ein Anruf. Eine Bekannte, Mitreisende auf der Mittelmeer-Kreuzfahrt, hatte Lili zwei Tage vor dem Todesdrama in Venedig auf der Straße getroffen. Seine Tochter habe ihr einen Gruß an ihn aufgetragen: »Sagen Sie Vater, er soll herkommen«, sich dann im Weggehen noch einmal umgedreht und gerufen: »Nein, sagen Sie ihm einfach nur, dass ich ihn liebe.«

6

Sein Sohn verbrachte viel Zeit damit, die Bibliothek zu ordnen, sich in Manuskripte und Mappen zu vertiefen. Sie führten Gespräche über Nachlassfragen. Am 9. August feierte Heinrich seinen 26. Geburtstag. Das heißt, zu feiern gab es wenig. Es war ein »getrübter Festtag«, wie der Vater sich notierte. Heinrichs Haltung, sein Verstehen, seine Klugheit empfand er als großes Glück in diesem Unglück.

Auch die Gegenwart seines Bruders Julius, der am Geburtstagsabend vorbeischaute, war ihm Freude und Erleichterung. Julius, wie ihn die Mutter nach ihrem toten Bruder genannt hatte, war dem Beruf des Arztes treu geblieben und setzte das Erbe des Vaters fort, der »brüderlichste aller Brüder«, wie er ebenfalls im Tagebuch festhielt.

Zusammen saßen sie, Heinrich, Julius, Olga, Arnoldo und er, noch spätabends auf der Terrasse. Um Mitternacht konnten sie auf Arnoldo anstoßen, der einen Tag nach Heinrich Geburtstag hatte und 39 wurde. Es war eine warme, wärmende Sommernacht, doch die Gespräche kreisten, da gab es kein Entrinnen, um die Tote.

Auch als er sich mit seinem Sohn an den Flügel setzte und sie vierhändig Passagen aus Mahlers sechster Symphonie spielten, während Arnoldo ihnen zuhörte, war Lili, die Tochter, die Schwester, die Ehefrau, im Geiste immer mit dabei. Er hatte mit ihr die Sechste erst vor anderthalb Jahren in einem Konzert gehört, und mehr als zwanzig Jahre war es her, dass er sich vor der Uraufführung den Klavierauszug besorgt hatte, um das Werk mit seiner Mutter vierhändig zu spielen. Allerdings war er mit der Symphonie damals nicht recht warm geworden, er hatte sie als zu ruppig empfunden. Ganz anders jetzt: wie eine Art Neuentdeckung war das Spiel für beide, Vater und Sohn.

Und dann der Inbegriff von Trauer und Melancholie: Bruckners Achte. Sie spielten das Adagio in Des-Dur mit dem sich leise erhebenden Klagemotiv gleich zu Beginn, jenen dritten Satz, den der Komponist mit »Feierlich langsam, doch nicht schleppend« überschrieben hatte. Ein einziger Zauber.

Ausgerechnet von Gustav Mahler stammte die spöttische Bemerkung, Bruckner sei »halb ein Genie, halb ein Trottel«. Das war ihm, dem Bewunderer beider Musiker, böse und ungerecht vorgekommen, auch wenn er ahnte, was damit gemeint war. Er musste beim Spiel daran denken, wie er einmal den bescheidenen, stets ein wenig unbeholfenen Bruckner während des Studiums besucht hatte. Von einem Neffen des Komponisten, einem Kommilitonen, war er in dessen Wohnung mitgenommen worden. Und der Meister hatte, gutmütig und geschmeichelt, dem

Wunsch der beiden jungen Leute gern entsprochen und für sie eine halbe Stunde auf dem Orgelharmonium improvisiert.

Dieses Instrument war dem langen Atem, den weiten Bögen der Brucknerschen Musik angemessener als das Klavier, auf dem sich die ausgiebigen Fermaten kaum umsetzen ließen. Überhaupt waren Kraft und Fülle der von Bruckner reichlich eingesetzten Blechinstrumente, war der Klang der Harfen, die der achten Symphonie den spezifischen Klang gaben, nur schwer darstellbar.

Auch dem anderen, Mahler, war er persönlich begegnet: 1905 war das gewesen, im Haus von dessen Schwester Justine. Von Olga wusste er, dass Mahler ihn und seine Arbeit außerordentlich schätzte, was ihm das Gespräch über das Gesangs- und Opernwesen in Wien enorm erleichtert hatte, auch wenn an diesem Abend das Nachlassen des Gehörs erschreckend deutlich geworden war. Mahler war für ihn, neun Jahre nach Bruckners Tod, der größte lebende Komponist gewesen. Olga hatte den weit über Österreichs Grenzen hinaus bekannten Mann, der offenbar von ihr bezaubert war, schon Monate vorher kennengelernt. Und sie war von ihm sogar zum Vorsingen eingeladen worden. Dazu kam es dann allerdings nie, zunächst wegen einer stimmlichen Indisponiertheit Olgas, später wegen ihrer tief verwurzelten Scheu, von sich aus die Initiative zu ergreifen. Sie wollte immer gefragt werden. Doch sie hatte von dem Vielbeschäftigten nichts mehr gehört.

Und bei ihm, dem jungen Schriftsteller, mit dem sie damals erst seit Kurzem verheiratet war, hatte sie sich dann über Mahlers Unzuverlässigkeit beklagt. Sie suchte damals wie heute den Grund für ihr Scheitern bei den anderen. Und ihr Mann war ohnehin schuld an ihrem Unglück. Sie habe stets in seinem Schatten gestanden, war ihre immerwährende Begründung. Dabei hatte er alles versucht, um ihr Mut zu machen, was ihr dann aber auch nicht recht war.

Mit Dora Michaelis, die dieser Tage aus Berlin gekommen war, um Trost zu spenden, sprach er über Olga, die sich bei ihr, wie sich zeigte, schon bitter über ihn beklagt hatte. »Olga will, dass du ohne Rücksicht auf Clara handelst. Von der kommen nach ihrer Ansicht nur Ansprüche und Forderungen. Es sei aber jetzt wichtig, findet Olga, dich nicht unnötig zu belasten.«

Fast hätte er gelacht. Ihn nicht zu belasten? Das musste ausgerechnet sie sagen.

Eine Weile schwiegen sie beide. Dann erzählte er ihr von Lilis Tagebüchern. »Sie war so viel klüger, als sie sich dort gibt«, sagte er mit brüchiger Stimme. »Eigentlich dreht sich alles nur darum, in wen sie gerade verliebt war.«

Auch mit Heinrich sprach er über die prekäre Situation im Haus, über Olgas anhaltende Feindseligkeit gegenüber Clara, über ihre abrupt wechselnden Stimmungen. Beide, Vater und Sohn, kannten das: Olgas Unfähigkeit, andere Meinungen zu ertragen, ihre bisweilen unerträglich zurückweisende Art, ihre Gabe, eine Atmosphäre der Unbehaglichkeit um sich zu verbreiten, Schuldgefühle zu schüren – während man sich mühte, nichts Falsches zu sagen, sie nicht zu reizen. Es war in solchen Situationen weder durch gutes Zureden noch im Zorn etwas auszurichten.

Er hatte längst resigniert, aber es traf und lähmte ihn. Und es würde sich nie mehr ändern zwischen ihnen. Mit Olga konnte er nicht wieder zusammenleben. Nie und nimmer. Auch jetzt nicht, nach Lilis Tod.

7

Immer wieder erschien sie ihm im Traum: Lili kündigt ihren Selbstmord an, er bittet sie auf Knien, davon Abstand zu nehmen. Sie kann oder will nicht auf ihn hören. Dieser Traum kehrte mehrmals wieder. Jedes Mal schreckte er aus dem Schlaf hoch, glaubte für einen Moment erleichtert, dass es nur ein Traum wäre – bis ihn gleich darauf die Wirklichkeit einholte und überrollte.

Oder: Lili hat Streit bei einem Kartenspiel, es wird zu einem Duell kommen. Er sagt ihr: »Wenn du dich erschießt, wird dein Gegner zum Tode verurteilt.« Sie ist traurig und stumm, einer Mumie ähnlich. Ihm ist im Traum bewusst, dass er die Tochter nicht immer wird bewachen können.

Dann Lili, die übermorgen sterben oder sich umbringen muss, wovon sie selbst noch nichts weiß. Sie sind beide in einem riesigen Saal, in einem Luxushotel. Er denkt darüber nach, wie er es verhindern kann. Es scheint unmöglich zu sein.

Und Lili, die sich erst in acht Tagen umbringen wird. Das steht seit Wochen fest, die Eltern wissen es. Er wieder auf Knien, ohne Lili zu sehen. »Eigentlich will sie ja gar nicht«, sagt er zu Olga. Keine Beruhigung, für beide nicht.

Ein anderer Traum: Lili und Heinrich sitzen mit ihm an einem Tisch. Er schreibt an einem neuen Stück und überlegt sich, ob er es nun »Lili Adieu« oder »Lili Lebewohl« nennen soll. Ein anderes Mal sind sie alle beisammen: die beiden Kinder, Olga und er. Sie, die Mutter, ganz in Schwarz gekleidet, fragt ihn, ob sie nun eigentlich wieder verheiratet seien oder nicht. Er verneint es und fragt, ob das Missverstehen etwa schon wieder anfange. Lili presst dabei ihre Wange an die der Mutter. So stehen sie vor einem See, Glatteis, brüchiges Eis auf dem Weg dorthin. Dann ist er allein. Er hört den Sohn nach ihm rufen, kann aber weder ihn noch die anderen irgendwo erblicken.

Er setzte die Lektüre von Lilis Tagebüchern fort. Nun das Jahr 1927: Manche Einträge schrieb Lili jetzt auf Italienisch, selbst als sie Mitte Januar wieder in »Vienna« war, wo es ihr gar nicht mehr gefiel. Arnoldo kam im März nach. Zu ihrem großen Glück: »Er war herrlich, und Vater verstand sich wunderbar mit ihm.« Die Heirat wurde besprochen.

Im Mai ein recht überraschender Eintrag: ein Traum mit deutlich lesbischem Akzent verwirrte sie – und noch im Traum, so die Notiz, habe sie sich gefragt, was wohl Arnoldo dazu sagen würde und auch: »Warum habe ich das nicht früher bemerkt?«

Und im Monat darauf dann die Hochzeit in Wien. Danach – das Ehepaar lebte nun gemeinsam in Venedig – folgten im Tagebuch für lange Zeit keine Einträge mehr. Also griff er zu dem Taschenkalender 1927, in dem Lili fleißig protokolliert hatte, zunächst auch, etwas holprig, in italienischer Sprache. Von September an schrieb sie wieder auf Deutsch: Bei einer Auseinandersetzung mit Arnoldo, die eigentlich schon beigelegt gewesen sei, habe sie eine dumme Bemerkung gemacht. Die Folge: »Es ist ganz furchtbar, ich will mich erschießen, heule die ganze Nacht.«

Es war deprimierend, das zu lesen, und er musste tief Luft holen. Aber er wollte es wissen. Die Zweisamkeit im Hause Cappellini hatte offenbar einer Achterbahnfahrt geglichen: Auf Streit folgte Versöhnung, auf eine herrliche Liebesnacht ein »schrecklicher, eigentlich grundloser Krach«. Sie ritten gemeinsam auf dem Lido, ein »wunderbarer Ritt von beinahe zwei Stunden«, dann wieder Eifersuchtsszenen: Arnoldo zerriss Fotos von Conrad Veidt. Lili ertrug offenbar keine Trennung von ihrem Mann, nicht einmal für Stunden. Als er einmal abends allein ausging, wollte sie ihn daran hindern: »Ich machte eine Szene mit Revolver etc. Dann ist alles wieder gut.«

Und so ging es weiter. »Ich glaube, heute war einer der schönsten Tage meines Lebens. Nachmittag ganz tolle Liebe.« So hieß es gleich am Anfang der Agenda 1928. Bald darauf: »Warum diese Strindberg-Szenen? Die Ehe ist eine unmögliche Einrichtung.« Eine Debatte über die Gleichstellung der Frau führte zu dem Ergebnis: »Ich heule und wir haben uns schrecklich lieb.« Anfang März wieder: »Warum hab ich nicht den Mut, mich zu erschießen?« Und noch drastischer im April: »Ich gehe in mein Zimmer, nehme den Revolver, aber A. bricht den Türriegel auf.« Danach der Satz: »Alles scheint gut zu sein.«

Würde er das Ende nicht kennen, dachte er beim Lesen, so wäre es vielleicht nicht ganz so fürchterlich, diesen Sätzen zu begegnen. Sein Herz klopfte laut. Fünf Wochen vor ihrem Tod, im Eintrag vom 20. Juni 1928, zeigte sich das Muster von Affektausbruch und Beruhigung besonders deutlich. Arnoldo will im Streit die Wohnung verlassen, sie bittet ihn zu bleiben. Als er dennoch geht: »Fünf Minuten lang bin ich davon überzeugt, dass ich mich erschießen werde. Schließlich tue ich den Revolver weg, ziehe mich an und gehe auf den Platz, wo Musik ist und es herrlich ist.« Danach der Hinweis: »Siehe großes Tagebuch.«

Und tatsächlich hatte sie tags darauf, erstmals nach anderthalb Jahren, erneut ein großformatiges Heft in Angriff genommen, ihr letztes, das er nun in Händen hielt. Auf dem Deckblatt stand in ihrer Schrift: »Begonnen 21. Juni 1928«. Dic ersten Worte lauteten: »Es ist ein schlechtes Zeichen, dass ich wieder beginne, Tagebuch zu schreiben.« Als Datum der ersten Notiz hatte sie fälschlich den 21. Juni 1927 eingetragen – das wäre wenige Tage vor der Eheschließung gewesen.

Ach, wenn er es damals doch nur verhindert hätte! Er legte das Tagebuch weg. Mehr war im Moment nicht zu ertragen.

Die zweite Augusthälfte – in Wien war es wieder unerträglich heiß geworden – verbrachte er in Hohenschwangau. Er wollte sich dort mit Heinrich, Olga und Arnoldo treffen. Ohne die Familie oder das, was von ihr geblieben war, fühlte er sich einsam – da mochte Clara ihn noch so verzweifelt in Wien festzuhalten versuchen. Auch sie litt, aber er konnte es nicht ändern. Erschwerend kam hinzu, dass gerade ihr neuer Roman vom Ullstein-Verlag in Berlin abgelehnt worden war. Seit der Szenenfolge »Mimi«, die sie mit Anfang zwanzig unter dem Pseudonym Bob veröffentlicht hatte, war sie vergeblich darum bemüht, an diesen Erfolg anzuknüpfen. Die »Neue Freie Presse« hatte danach zwar zahlreiche ihrer Erzählungen in Fortsetzungen abgedruckt, sogar Gedichte von ihr, doch die allgemeine Anerkennung als Schriftstellerin war ihr versagt geblieben. Auch daran konnte er nichts ändern, nur immer wieder ihre Arbeiten lesen, Anregungen und Empfehlungen geben.

Jetzt freute er sich auf die Gespräche und Spaziergänge mit Heinrich. Sie hatten gemeinsam in München übernachtet, waren mit dem Zug nach Füssen hinaufgefahren und von dort aus mit dem Autobus zum Alpsee. Es war ein regnerischer Tag. Sie stiegen im Hotel Alpenrose ab, in dem er schon einmal vor zwei Jahrzehnten für eine Nacht untergekommen war, nicht lange vor Lilis Geburt. Die weiße Villa lag direkt am See, zu Füßen von Ludwigs Schloss. Auch das hatte er damals besichtigt und, wie erwartet, unerträglich gefunden – so viel Kitsch inmitten dieser herrlichen Landschaft. Die Monate vor und nach Lilis Geburt waren die beste Zeit gewesen, die er mit Olga gehabt hatte. Nun erwartete er zusammen mit Heinrich ihre und Arnoldos Ankunft aus Venedig. Sie holten die beiden am Bahnhof in Füssen ab.

Er sah Olga schmerzgebeugt und fühlte sich ihr fast

wieder so nah wie früher einmal. Später besuchte er sie in ihrem Zimmer, wo sie ihm erzählte, dass in Venedig alles erledigt sei. Ihre Nähe wirkte beruhigend. Sie lagen einander in den Armen, voller Verzweiflung, voller Liebe füreinander und für das Kind, das sie verloren hatten. »Ich bin einsam in Berlin«, sagte sie. »Heinrich sucht sich jetzt eine eigene Wohnung in der Nähe seiner Freundin Ruth. Alles fällt auseinander, dabei sehen wir doch, wie sehr wir zusammengehören und aneinander hängen. Soll ich nicht doch zu dir nach Wien kommen?«

Ihre Klage hatte einen vorwurfsvollen Unterton. Aber er hatte gelernt, bei seinem Nein zu bleiben. Es würde nur alles wieder von vorn beginnen. Wieder würde sie über kurz oder lang seine innere Abwesenheit beklagen, ihm seine Monomanie, die Konzentration auf die Arbeit, ja seine angebliche Kälte und Herzlosigkeit vorwerfen. Er wäre wieder Olgas Streitlust und Rechthaberei ausgesetzt, ihrer Überzeugung, zu wenig beachtet, ja missachtet zu werden. Er war dem durch die Scheidung nicht entkommen, er würde dem in diesem Leben auch nicht mehr entkommen.

Sie hätten an diesem Tag ihre Silberne Hochzeit feiern können. Er war es, dem es unvermittelt in den Sinn kam. Wehmut überkam sie beide. Und er bereute für einen Augenblick, was er in all den Jahren über Olga in sein Tagebuch geschrieben hatte. Irgendwann nach ihrer beider Tod würden andere es lesen und ein verzerrtes Bild von ihr gewinnen. Und doch: Es war ja alles wahr und nebeneinander da, die Zärtlichkeit füreinander, die tief verwurzelte Liebe zueinander, die bösen Erfahrungen miteinander. Wie viele Wahrheiten es doch in einem Menschen gab, dachte er bei sich, vor allem: wie viele in ein und derselben Beziehung.

Am Morgen saß er an Olgas Bett. Die körperliche Nähe war eine Wohltat, ihre Wärme, der Duft ihrer Haut: vertraut und verzaubernd immer noch. Da sprach etwas ganz unmittelbar miteinander, jeder Verstandeskontrolle entzogen. Er wurde weich, anhänglich und mit seinen 66 Jahren dankbar wie ein Kind. Wann immer Olga liebevoll und zärtlich zu ihm war, ihm Hilfe und Halt bot, reihten sich die schönen Momente, die wilden und die sanften, im Geist wie Perlen auf einer Schnur: eine Folge von Empfindungen umfassender Geborgenheit, wie er sie nie wieder erlebt hatte. Und alles andere war wie ausgeblendet. Aber dann reichte eine einzige rasch hingesagte Bosheit von ihr, und schon bildete sich vor seinem inneren Auge ein gleichstarker Strang aus Misshelligkeiten, Zurückweisungen, Streitereien, Sprachlosigkeit, Fremdheit und Feindschaft, überwältigender als je bei einer anderen Frau. So versprach er Olga lediglich, sie so bald wie möglich in Berlin zu besuchen. Es beruhigte sie leidlich.

Clara gegenüber hatte er ein schlechtes Gewissen. Es trafen liebevolle Briefe von ihr in Hohenschwangau ein. Er dankte postwendend für ihre Liebe und Güte und bemühte sich, ein Gefühl von Verbundenheit zu beschwören. Er sei froh, schrieb er ihr, dass sie auf der Welt sei. Für mehr fand er nicht die rechten Worte. Olgas Gegenwart erwähnte er in keinem der Briefe. Er berichtete von den Spaziergängen mit Heinrich und Ruth, der neuen Freundin seines Sohnes, die ihm hier in Hohenschwangau vorgestellt worden war. Die junge Schauspielerin gefiel ihm allein schon deswegen, weil Heinrich glücklich mit ihr zu sein schien. Ach, jeder Anfang war so leicht und voll Zuversicht.

Auch Hedy schrieb ihm. Sie war sogar die Erste, von der er hier oben Post erhielt. Schon am ersten Morgen hielt er einen Brief von ihr in Händen, Zeilen voller Überschwang, so als ständen auch sie beide erst am Beginn. »Mein lieber Freund«, schrieb sie, »ich möchte Dir gerne den ersten Gruß sagen, da oben in Hohenschwangau, weil es mir ein Bedürfnis ist, Dir nahe zu sein, wohin Du auch gehst.« Überrascht las er weiter: »Weil ich Dich ganz nah zu mir herüberziehen will, ohne Wenn und Aber. Weil alles andere sinnlos ist, wie ich jetzt ganz genau weiß. Sinnlos.« Er konnte nicht genug Zeichen dieser Art erhalten, mehr denn je benötigte er ihre Zuwendung. Und er fragte sich, ob Hedy nun – nach Lilis Tod – die Distanz aufheben wollte, die sie beide bei aller Nähe und Intimität nun bald zehn Jahre lang durchgehalten hatten. Er schickte ihr ein paar Zeilen zurück: »Dass Du auf der Welt bist, ist ein tiefes Aufatmen für mich.«

Ihr zweiter Brief, der zwei Tage später eintraf, war wieder leidenschaftlich. Ihr Verhältnis zu ihm habe sich seit dem Unglück, wie sie Lilis Tod nannte, verändert. Sie fühle sich in Wien »so ganz allein, so sehr einsam, wie niemals im Leben noch«. Sie habe nun erkannt, »dass zumindest mein Leben mit Deinem so verbunden ist, dass es ohne Dich ganz unerträglich wäre, und ich Dich liebe, mehr als ich geglaubt habe«.

Das Gefühl, geliebt und erwartet zu werden, tat ihm unendlich gut. So ging ein »denkbar innig-sehnsüchtiger

Gruß« zurück. »Ich liebe Deine Briefe und Dich noch mehr«, schrieb er ihr. Aber das war alles aus sicherer Entfernung gesagt. Es würde sich in Wien zeigen, was ihre Worte wirklich zu bedeuten hatten.

8

Es war September geworden, als er nach Wien zurückkehrte. Von Olga hatte er sich in München auf dem Bahnhof getrennt, es war ein schwerer Abschied gewesen, mit schwankenden Gefühlen. Arnoldo war zurück in Italien, abkommandiert nach Sizilien. Von ihm kamen nun fast täglich Briefe, er dankte für die gemeinsamen Tage in Hohenschwangau. Sein Schwiegervater sei »più che un padre« für ihn, mehr als ein Vater. Und so war es ja auch umgekehrt: Er selbst hatte Arnoldo ins Herz geschlossen wie einen eigenen Sohn. Es gab den Plan, sich Ende des Jahres in Berlin zu treffen, um im Familienkreis das Jahr 1928 hinter sich zu lassen.

Ihm ging ein Satz Arnoldos nach, der während dieser Tage gefallen war: »Ich hätte sie doch nicht halten können.« Was war damit gemeint? Hatte sein Schwiegersohn heimlich in Lilis Tagebüchern gelesen? Er fragte sich auch, warum die Pistole, die Arnoldo ihr schon einmal aus der

Hand reißen musste, nicht besser versteckt worden war, unerreichbar für die von ihren Emotionen getriebene Lili.

Aber er fragte es nur sich selbst, nicht ihn. Arnoldo war seine letzte Verbindung zur Tochter, derjenige, den sie bei aller Schwärmerei für andere mit Inbrunst geliebt hatte. Und er hatte im Schwiegersohn stets mehr als nur den Capitano der Miliz gesehen: einen feinfühligen Menschen, der ihm zu Beginn ihrer Bekanntschaft verlegen ein eigenes kleines Theaterstück in die Hand gedrückt hatte, geschrieben zehn Jahre zuvor, mit Ende zwanzig. Denkbar war, dass dieser Arnoldo, vielleicht ganz unbewusst, Lili eben auch als Schriftsteller-Tochter geheiratet hatte, nicht eines billigen Vorteils wegen, den es ja nicht gab, sondern weil sie von Kindesbeinen an mit der Psyche eines schwierigen Charakters vertraut war.

Auch in Hohenschwangau hatte er die Tagebücher der Tochter dabeigehabt und manches bisher Übersehene gelesen, dazu Briefe Lilis an Arnoldo, die noch weitaus leidenschaftlicher waren als die von Hedy an ihn. Es machte ihren Tod nur unbegreiflicher. Und Franz Kafkas »Schloss«-Roman hatte er dort oben gelesen, fasziniert zwar, doch ohne innere Anteilnahme – obgleich, so musste er sich eingestehen, das Unbegreifliche hier so greifbar wurde wie in keinem anderen Werk, das ihm jemals untergekommen war.

In Wien lief es weiter in den gewohnten Bahnen, als hätte es die Reise nie gegeben. Selbst das Wetter war unverändert, es war unerträglich schwül in der Stadt. Die Beziehungen der Menschen untereinander besaßen ohnehin ihr eigenes Beharrungsvermögen. Und er war nicht der Mann dafür, Weichen umzulegen. Er brauchte das Vertraute, selbst wo es quälend und zum unhaltbaren Zustand geworden war; auch das war eine Form von Geborgenheit, die er nicht missen mochte.

Aus Berlin kamen bald Signale, dass die in Hohenschwangau erlebte Vertrautheit sich wieder in Groll und Verstimmung zu wandeln begann. Dora schrieb ihm das, und dann kam auch ein Brief von Olga selbst, aus dem neben Verzweiflung die bekannte Überheblichkeit sprach. Er sei eine große Enttäuschung für sie, er verschließe sich, meide ihre Nähe und rufe sie nicht zu sich nach Wien. Es ließ sich ihr nicht vermitteln, bei all ihrer Klugheit, dass sein Rückzug, seine Erschöpfungszustände auch mit ihren unentwegten Attacken zusammenhingen. Ihr Brief lag ihm schwer auf der Seele.

In dieser Woche wäre Lili 19 geworden. Am Geburtstag der Tochter, als sie miteinander telefonierten, zeigte Olga sich wieder von ihrer sanften Seite. Auch er war milde gestimmt und nahm ihren Wunsch, mit ihm zusammen zu sein, mit Nachsicht und Verständnis auf. Er empfand es ebenso, jetzt, da er ihre Stimme hörte. Er hätte sie gern bei sich gehabt. Oder wäre bei ihr in Berlin gewesen. Das sagte er ihr. »Es ist so unsagbar traurig«, waren Olgas Worte. »Sie fehlt mir. Wie dir.«

»Versprochen«, sagte er jetzt am Telefon. »Ich komme im Oktober für eine Woche nach Berlin. Ich bringe Abschriften von Lilis Tagebüchern mit. Ich muss mit Fischer über die Gesamtausgabe sprechen und mit den amerikanischen Filmleuten verhandeln, außerdem will ich Heinrich spielen sehen – ich hoffe, dass wir gemeinsam gehen werden.«

»Darauf freue ich mich«, sagte sie. »Und natürlich, dich zu sehen.« Er wusste, dass es am Ende nicht allzu viel zu bedeuten hatte.

Mit Clara kam es zum Eklat. Sie geriet völlig außer sich, als er ihr vorsichtig zu verstehen gab, dass er vorhabe, einige Tage in Berlin zu verbringen. Weder den Sohn noch den Verleger ließ sie als Grund dafür gelten. »In Wirklichkeit fährst du einzig und allein ihretwegen«, brach es aus ihr heraus. »Das kann ich nicht aushalten. Ich verbiete es dir!« Sie war durch nichts zu beruhigen. Kolap, die unfreiwillig Zeugin des Auftritts wurde, war entsetzt. Er versuchte, die Raserei Claras mit ihrer machtlosen Position zu entschuldigen, aber es war halbherzig und überzeugte die Sekretärin nicht. Tatsächlich war er am Ende seiner Kräfte. Er war zu alt, um all das weiter ertragen zu können. Lilis Tod – war das nicht genug? Olgas Unberechenbarkeit, Claras Hilflosigkeit, dazu seine Unfähigkeit, überhaupt noch etwas zu Papier zu bringen, die Müdigkeit und die bedrohliche Finanzsituation. Manchmal legte er sich jetzt tagsüber nieder, aber er fand zu keiner Ruhe mehr.

Hedy blieb ein Lichtblick. Das Bedrückende trat für eine Weile in den Hintergrund, wenn sie ihn besuchte. Sie erzählte ihm wie gewohnt von ihren Eroberungen, von ehemaligen Liebhabern, die sie wiedergetroffen habe, die sie nun völlig kaltließen. Ein Emil war dabei, der zwar gut aussah, ihr aber nun entsetzlich dumm vorkam – und nach ihm hatte sie sich einmal gesehnt. Dann ein verheirateter

Graf, der sie nicht gleich wiedererkannte, ihr aber dann zu verstehen gab, dass er gern wieder mit ihr zusammen wäre. Unmöglich. Schließlich war da ein braungebrannter junger Mann, der aber nur segeln mit ihr gegangen sei.

Es war in Ordnung. Er hatte sie ja aufgefordert, ihm alles zu berichten, und das sogar noch einmal mit den Worten bekräftigt: »Mir ist lieber, du verschweigst mir nichts. Sonst habe ich das Gefühl, dass du mich gar nicht liebst.«

Es war ein Spiel, und doch mehr. Er verehrte sie, sie war ihm ans Herz gewachsen. Und tatsächlich war es wichtig, dass so etwas wie Liebe zwischen ihnen war. Mit allen Möglichkeiten. Mittlerweile wusste er, dass Hedys künstlerische Ambitionen kein Hirngespinst waren. Sie hatte, bevor er sie kennenlernte, Schauspielunterricht genommen und im Konservatorium das Klavierspiel erlernt. Dann war der Krieg gekommen, die finanzielle Situation machte das weitere Studium unmöglich. Sie verdiente nun ihren Lebensunterhalt in der Bank, schrieb nebenbei für Zeitungen. Vor Kurzem war sie ständige Mitarbeiterin des »St. Galler Tagblatts« geworden. Sie verfasste Erzählungen, Porträts, Glossen, und sie war überglücklich, wenn er sie lobte. Sie hätte gern von ihm das Schreibhandwerk gelernt, sagte sie.

Gelegentlich sprachen sie über das Düstere in ihrem Leben, über die Verlorenen: ihren Vater, seine Tochter. Einmal, sie war bis kurz vor Mitternacht geblieben, gestand sie ihm, auch schon das eine oder andere Mal an Selbstmord gedacht zu haben. Er fragte zurück: »Was würdest du tun, wenn ich jetzt stürbe? Bei mir bleiben oder einen Arzt rufen?«

Ihre Antwort, sofort und entschieden: »Mitsterben.«

Dann: »Niemand auf der Welt liebt und beschützt mich wie du. Ohne dich wäre ich ganz allein.«

Nur wenige Tage später war sie mit einem anderen verreist; er hatte nicht genau verstanden, mit wem und wohin. Aber das war auch ohne Belang. Denn kaum war sie weg, traf schon sehnsuchtsvolle Post ein: »Mein einziger Wunsch wäre, Dich hier zu haben. Alles, was an mir gut ist – gehört zu Dir.« Und alles andere einem anderen? »Mein liebes Wesen«, schrieb er ihr zurück, »dass Du mit allem, was an Dir gut ist, zu mir gehörst, ist schön – aber ich möchte noch etwas mehr von Dir haben, was an Dir minder gut ist – (wenigstens Deiner Ansicht nach).«

Aus der Ferne konnte er besonders gut um sie werben. Ein Ritual zwischen ihnen. Einmal hatte sie den Kern ihrer Beziehung überraschend klar benannt: Er wolle aus derselben Scheu nichts daran ändern, wie er auch das Werk nicht beginne, das ihm am meisten am Herzen liege. »Wie recht du hast«, war seine Antwort gewesen. »Ich bewahre mir in dir meine Sehnsucht, die Hoffnung auf restlose Erfüllung, auf höchstes Glück!«

Gleich in den ersten Jahren ihrer Bekanntschaft hatte er sie gebeten, ihm etwas über ihre intimen Begegnungen mit Männern aufzuschreiben, und sie füllte gleich ein ganzes Heft. Er hatte sie auch aufgefordert, ihm ihr Tagebuch zu zeigen. Tatsächlich machte sie Abschriften und schickte sie ihm. Sie schrieb ihm damals, im April 1923, ein paar hübsche Sätze dazu: »Farblos erscheinen die Worte, wenn ich an die Feinheit und Anmut zurückdenke, in der manches erlebt war. Mach es lebendig, dieses Geschriebene, das einst tausendfarbige, glitzernde Wahrheit war!«

Ihre Berichte und Erfahrungen waren Stoff für ihn, sie ließen Figuren in ihm entstehen. Nicht länger das süße Mädel aus der Vorstadt, sondern eine innerlich zerrissene junge Frau, sich ihrer selbst bewusst. Sein »Fräulein Else« trug Züge von Hedy, einige ihrer Gedanken und Formulierungen waren in die Novelle eingeflossen.

Zudem hatte er in die Sammlung seiner Aphorismen ein Aperçu von ihr aufgenommen und großzügig honoriert. Es lautete: »Die Männer sind sich ohneweiteres klar darüber, was sie bei uns erreicht haben; aber was sie alles bei uns *nicht* erreicht haben, davon haben sie meistens keine Ahnung.« Von ihm war nur ein einleitender Satz davorgestellt worden: »Eine kluge Frau sagte mir einst …«

Später hatte er sich den Spaß erlaubt, ihr auf einer Postkarte aus der Schweiz zu schreiben: »Viele sehr herzliche Grüße und auf bald! Frei nach H. K.: Die Menschen wissen wohl, wo sie überall hinkommen, aber wohin sie überall *nicht* kommen, davon haben sie keine Ahnung! (Und jetzt verlang ich das Honorar zurück!)«

Aber das alles hieß nicht, dass er sie nicht tatsächlich begehrte. Er wollte sich da nichts vormachen; er sah sie nicht nur mit den Augen des Schriftstellers und Ersatzvaters. Auch hinter Neugier versteckte sich Gier. Kaum war ihm Hedy aus den Augen, verzehrte er sich nach ihr, wie sie sich offenbar auch nach ihm. Bilder von den Liebesnächten mit anderen Männern spukten in seinem Kopf herum. Dagegen kam er nicht an. Es steckte weniger Eifersucht als Sehnsucht dahinter, falls das zu trennen war. Sehnsucht nach Glück und Geborgenheit. Jedenfalls sollte sie ihm schreiben, wenigstens das. So wünschte er sich auch jetzt, vor seiner Reise nach Berlin, dort im Hotel Esplanade täglich einen Brief von ihr zu erhalten.

Er blieb zwei Wochen in Berlin. Mit seinem Verleger war das Gespräch nicht leicht: Samuel Fischer wurde, so kam es ihm vor, immer geiziger, wirkte unsicher und sogar ein wenig senil. Als Schriftsteller, der dem Verlag immerhin einiges eingebracht hatte, fühlte er sich im Stich gelassen. Beim zweiten Treffen sprachen sie dann wieder freundschaftlich und vertraut miteinander, sogar über den Tod ihrer Kinder; es war 15 Jahre her, dass Fischer seinen Sohn verloren hatte, der sein Nachfolger hätte werden sollen.

Auch sonst waren die Tage nicht einfach; das hatte er nicht anders erwartet. In Olgas Wohnung las er ihr und Heinrich aus dem »Zug der Schatten« vor, dem Theaterstück, das er einfach nicht in den Griff bekam; er erhielt nur mäßigen Applaus dafür und hatte beim Vorlesen selbst Unlust und Ungenügen verspürt. Das Stück war noch lange nicht bühnenreif, würde es vielleicht niemals werden.

Mehr verstörte ihn Olgas anhaltend schlechte Stimmung, ihre Feindseligkeit ihm gegenüber, abgemildert nur, wenn Heinrich anwesend war. Doch auch wenn es ihm schwerfiel: Er sah sie jeden Tag. Er begleitete Olga bei Einkäufen, besuchte mit ihr an einem herrlichen Herbsttag den Zoologischen Garten, sie gingen gemeinsam ins Völkerkundemuseum, ins Kino, in die Oper – und sie sahen voller Stolz den Sohn auf der Bühne des Schiller- und des Staatstheaters.

An zwei Abenden ging er allein aus, sah sich »Die Todesschleife« im Ufa-Großkino und einen in den USA gedrehten Film des Regisseurs Josef von Sternberg mit dem Titel »Sein letzter Befehl« an. Es war lange her, noch vor Lilis Tod, dass er allein im Kino gesessen hatte.

Die Besprechungen mit den Filmleuten von Universal Pictures, die seine Novelle »Spiel im Morgengrauen« verfilmen wollten, gestalteten sich zäh. Es wurde nicht einmal über Finanzielles gesprochen. Sein Verhandlungspartner Paul Kohner, der aus New York gekommen war und ihn Anfang des Monats schon in Wien besucht hatte, gab sich optimistisch, lud ihn zur Vorführung eines neuen amerikanischen Stummfilms in sein Büro und setzte sich persönlich ans Klavier, zur musikalischen Untermalung des Ganzen, was nicht recht gelang.

Die vierzehn Tage in Berlin waren bis zum Rand gefüllt mit Verabredungen, Gesprächen, Einladungen und auch zufälligen Begegnungen. Manchmal schwirrte ihm der Kopf. Er stand im Zentrum, was ihm schmeichelte, keine Frage, was ihn aber auch anstrengte. Da war der Übersetzer Hans Jacob, der von seiner Aufgabe als Dolmetscher beim Völkerbund erzählte; da tauchten die großen, selbst schon berühmten Kinder von Thomas Mann, Erika und Klaus, abends in einer Bar auf; und er sah Alfred Polgar wieder, der seit Längerem in Berlin lebte und mit dem er seit Jahrzehnten nicht mehr gesprochen hatte. Täglich notierte er sich neue Namen.

Von seinem Verleger wurde er in die Villa im Grunewald eingeladen; er sprach dort lange mit Gottfried Bermann, Fischers Schwiegersohn, der eigentlich Arzt war, aber seit diesem Jahr die Geschäfte des Verlags führte. Auch mit Dora, die man ihm zuliebe mit ihrem Mann eingeladen hatte, konnte er an diesem Abend ausgiebig sprechen. Und ergriffen lauschten sie alle am Radio einer Übertragung aus Lakehurst, USA, wo zum ersten Mal ein Luftschiff aus Deutschland gelandet war, die »Graf Zeppelin«, nach gut viertägiger, südlich der Azoren gefährlich stürmischer Überfahrt. Ein großes Wunder, so empfand er es.

Das alles war erschöpfend, und es lenkte ihn ab. In der Stille danach aber oder am frühen Morgen, wenn er wach lag, war es wieder da, das unfassbar namenlose Grauen.

9

Das Kino war und blieb sein Refugium. Es war nicht einmal wichtig, was gespielt wurde. Allenfalls interessierten ihn die Schauspieler und Regisseure. Im Dunkel des Saals fühlte er sich geborgen und geschützt. Zumeist begleitete ihn Clara, und er hatte sie gern dabei. Auf diese Weise war er mit ihr zusammen und konnte doch ganz bei sich sein. Solange der Film lief, gab es nichts zu bereden, er hatte keine Vorwürfe zu befürchten. Er konnte ihre Hand ergreifen und sanft ihre Finger streicheln – sofern es nicht gerade wieder eine grundsätzliche, tiefsitzende Verstimmung gab. In solchen Fällen entzog Clara ihm ihre Hand abrupt und wich trotzig wie ein Kind jedem Körperkontakt aus.

Nach Lilis Tod hatten sie die gemeinsamen Kinobesuche eine Zeit lang eingestellt. Doch das Kino tat ihm gut. Die bewegten Bilder auf der Leinwand lenkten ihn ab. Er mochte die Musik, die dazu gespielt wurde, ob nun von einem Pianisten oder – in den größeren Kinosälen – von einem kleinen Orchester. Ihm gefielen die knappen Texttafeln und Zwischentitel. Tonfilme, wie sie leider immer mehr in Mode kamen, mied er. Die lauten gekünstelten Stimmen verschreckten ihn – zumal er dem hektischen Wortwechsel ohnehin kaum zu folgen vermochte, was sicher auch an seiner zunehmenden Schwerhörigkeit lag.

Überhaupt: wozu sollte es gut sein, dass gesprochen und zerredet wurde, was doch im Bild zu sehen war? Dafür gab es die Bühne. Dialoge im Film waren einfach lächerlich. Das alles konnte allenfalls eine vorübergehende Erscheinung sein, da war er sich sicher. Niemals würde der Tonfilm das einlösen, was phantasielose Köpfe und Spekulanten sich von ihm versprachen.

Nach dem Kino, beim Nachtmahl im Restaurant, konnte es dann schnell wieder quälend werden. Ob Dominikanerkeller oder Café Ankerhof, ob Zur Heumühle oder Zur Linde: Wie aus dem Nichts schlug dann die Stimmung um. Nein, nicht eigentlich aus dem Nichts, das vergiftete Terrain war einfach zu groß. Das Unheil lauerte hinter jedem falschen, verfänglichen Wort. Selten verliefen solche Abende glimpflich, bestenfalls kam es zu einer Art Versöhnung, einem zerbrechlichen Frieden.

Im Urteil über die Filme allerdings stimmten sie fast immer überein, zumal die meisten, wie schon ihre Titel ahnen ließen, von kläglicher Einfalt waren: »Das Privatleben der schönen Helena«, »Madonna im Schlafwagen«, »Das Haus zur roten Laterne«. Und wie zum Hohn: »Der Mann zwischen drei Frauen«.

Mitte November erhielt er Post von einer Unbekannten namens Suzanne Clauser. Sie würde seine Schriften gern, soweit noch nicht geschehen, ins Französische übertragen. Sie kenne jede Zeile von ihm, hieß es in dem Brief. Er war skeptisch. Aber auch neugierig. Und warum sollte er sie nicht einladen? Das war das Angenehme an seinem Beruf: Leser meldeten sich, Menschen traten in sein Leben, denen er sonst nie begegnet wäre.

Er schickte ihr schon am nächsten Tag einen Brief mit seiner Telefonnummer. Sie rief an, und er ermunterte sie, ihn zu besuchen und eine Probe ihrer Übersetzungen mitzubringen. Sie bat um eine Woche Aufschub, falls möglich.

»Schön, dass wir uns kennenlernen«, sagte er zu ihr, als sie dann erstmals sein Haus betrat. »Es hat ja ein wenig gedauert.«

Er stand vor ihr und blickte sie belustigt an. Die junge Frau war verlegen. »Das ist allein meine Schuld«, flüsterte sie. »Sie haben so überraschend schnell auf meine Anfrage reagiert. Damit hatte ich nicht gerechnet. Ich war eher darauf gefasst, dass Sie mir gar nicht antworten würden. Dabei wissen Sie doch gar nicht, ob ich als Übersetzerin überhaupt etwas tauge.«

Sie war eine zarte aparte Person. Sie wirkte sehr ernsthaft, nicht wie jemand, der mehr versprach, als er einzulösen vermochte. Er fasste sogleich Vertrauen zu ihr.

»Gnädige Frau, nehmen Sie doch bitte Platz.«

Sie ließ sich vorsichtig auf dem angebotenen Sessel nieder, lehnte sich aber nicht zurück, sondern blieb, immer noch recht angespannt, kerzengerade sitzen. Er setzte sich ihr gegenüber.

»Ich habe mich an Ihre Erzählung ›Blumen‹ gewagt, die mir schon immer besonders lieb gewesen ist.«

»Ich muss Anfang dreißig gewesen sein, als ich das schrieb. So alt etwa dürften Sie jetzt sein, wenn ich raten darf?«

»Natürlich dürfen Sie. Ja, ich bin gerade dreißig geworden.«

»Na, dann zeigen Sie mal her. Ich würde mir Ihre Übersetzung gern in Ruhe anschauen. Und ich möchte Ihre Arbeit auch, wenn Sie gestatten, einer Vertrauten vorlegen, die die Sprache besser beherrscht als ich und auch schon selbst ins Französische übersetzt hat, der Schriftstellerin Clara Pollaczek.«

»Nein, bitte, das geht nicht. Meine Handschrift ist ganz und gar unleserlich, außer mir kann sie niemand entziffern.«

»Dann müssen Sie mir das wohl vorlesen.«

»Das traue ich mich auch nicht.«

Er musste lachen. »Ja, und was nun? Dann erzählen Sie einfach ein wenig von sich. Weshalb können Sie so gut Französisch?«

»Ich habe lange mit meinen Eltern in Paris gelebt. Daher beherrsche ich beide Sprachen.«

Dann erzählte sie ihm, dankbar für die Aufforderung und zunehmend entspannt, von ihrem Leben dort, vom französischen Staatsexamen, bei dem sie sein Stück »Liebelei« als Thema gewählt habe. »Seither bin ich Ihre treue Leserin. Meinen Mann belustigt das zwar bisweilen, aber er hat mir zur Geburt unseres Sohnes Ihre Werkausgabe geschenkt.«

»Sie haben doch hoffentlich nicht alles gelesen?«

»Aber ja, von A bis Z. Seit mein Sohn Hubert zur Schule geht, habe ich wieder genug Zeit zum Lesen.«

»Ihr einziges Kind?«

»Es gibt noch ein kleines Mädchen. Rose Marie, eigentlich Rosina Maria, vier Jahre alt.«

»Wie schön. Und Sie selbst sind so jung«, sagte er. »Ich werde demnächst 67.«

»Darüber sollten Sie sich doch freuen. Mein Vater ist nur 65 geworden. Er ist vor Kurzem gestorben.«

»Sie haben ihn geliebt?«

»Sehr.«

»So geht es mir mit Lili, meiner Tochter, die vor einem halben Jahr ums Leben gekommen ist.«

»Oh, das wusste ich nicht. Ein Kind zu verlieren, muss entsetzlich sein.«

Für einen Augenblick herrschte Schweigen. Er schaute sie an; sie senkte den Blick, als habe sie zu viel gesagt. Dann sagte er in die Stille hinein: »Vielleicht sollten Sie mir jetzt doch etwas von dem vorlesen, was Sie mitgebracht haben, die ›Blumen‹.«

Sie öffnete brav ihre Handtasche und holte einige Blätter hervor, doppelseitig mit Bleistift beschrieben.

»Fleurs«, begann sie mit belegter Stimme. Dann trug sie den Anfang der Erzählung mit zunehmender Sicherheit vor, mit einer musikalisch anmutenden Intonation, die ihn rührte, obgleich ihm die Geschichte in der fremden Sprache wie aus weiter Ferne entgegenkam, die Geschichte des jungen Mannes, den seine Liebste betrogen hat, ihn dann in verzweifelten Briefen um Vergebung bittet und jeden

Monat am gleichen Tag Blumen schickt. Nun ist sie tot. Aber die Blumen, zunächst rätselhaft, werden ihm weiterhin pünktlich ins Haus geliefert.

An einer Stelle geriet die Vorleserin ins Stocken. Ein Mensch, hieß es da, sei in Wahrheit erst gestorben, wenn auch jene tot sind, die ihn gekannt haben. Sie hatte Tränen in den Augen. Bald danach brach sie den Vortrag ganz ab und legte die Blätter beiseite.

»Warum lesen Sie nicht weiter?«

»Weil ich nicht mehr habe«, sagte sie, nun wieder sehr verlegen. »Ich habe erst gestern Abend voll Panik damit begonnen und bis spät in die Nacht daran gearbeitet. Verzeihen Sie bitte. Wie stehe ich jetzt vor Ihnen da? Es ist mir zu spät bewusst geworden, dass ich Ihnen doch etwas vorweisen muss, wenn Sie schon so freundlich sind, mich herzubitten. Es ist bloß eine Rohübersetzung. Und ohne meine Freundin hätte ich mich ohnehin nicht hergetraut. Sie wartet da draußen in ihrem Auto auf mich.«

»Sie sind hier ja nicht im Examen. Ihre Freundin besitzt ein eigenes Auto? Wie ungewöhnlich.«

»Ja, das ist sie, sehr eigen. Und neugierig. Sie besteht darauf, dass ich ihr nachher alles genauestens berichte.«

»Und? Was werden Sie ihr erzählen?«

»Wie furchtbar nett Sie sind.«

»Ich bin sehr froh, dass wir uns kennengelernt haben«, sagte er zum Abschied. »Ich freue mich auf unsere Zusammenarbeit. Ich werde Ihnen eine Erlaubnis zukommen lassen, Schriften von mir zu übersetzen.«

Nachdem sie gegangen war, sprach er sich ihren Namen vor, französisch: Suzanne. Er fand sie äußerst charmant, bei aller Melancholie. Wieder eine, dachte er, die ihren Vater verloren hat, wenn auch nicht so früh wie Hedy. Er kam als Liebhaber für diese jungen Frauen nicht mehr infrage, in diesem Fall schon gar nicht: Sie war verheiratet, hatte zwei kleine Kinder. Dass er überhaupt darüber nachsann, war wie ein Reflex. Er bedauerte es kurz, bedauerte sich selbst, und doch war es auch eine Erleichterung. Alles musste einmal ein Ende haben.

Schon anderthalb Wochen nach dieser ersten Begegnung schickte er Suzanne Clauser eine schriftliche Vereinbarung. Sie hatte ihm inzwischen weitere Übersetzungsproben geschickt. In der kurzen Mitteilung schrieb er ihr: »Wenn ich so schön und fleißig dichten könnte als Sie gnädige Frau übersetzen, so wäre ja alles (wieder) gut.«

Tatsächlich war er seit Lilis Tod zu keiner konzentrierten Arbeit mehr fähig. Er stellte insgeheim sogar den Wert alles bisher Geschriebenen infrage und bezweifelte, noch etwas vor sich zu haben. In der »Freien Neuen Presse« war dieser Tage ein Interview mit Thomas Mann erschienen. Auch über »Therese« hatte sich sein Kollege geäußert, der Bewundernswerte, der eine große Familie um sich zu scharen wusste und gleichzeitig von ungebrochener Produktivität schien.

Was Thomas Mann gesagt hatte, falls es denn korrekt wiedergegeben war, klang ein wenig anders als die freundlichen Worte damals im Brief an ihn. Es handle sich nicht um einen Roman im älteren Sinne. Das Buch sei merkwürdig, aber rührend »in seiner Einfachheit, in der Monotonie des erzählten Schicksals«. Es kam ihm kritisch vor. Aber vielleicht war er auch zu empfindlich geworden. Zweifellos gab es immer wieder eine Diskrepanz zwischen dem, was die Autoren sich gegenseitig schrieben oder sagten, und dem, was sie wirklich dachten oder an anderer Stelle verlauten ließen.

Sie war weit fortgerückt, seine »Therese«. Ja, die Monotonie hatte er in Kauf genommen, die Wiederkehr des Ewiggleichen gehörte zum Erzählprinzip. Am besten hatte der junge Stefan Zweig es getroffen, der in einem Brief ebenfalls von der Monotonie des Glücks und des Unglücks gesprochen, aber das erzählerische Problem erkannt hatte: dass in der Kunst nichts schwieriger und undankbarer sei, als das Negative und die Tragik der Hoffnungslosigkeit darzustellen. »Aber nichts ehrt Sie mehr«, hatte Zweig ihm geschrieben, »als dass Sie auf der Höhe Ihres Schaffens das Allerschwerste auf sich genommen haben, das dem Künstler vorbehalten ist: die arme Existenz zu schildern, die Tragödie der unzähligen Anonymen.«

Solche Briefe in seinem Besitz zu haben, tat unendlich gut. Irgendwann würde auch die Nachwelt sie lesen. Es war wenigstens zu hoffen.

Während der Adventszeit, als er wieder einmal schlaflos im Bett lag, fragte er sich, ob er über Silvester wirklich nach Berlin reisen sollte. Er fürchtete dabei weniger die Auseinandersetzung mit Clara – sie hatte schon auf die bloße Andeutung hin verbittert reagiert –, sondern vielmehr die eisige Atmosphäre, der er in Olgas Gegenwart ausgesetzt sein dürfte.

Wenige Tage später traf jedoch ein Brief von Arnoldo ein, und dessen Vorfreude auf die gemeinsamen Tage zum Jahreswechsel rührte ihn. Heinrich, der ihn am Telefon ebenfalls darum bat, nach Berlin zu kommen, überzeugte ihn schließlich. Und so paradox es war: Er musste sich eingestehen, dass er trotz aller Widrigkeiten gern mit Olga zusammen das neue Jahr begrüßen würde. Er und Heinrich hatten vor Zeiten verabredet, ihr das lang ersehnte Klavier zu Weihnachten zu schenken. Sein Anteil war die Finanzierung, der des Sohnes war es, ein passendes Instrument zu finden und es rechtzeitig ausliefern zu lassen, was gelungen war.

Den Heiligen Abend verbrachte er im Haus seines Bruders. Nachmittags hatte er sich mit Clara getroffen, die ihm einen Tisch für sein Arbeitszimmer schenkte. Bei Julius und der Familie fühlte er sich dann endlich aufgehoben und am richtigen Platz. Man hörte zusammen Musik vom Grammophon, er setzte sich ans Klavier, wie später auch sein Neffe Hans, ein liebenswerter junger Mann, der mit Anfang dreißig als Chirurg die medizinische Tradition des Elternhauses fortsetzte.

Am ersten Weihnachtstag traf er sich mit Hedy, die ihm einen riesigen Strauß Rosen geschickt hatte. Er machte mit ihr unter strahlend blauem Winterhimmel einen langen Spaziergang hinüber zum Gallitzinberg. Unterwegs erzählte er ihr von der jungen Übersetzerin Clauser, wobei er sich ein wenig über deren Besuch lustig machte. Und sie erzählte ihm, dass sie sich für einige Tage Urlaub genommen habe. Warum er sie nicht einfach nach Berlin einladen würde? Sie fürchte sich davor, sagte Hedy, Silvester allein in Wien zu verbringen. Aber es war beiden klar, dass sie ihn nicht würde begleiten können.

So bestieg er am Abend des zweiten Weihnachtstags den Nachtzug nach Berlin, wo er im vertrauten Hotel Esplanade ein Zimmer gebucht hatte. Es war ein trüber regnerischer Morgen, als er eintraf. Er verabredete sich mit Arnoldo, der schon drei Tage zuvor aus Udine angereist war. Gemeinsam spazierten sie vom Potsdamer Platz zum Kurfürstendamm und zurück. Sie sprachen darüber, worin sich Wien von Berlin unterscheide. Die deutsche Hauptstadt, da waren sie sich einig, war hektischer, moderner und ungemütlicher als die österreichische. Leben wollte man in dieser Stadt nicht, aber sie lohnte jeden Besuch. Und wieder empfand er es als großes Glück, in Arnoldo einen Freund und zweiten Sohn gefunden zu haben.

Ein Problem war allerdings dessen Wunsch, die letzten Tagebücher Lilis zu erhalten. Er vertröstete ihn. Insgeheim fragte er sich, ob sie Arnoldo, dem Witwer, nicht eigentlich zustanden. Mit welchem Recht hatten die Eltern diese Hefte an sich genommen – und für Arnoldo nicht einmal eine Abschrift anfertigen lassen? Zwei Tagebuchhefte allerdings waren von Olga, wie er inzwischen festgestellt hatte, ohnehin zurückgehalten worden. Wohl nicht zufällig betrafen sie die Zeit, in der bei ihr der Entschluss gereift war, ihn und damit auch das Haus in der Sternwartestraße zu verlassen. Es fehlten in dem Konvolut, das er in Wien hatte, immerhin anderthalb Jahre: von Januar 1921 bis Juli 1922.

Olgas Umgang war, ganz anders als befürchtet, von großer Zuneigung ihm gegenüber geprägt. Sie war erkältet, nicht wehleidig, nur ein wenig erschöpft. Und über das neue Klavier schien sie sich unbändig zu freuen, sie sagte es sogar mehrfach.

Auch sonst gab es für ihn Erfreuliches zu verzeichnen: Im Büro von Samuel Fischer, wo er mit dem Verleger, dessen Schwiegersohn und dem Lektor Oskar Loerke beisammensaß, erfuhr er, dass soeben die 31. bis 35. Auflage seiner »Therese« in Druck gegangen war und er das Honorar bald erhalten würde. Überdies wurde ihm ein Scheck für die amerikanische Lizenzausgabe des Romans überreicht.

Am frühen Abend suchte ihn Elisabeth Bergner im Hotel auf, die zu seiner Freude nicht nur seinen Sohn als begabten Kollegen lobte, sondern einmal mehr bekräftigte, wie wichtig es ihr sei, die Hauptrolle in der geplanten Verfilmung seiner Novelle »Fräulein Else« zu erhalten – was im Grunde auch längst verabredet war. Wieder einmal faszinierte ihn, wie charmant und klug diese wunderbare Schauspielerin sein konnte. Man verabschiedete sich herzlich voneinander und wünschte sich gegenseitig ein gutes, nein, ein besseres neues Jahr.

Bei Olga traf er am Silvesterabend wieder auf Arnoldo, später stießen Heinrich und Ruth dazu. Es fühlte sich richtig an, an diesem Tag hier zu sein. Obgleich für alle spürbar war, wie sehr Lili fehlte. Und so verfielen sie, trotz reichlich Champagner, noch vor Mitternacht in Trübsinn. Da half es auch wenig, dass er sich mit Heinrich ans Klavier setzte und sie vierhändig mit Bach ins neue Jahr hinüberspielten. Es war nicht einmal ein Uhr, als sie auseinandergingen. Er kehrte allein in sein Hotel am Potsdamer Platz zurück, wo er ein letztes Mal das Tagebuch 1928 zur Hand nahm und die Ereignisse der Silvesternacht festhielt.

Danach machte er einen Absatz und setzte hinzu: »Entweiche, Jahr!«

ZWEITER TEIL

Zeppelin über Wien (1929/30)

Der Mensch lebt und wartet immerfort auf den Moment,
der das Zweideutige und Vergebliche seines Lebens
endgültig aufhebt, dann kommt der Tod.
Hugo von Hofmannsthal (»Biographie«)

10

»Es ist seither kein Tag, keine Stunde vergangen, in der ich sie nicht vermisst hätte«, sagte er, nachdem sie sich gesetzt hatten. Sein Freund Hugo war in die Sternwartestraße gekommen, sie hatten gemeinsam zu Mittag gegessen und sich nun in Schnitzlers Arbeitszimmer zurückgezogen. »Bis heute träume ich nachts von ihr. So intensiv, als wäre sie noch immer am Leben. Aber auch im Traum weiß ich, dass sie sich umbringen wird. Ich flehe sie an, es nicht zu tun. Ich knie vor ihrem Bett. Ich küsse sie. Sie wehrt mich ab.«

Hugo von Hofmannsthal hatte ihm nach Lilis Tod einen zarten, liebevollen Brief gesandt: »Wir sind auch Eltern, und wir weinen mit Ihnen.« Dazu: »Das geht über die Kräfte – und alles drängt in eine letzte Ahnung hinein: ich nenne sie Gott – und Sie vielleicht nennen es anders.«

Jetzt, an einem Freitag im April 1929, sagte er beschwörend: »Arthur, Sie wissen, dass Gerty und ich für Sie da sind. Kommen Sie zu uns nach Rodaun. Es muss vor dem Krieg gewesen sein, dass Sie zuletzt bei uns waren. Uns trennen ganze zwanzig Kilometer, wir leben in derselben Stadt. Als wir beide noch zu Rad unterwegs waren, haben wir dazu kaum zwei Stunden gebraucht. Im Auto geht es heute schneller. Und Sie ›auteln‹ doch gern, wie Sie es immer nennen. Ich könnte Sie jederzeit abholen. Rufen Sie einfach an, leicht zu merken: Rodaun Nummer 3.«

Es war ja richtig: wie oft hatte ihm Hofmannsthal seine Anhänglichkeit, Freundschaft, ja seine Liebe bekundet, in so vielen Briefen seit bald vierzig Jahren. Damals stieß Hofmannsthal im Café Griensteidl zur Runde jener Literaten, die sich »Jung Wien« nannten. Der Gymnasiast war 17 Jahre alt, er kam in Begleitung seines Vaters. Unter dem Pseudonym Loris hatte der junge Mann einige außerordentliche Gedichte publiziert, und schnell war er umworben von Autoren, die bereits einen Namen hatten: Hermann Bahr, Richard Beer-Hofmann, Stefan George.

Er aber, Arthur Schnitzler, der damals selbst noch unsicher war, ob er nun den Arztberuf oder die Schriftstellerei wählen sollte, durfte sich bald schon als Freund des jungen Genies betrachten. Ein Dutzend Jahre trennte sie, doch gegenseitige Hochachtung und Zuneigung bestimmten von Beginn an den Umgang miteinander. Hofmannsthal hatte ihm schon bald Gedichte und Prosatexte gezeigt, auch komplette Theaterszenen vorgetragen – und die Bücher des Freundes zuverlässig und begeistert begrüßt. Unausgesprochen gehörte zugleich eine leichte Distanz zu ihrer Freundschaft.

Er schaute Hofmannsthal an, der einst bartlos und mit

kurzem Haar schmal und asketisch gewirkt hatte. Mittlerweile war dessen Gesicht rundlich geworden, und trotz des Schnurrbarts wirkte es konturlos und rosig. Nicht unbedenklich, wie er als Arzt im Stillen dachte. Er sagte: »Sie haben vollkommen recht, Hugo. Ich verspreche, Sie bald in Rodaun zu besuchen. Sehr bald. Richten Sie das bitte auch Gerty und den Kindern aus, die ich alle gern wiedersehen möchte.«

»Damit würden Sie uns eine große Freude bereiten. Ich habe oft das Gefühl, wie Sie wissen, der Bittende, der Werbende zu sein. Fast immer bin ich es, der Sie aufsucht. Ich sage das ganz ohne Vorwurf. Ich habe ja mehr Aufmunterung und Unterstützung durch Sie erfahren als durch irgendjemand anders. Und ich liebe Sie, ich liebe Ihr Werk. Erzählen Sie mir doch, woran Sie arbeiten.«

»Da gibt es nicht viel zu erzählen. Mich beherrscht das Vergangene. Ich lese immer wieder in Lilis Tagebüchern und in meinen eigenen. Was sie geschrieben hat, diktiere ich in Abständen meiner Sekretärin. Ich fühle mich Lili dann sehr nah, näher, als wenn ich still für mich lese. Aber es geht langsam voran, ich brauche Pausen. Ach, was gäbe ich dafür, mich wieder einmal für ein paar Stunden wirklich behaglich zu fühlen.«

Er fuhr fort: »Kürzlich habe ich gelesen, was sie mit 15 schrieb. Rührend backfischhaft und gleichzeitig mit wilden erotischen Phantasien. Lili war schon als kleines Mädchen von klarem Verstand – und dann plötzlich diese geistlosen Notizen. Für mich unfassbar. Aber unfassbarer als alles: dass sie nicht mehr da ist und dass man weiterlebt und arbeitet, jedenfalls so tut. Die Konzentration fällt mir schwer. Und ich war nie besonders schnell. Für ›Therese‹ habe ich fast drei Jahre gebraucht, und die Vorarbeiten reichen mehr als dreißig Jahre zurück. Etwas Vergleichbares wird mir nicht mehr gelingen, allenfalls noch der eine oder andere Aphorismus. Und manchmal frage ich mich, woher ich jemals die Kraft genommen habe, etwas zu Ende zu führen.«

Wie oft war ihm bescheinigt worden, die menschlichen Beziehungen durchleuchtet zu haben wie kaum ein Zeitgenosse sonst, vor allem das Verhältnis von Männern und Frauen. Verwirrung, Verlockung, Verlogenheit: da galt er als Spezialist. Doch was half es ihm? Im richtigen Leben stand er so hilflos und unberaten davor wie jeder andere. Er wusste alles, und er wusste im Grunde nichts.

Ja, Aphoristisches, das ging ihm am besten von der Hand. Es gefiel ihm, wenn er einen fragilen Zusammenhang, einen flüchtigen Gedanken packen konnte, bevor der wieder entschwunden und verloren war. Er arbeitete besessen, geradezu beseligt daran, dem gerade noch Erhaschten Form und Beständigkeit zu verleihen. Dabei kam es auf jedes Wort, jede Nuance an, auf Klang, Klarheit, Zuspitzung. Es musste immer wieder hin und her gewendet, umgestellt, verknappt, manchmal verworfen werden. Vor zwei Jahren war, unauffällig in einem kleinen Wiener Verlag, sein »Buch der Sprüche und Bedenken« erschienen. Es war ihm besonders lieb.

Er war manchmal selbst überrascht, wie viel Bitterkeit in ihm steckte, auch Unerbittlichkeit, mit sich und anderen. »Wenn du dich zur Versöhnlichkeit geneigt fühlst«, hatte er geschrieben, »so frage dich vor allem, was dich eigentlich so milde stimmte: schlechtes Gedächtnis, Bequemlichkeit oder Feigheit.«

Er hörte Hofmannsthal sagen: »Andere wären froh, hätten Sie nur einen einzigen Ihrer Aphorismen zustande gebracht. Was den Inhalt angeht, so sind wir gedanklich oft auseinander. Was mich immer wieder berührt, ist der Rhythmus Ihres Denkens und damit letztlich das unauflösliche Geheimnis Ihrer Person. Und wenn wir über Ihre Tagebücher sprechen: darum beneide ich Sie zutiefst. Mehr aber noch beneide ich diejenigen, die lange nach uns einmal darin lesen und sich ausgiebig damit beschäftigen dürfen.«

»Tatsächlich kommen sie mir manchmal wichtiger und wesentlicher vor als alles, was ich sonst geschrieben habe. Jenseits aller Eitelkeiten. Aber ob sich irgendjemand später für diese Tagebücher interessieren wird, wer weiß das. Ich gelte doch jetzt schon als ein Mann von gestern, dessen Werk mit der Monarchie untergegangen ist. Vielleicht bin ich wirklich aus der Zeit gefallen.«

»Nein, ganz und gar nicht. Ich bin doch nicht der Einzige, der Ihre Bücher liebt und immer wieder hervorholt.«

»Meinen ersten Roman allerdings mögen Sie bis heute nicht.« Eigentlich wollte er es nie wieder erwähnen. Aber es war zu schmerzlich. »Der Weg ins Freie«, das war sein eigener Weg. Und vielleicht war das auch der Grund, warum ihm Hofmannsthals Ablehnung wie Gehässigkeit, wie Snobismus vorkam.

»Nein, das stimmt so nicht. Ich mag diese Arbeit von Ihnen einfach etwas weniger als andere. Die Hauptfigur kommt mir nicht ganz stimmig vor. Ich vermute, dass er Ihnen zu nah ist, der Held, der unverheiratet mit einer Frau zusammenlebt, die dann auch noch ein Kind von ihm erwartet.«

Es war nicht ganz von der Hand zu weisen. Die Schwangerschaft, die Totgeburt: All das hatte er vor dreißig Jahren mit Marie Reinhard erlebt.

»Aber Ihre Novelle ›Fräulein Else‹: wie großartig immer wieder! Und nun ist sie auch verfilmt worden. Sie ein Mann von gestern? Wirklich nicht.«

»Mit dem Film bin ich allerdings gar nicht glücklich. Und ich weiß, dass auch Elisabeth Bergner es nicht ist. Sie fürchtete sich dieses Mal sogar vor der Kritik und hat regelrecht die Flucht ergriffen. Sie will nie wieder in einem Stummfilm mitspielen.«

Die gefeierte Hauptdarstellerin war im März, sechs Wochen zuvor, nicht einmal zur Premiere erschienen. In London hatte sie sich neue Tonfilme vorführen lassen. Er selbst war auch erst fünf Tage nach der Uraufführung in Berlin eingetroffen. Er hatte weder eine Einladung zur Premiere erhalten noch das endgültige Drehbuch zu Gesicht bekommen. Ihm war im Capitol, wo der Film lief, schnell klar geworden, warum man sein Urteil gefürchtet hatte: Die Verfilmung benutzte seine Novelle lediglich als Vorwand, um die Bergner hübsch in Szene zu setzen und sie durch das winterliche St. Moritz spazieren zu lassen.

Später am Abend hatte er Gelegenheit, der Schauspielerin seine Einwände vorzutragen, als sie sich im Esplanade wieder zu einem Abendessen trafen. Sie war weder überrascht noch gekränkt gewesen: »Ja, wir hätten uns mehr Zeit lassen sollen. Und in zwei, drei Jahren wäre daraus ein intelligenter Sprechfilm geworden. So ist es leider nur eine verkitschte Version der wundervollen Novelle, die ich doch so liebe.« Er hatte ihr zugestimmt, trotz seiner Abneigung gegenüber Tonfilmen.

»Ich wüsste zu gern«, sagte er jetzt zu Hofmannsthal, »ob Lili der Film gefallen hätte. In Gedanken rede ich oft mit ihr. Aber meistens kann ich mir gar nicht mehr vorstellen, was sie sagen und wie sie urteilen würde.«

»Falls dem Film tatsächlich kein großer Erfolg beschieden sein sollte, wird man jedenfalls Sie nicht dafür verantwortlich machen.«

Tatsächlich hatte es kritische Urteile gegeben, die freilich weniger ihm als Paul Czinner galten, dem Drehbuchautor und Regisseur, der auch privat mit Elisabeth Bergner verbunden war. Ein paar Tage zuvor hatte die »Frankfurter Zeitung« eine Filmkritik von Siegfried Kracauer gebracht, in der Czinners Auffassung der Else-Figur missbilligt wurde: »Kein heute in St. Moritz betriebener Sport wird uns unterschlagen, und Fräulein Else ist überall mit einer unbedenklichen Jugendlichkeit dabei, die zu ihrem Urbild so wenig wie zu ihrem späteren Verhalten passt.« Und wie könnte er, der Schriftsteller, dem Grundgedanken Kracauers widersprechen, dass die Novelle doch eigentlich ein einziger innerer Monolog sei und die Gestaltung dieses Monologs im Film von größter Wirkung gewesen wäre. Das aber, hier musste er im Stillen der Bergner recht geben, hätte wohl nur ein Tonfilm leisten können.

Gerade das hatte er immer gemocht an ihr: ihre Aufrichtigkeit und die Fähigkeit, Kritik offen zu formulieren, ohne dabei verletzend zu sein. Elisabeth Bergner hatte ihn gelegentlich in Wien besucht. Dann saßen sie am liebsten im Garten. Sie brachte ihn oft zum Lachen. Einmal ganz unfreiwillig, als sie sich bei ihm darüber beschwerte, dass manche Kritiker behaupten, sie würde auf der Bühne immer »wrum« sagen. Empört rief sie aus: »Wrum sagen immer alle, dass ich ›wrum‹ statt ›wrum‹ sage?« Sie hatte offenbar kein Ohr für sich. Er konnte sich kaum beruhigen, so komisch fand er das: »Wrum«. Am Ende lachte sie mit, wenn auch leicht irritiert.

Er hatte sich immer sehr gewünscht, sie würde in einem seiner Stücke auftreten. Er hatte sie sogar gebeten, sich seinen »Gang zum Weiher« daraufhin durchzusehen. Wochen später war sie eigens nach Wien geflogen, nur um ihm zu erklären: »Schnitzler, ich mag Ihr Stück nicht.« Nach einem gemeinsamen Abendessen hatte er sie zu ihrem Hotel begleitet und zum Abschied gesagt, was von Herzen kam: »Ich möchte Ihnen dafür danken, dass Sie so offen waren und keine Ausrede gebraucht haben.«

Hofmannsthal riss ihn aus seinen Gedanken. »Was Lili betrifft«, sagte er, »so geht mir eine Begegnung nicht aus dem Sinn. Einmal traf ich sie auf der Straße, ohne sie zu erkennen. Dabei stand sie direkt vor mir. Ich kann mir leider Gesichter kaum merken. Das Erscheinungsbild eines Menschen verändert sich in meiner Phantasie ständig. Und bei einer späteren Begegnung weigert sich mein Kopf, die Identität festzustellen. Umgekehrt grüße ich manchmal Fremde auf der Gasse oder im Theater, weil ich denke, sie zu kennen, und nicht unhöflich wirken möchte. Schlechte Augen habe ich außerdem.«

»Lieber Hugo, Lili hat Ihnen das nicht übelgenommen, da bin ich mir ganz sicher.«

Als sie Stunden später voneinander schieden, sagte Hofmannsthal leise: »In unserer Gegenwart wird so vieles bedeutungslos.« Und wie zu sich selbst: »Die Ehe, die Universität, die Religion: Alles wird fraglich. Selbst der Protestantismus löst sich auf. Die Persönlichkeit Christi wird preisgegeben.« Dann blickte er auf: »Ach, Arthur, ich weiß, das sind nicht Ihre Sorgen.«

Er hielt lange Schnitzlers Hand in seiner. »Wenn einer von uns tot ist«, sagte er noch, »wird es dem anderen sehr leidtun, dass wir uns so selten gesehen haben. Kommen Sie bitte bald hinaus nach Rodaun.«

11

Ein Brief war aus Lübeck gekommen. Eine Interviewanfrage, wieder einmal.

Sehr verehrter Doktor Schnitzler. Es wäre mein innigster Wunsch, ein ausgiebiges Gespräch mit Ihnen zu führen. Ich bin ein großer Verehrer Ihrer Kunst und plane, ein Porträt zu schreiben, aus dem vielleicht später – so meine Hoffnung – ein Buch erwachsen könnte. Zu meiner Person ist zu sagen: Ich bin 29 (geboren im September 1899) und wollte ursprünglich den Beruf des Journalisten ergreifen, arbeite nun aber als Deutschlehrer am ehrwürdigen Katharineum (das, wie Sie vielleicht wissen, auch Thomas Mann besucht hat) – nicht zuletzt zur Beruhigung meiner lieben Eltern. Mir kommt die Wahl des Lehrerberufs insofern entgegen, als diese Tätigkeit, abgesehen von dem Vergnügen, Schüler an die Literatur heranzuführen, mir die Möglichkeit eröffnet, mich ohne Zeitdruck den Themen widmen zu können, die mir am Herzen liegen. Allem voran Ihr Werk! Hin und wieder schreibe ich Buchkritiken und Porträts für das Feuilleton. Gerade erst hat mich Ihre wunderbare Novelle »Casanovas Heimfahrt« begeistert und den letzten Anstoß gegeben, Ihnen diesen Brief zu schreiben. Ich plane, Ihre schöne Stadt zu besuchen, und es wäre mir die allergrößte Freude, wenn Sie mich bei dieser Gelegenheit empfangen würden, wie viel Zeit auch immer Sie für mich erübrigen könnten. Da ich nicht sicher sein kann, eine Antwort von Ihnen zu erhalten, ist es mir ein großes Bedürfnis, Ihnen auf diesem Wege vorab zu Ihrem 67. Geburtstag auf das Herzlichste zu gratulieren. Als kleine Gabe lege ich Ihnen Aufsätze meiner Oberprimaner bei, die ich kürzlich über »Leutnant Gustl« schreiben ließ. (Was bei uns die Oberprima ist, heißt in Österreich, soweit ich weiß, Oktava.) Sie werden sehen: Alle Schüler waren sehr angetan von Ihrer Novelle – bis auf einen, dessen Arbeit ich Ihnen dennoch mitschicke, da auch das für Sie von Interesse sein könnte. Ergebenst Ihr Walter Dorn

Wie sollte er darauf reagieren? Er hatte sich eigentlich vorgenommen, keine Interviews mehr zu gewähren. Andererseits interessierte es ihn, wie ein junger Lehrer heute über sein Werk dachte. Also skizzierte er eine Woche später, Anfang Mai, mit der Hand eine freundliche Antwort, die er dann Frieda Pollak diktierte: »Lassen Sie mich für Ihren liebenswürdigen Brief danken. Sie müssen wissen, dass ich Interviews nicht mehr erteile, da in den letzten Jahren mehrfach Äußerungen von mir verzerrt wiedergegeben wurden. Aber gelegentlich mache ich doch eine Ausnahme. Gegen ein Gespräch ohne publizistische Absichten habe ich nichts einzuwenden. Gern will ich Ihnen Auskunft geben, allerdings nicht über Persönliches. Und sollten Sie später doch etwas in einer Zeitung oder Zeitschrift publizieren wollen, so müssten Sie sich alle wörtlichen Zitate durch mich bestätigen lassen.«

Dann hatte er, um dem Nachdruck zu verleihen, hinzugefügt: »Es besteht ja leider keine gesetzliche und kaum eine moralische Möglichkeit, Journalisten, tüchtige oder minder tüchtige, an der Veröffentlichung von Gesprächen zu verhindern, deren sie sich mit größerer oder geringerer Treue zu erinnern glauben, die sie mit größerer oder geringerer Gewissenhaftigkeit aufgezeichnet haben, um sie endlich, mehr oder minder tendenziös zu reproduzieren.« Und er schloss mit den Worten: »Falls Sie, wie Sie schreiben, der Stadt Wien ohnehin einen Besuch abstatten, so lassen Sie es mich rechtzeitig wissen.«

Dann diktierte er Kolap noch einige Passagen aus Lilis Tagebüchern in die Maschine, bis sich auf der Straße lautes Stimmengewirr erhob.

»Wir sollten das Radio einschalten«, sagte er. »Der Zeppelin scheint sich zu nähern.«

LZ-127 »Graf Zeppelin« befand sich an diesem 4. Mai 1929, von den Zeitungen groß angekündigt, auf einer Rundreise über Österreich. Die Städte Graz und Linz hatte das Luftschiff schon überflogen. Aus einem begleitenden Flugzeug heraus informierte ein Radioreporter seit den Morgenstunden die Zuhörer in einer Direktübertragung über den Verlauf des Fluges. Auf diese Weise wollte die vor fünf Jahren gegründete RAVAG, die Wiener Radio-Verkehrs-Aktien-Gesellschaft, vorführen, dass das neue Radio mehr konnte, als nur Musik und Bildungsprogramme zu senden.

»Wir sehen von unserem Flugzeug aus einzelne Personen, die aus den Fenstern der Gondel auf Wien niederblicken«, verkündete der Reporter gerade im Ton äußerster Begeisterung. »Wir sind 600 Meter hoch, über dem riesigen Leib des Zeppelins.« Und wie ein fernes Echo erschallten diese Worte gleichzeitig über den Dächern der Stadt, Dächern, auf denen überall die Menschen standen und in den Himmel starrten. Denn die Radiostation hatte auf den großen Plätzen Wiens Lautsprecher aufstellen lassen, um auch jene zu überzeugen, die noch kein Rundfunkgerät besaßen.

Der Flug über Österreich, so erklärte der Reporter jetzt, und das gewiss nicht zum ersten Mal an diesem Vormittag, sei ein Dank dafür, dass auch hierzulande, nicht nur im Deutschen Reich, Spenden gesammelt worden waren, um den Bau des gewaltigen, 240 Meter messenden Zeppelins zu ermöglichen.

»Da kommt er«, rief Kolap. Sie waren beide auf den Balkon getreten und schauten zu, wie die Erscheinung am Himmel sich scheinbar gemächlich in Richtung Stephansdom bewegte. Trotz der Entfernung waren die Ausmaße des Luftschiffs überwältigend. Der Anblick und das gleichmäßige Brummen aus den fünf Motorgondeln bewirkten eine Art Glücksgefühl, auch bei ihm.

»Man kann nicht genug staunen auf dieser Welt«, sagte er nur. Ihm kam die ganze Angelegenheit wie eine Inszenierung vor, die demonstrieren sollte, dass der Rundfunk aktueller war als die mehrmals am Tag erscheinende Zeitung und der Zeppelin imposanter als das Flugzeug.

Dabei gab es auch Abstürze. Ende des vergangenen Jahres war der frühere Ehemann seiner Nichte Margot mit einem Militärluftschiff ins Meer gestürzt. Vierzehn Menschen waren dabei ums Leben gekommen. Er musste auch an das Luftschiff denken, dem er einmal mit Lili auf dem Lido nachgeblickt hatte, wie es so majestätisch und schwerelos Richtung Norden entschwebte, als könne nie ein Unglück geschehen. Nun lag sie dort auf dem jüdischen Friedhof begraben. Fast auf den Tag ein Jahr war es her, dass er seiner Tochter zum letzten Mal in die Augen geschaut hatte.

Am 15. Mai, seinem 67. Geburtstag, kamen schon frühmorgens Blumen ins Haus: von Olga, von Heinrich, von Arnoldo und Clara. Sein Sohn hatte ihm zudem Bücher geschenkt, Olga eine Krawatte und Handschuhe. Am Telefon gratulierten Hedy und Kolap. Minna und Marie, die Hausangestellten, überreichten ihm Veilchen. Und Gisela schließlich brachte sein Lieblingskompott vorbei, Gisa, die kleine Schwester, wie er sie immer noch nannte, obwohl sie inzwischen eine ältere Dame und schon längst Großmutter war, verheiratet mit einem Arzt, wie es sich in der Familie Schnitzler gehörte. Am Nachmittag fuhr er gemeinsam mit Clara hinaus nach Mödling, wo sie eine Weile durch den Regen spazierten, dann im Restaurant zu Abend aßen. Es ging friedlich zu.

Dennoch fühlte er sich elend an diesem Tag. Erst kürzlich war er mit seinem Bruder eine Stunde lang im Türkenschanzpark unterwegs gewesen und hatte über seinen gesundheitlichen Zustand geklagt, über die Bewegungsstörungen im linken Arm und Bein, über die Taubheitsgefühle in den Lippen und seine häufigen Anfälle lähmender Müdigkeit. Er sprach von ataktischen Erscheinungen und Parästhesien. Sie waren schließlich beide Mediziner. Und so war es für Julius denn auch keine ganz leichte Aufgabe, ihn zu beruhigen und seine Leiden als unbedenklich hinzustellen.

»Ich werde Ferry bitten, dich wieder einmal gründlich zu untersuchen.«

Ferdinand Donath war der Schwiegersohn des Bruders, seit vergangenem Jahr mit dessen Tochter Anna verheiratet, ein überaus liebenswürdiger junger Mann, ein besorgter und sorgsamer Arzt. Aber natürlich war auch er nicht frei von Rücksichtnahme und Respekt dem Schriftsteller gegenüber. So schauten sie dann beide, Ferry und Julius, bei ihm vorbei und schlossen organische Probleme aus.

In diesen Tagen probierte er auch einen neuartigen Hörapparat aus, ein Tischgerät, das mit Strom betrieben wurde. Doch die Nebengeräusche waren unerträglich. Da war das ständige Rauschen in seinen Ohren eher zu ertragen und seinem Hörrohr der Vorzug zu geben.

Wenn er allein mit seinem Bruder im Garten saß, war das Gehör kein großes Problem. Die Geräusche der Stadt kamen aus weiter Ferne, die Stimme war vertraut, und so vermochte er sich gut auf das Gespräch zu konzentrieren.

»Je älter ich werde«, sagte er eines Abends zu Julius, »desto mehr bewundere ich dich. Wie du das alles hinbekommen hast: Beständigkeit und Harmonie, keine Ablenkung durch Eifersuchtsdramen oder Hysterie. Du hast immer genau gewusst, worauf es dir ankommt. Du bist mit deiner Frau glücklich verheiratet, du hast die Familie zusammengehalten, und du bist mit ganzer Seele Arzt, so wie es sich unser Vater gewünscht hat.«

»Vielleicht sieht es nur im Rückblick so aus? Aber es stimmt wohl, dass mir das bürgerliche Leben wichtiger war als dir. Ich habe ein jüdisches Mädchen geheiratet und lange Zeit vor dir eine Familie gegründet. Ich bin den Erwartungen gefolgt. Der brave Sohn. Du dagegen: ein weltberühmter Schriftsteller, von Frauen umschwärmt, bis auf den heutigen Tag.«

»Erinnerst du dich daran, wie Vater heimlich mein Tagebuch gelesen hat? Später hat er mich dann in sein Ordinationszimmer gerufen und mir die großen Kaposischen Atlanten aufgeblättert: mit den schrecklichen Darstellungen der Folgen von Syphilis und anderer Krankheiten. Er wollte mich warnen.« Er machte eine Pause. »Den Vertrauensbruch habe ich ihm nie verziehen.«

»Er war entsetzt darüber, wie viele Mädchen du schon kanntest.«

»Dabei war doch alles recht harmlos. Ich war Schüler, und die Töchter aus gutem Hause schrieben mir Liebesbriefe. Es gab wilde Küsse, das war es. Und ich habe Vater später mit jugendlichem Trotz gefragt, wie ein junger unverheirateter Mann denn mit seinem Trieb umgehen solle? Man tut es ab, sagte er. Was immer genau er damit meinte. Er ahnte, wie anfällig ich war, er hatte es ja gelesen.«

Das war ein halbes Jahrhundert her. Sein Vater hatte damals die verschlossene Schublade im Schreibtisch geöffnet, das Tagebuch gelesen und zunächst wieder zurückgelegt – um abzuwarten, welche Fortsetzung ein frisches Liebesabenteuer wohl finden würde. Dann hatte er das rote Heft wieder hervorgeholt und war damit zu ihm gekommen.

Da sein Tagebuch zu Hause nicht mehr sicher war, hatte

er, der Sohn, es fortan bei sich getragen, auch während des Schulunterrichts. Wochen später war während der schriftlichen Matura bei einigen Schülern eine Leibesvisitation vorgenommen worden, auch bei ihm. Das Heft wurde gefunden und ihm einige Tage später vom Direktor persönlich zurückgegeben: wortlos. Er hatte damals das Gefühl gehabt, seinem Leben ein Ende setzen zu müssen.

Und doch dürfte ihn die Warnung seines Vaters vor manchem bewahrt haben. Er war danach vorsichtig geworden, und das hatte sich bisweilen als Glück herausgestellt. So bei einem Chormädchen vom Freihaustheater, das ihn – es war kurz nach Abschluss des Militärjahrs – zusammen mit einem Kameraden zu sich nach Hause eingeladen hatte, offenbar nicht abgeneigt, sich entweder dem einen oder dem anderen hinzugeben. Er aber war durch einen Arztkollegen davon in Kenntnis gesetzt, dass bei einem Liebhaber der bildschönen jungen Frau Syphilis diagnostiziert worden war. Und so hatte er sie seinem Freund überlassen und ihn nicht einmal warnen müssen, denn der war selbst schon erkrankt. Er erinnerte sich ungern daran. Wie viele hatte er elendig zugrunde gehen sehen.

»Und in gewisser Weise hast du ja auch Vaters Träume verwirklicht«, sagte jetzt Julius. »Er hat schließlich nie ein Geheimnis daraus gemacht, dass er in jungen Jahren selbst gern Schriftsteller geworden wäre. Als Gymnasiast verfasste er Dramen. Aber er war dann eben später der große Kehlkopfspezialist, eine medizinische Kapazität. Und er wurde als Jude von den meisten Kollegen anerkannt und geschätzt. Das war nicht selbstverständlich, und es war ihm viel wert.«

»Weißt du noch, wie mein erstes Stück auf die Bühne

kam? Weil man des Namens wegen dachte, Vater hätte es verfasst. Mir hat er nie zugetraut, ein erfolgreicher Autor zu werden. Bis zuletzt hat er mich mit seiner festen Überzeugung gequält, zu größeren literarischen Hoffnungen berechtigt gewesen zu sein als ich. Und er wollte unbedingt, dass ich Arzt werde.«

»Bist du ja auch geworden. Du hast mir mal gebeichtet, gelegentlich eine Patientin verführt zu haben. Undenkbar für mich.«

»Ja, das war übrigens einer der Gründe, warum ich dann kaum mehr praktiziert habe. Ich habe sonst nie jemand davon erzählt. Du bist mein Bruder, dem ich mich anvertrauen kann. Oder?«

»Das kannst du, Arthur.«

»Früher warst du manchmal abweisend. Weißt du, was du gesagt hast, als ich einmal von meinen Angstgefühlen sprach, damals, als ich noch verheiratet war?«

»Nein, was habe ich gesagt?«

»Zur Selbsterziehung hast du geraten. Das war alles.«

»Ich wusste es offenbar nicht besser. Klingt fast wie Vater: Man tut es ab. Mir fehlte deine Erfahrung.«

»Und mir deine Ruhe. Ich habe das eben nie erreicht: beständiges Familienglück, Geborgenheit, Treue, eine liebevolle Frau. Wer weiß, ob Lili sonst vielleicht noch am Leben wäre.«

»So darfst du nicht denken. Die Trennung von Olga ist nicht von dir ausgegangen. Sie war es, die dich verlassen hat.«

»Dazu gehören immer zwei. Sie hatte es nicht leicht mit mir.«

»Aber du hast dir nichts vorzuwerfen. Du hast Lili geliebt, wie nur ein Vater sein Kind lieben kann.«

Es tat ihm gut, das zu hören, überhaupt derart entspannt mit seinem Bruder hier im Garten zu sitzen und zu reden, in die einbrechende Dunkelheit hinein. Ein Abend im Mai, glückliche Stunde.

12

Eines schönen Tages – und es war wahrhaftig ein herrlicher Tag Ende Mai 1929 – saß er gemeinsam mit der Pianistin Lili Kraus in einer Droschke. Ihre Wohnung lag auf seinem Weg. Beide kamen sie von seinem Bruder, wo ihm die junge Künstlerin schon öfter begegnet war. In der Vorweihnachtszeit vor drei Jahren hatte sie »dem bewunderten Dichter«, wie sie sagte, dort eigens Beethovens späte Klaviersonate op. 109 vorgespielt: »Mein Weihnachtsgeschenk!« Einmal war er auch mit seiner Lili in einem Konzert von Lili Kraus gewesen, und ein anderes Mal hatte er sogar, zum Entsetzen von Clara, in Begleitung der Pianistin ein Symphoniekonzert besucht.

Sie war selbstbewusst, sie konnte es sein. Ohne Scheu hatte sie bei Julius lobende Kritiken über ihr Konzert in Berlin herumgereicht. Auch jetzt im Wagen sprach sie herzlich unbefangen davon, was für ein phantastisches Wesen sie doch sei. Kurz bevor sie aussteigen musste, sagte sie plötzlich zu ihm: »Wissen Sie eigentlich, dass ich lange Zeit die Idee hatte, zu Ihnen zu ziehen und bei Ihnen zu wohnen? Ich habe sogar mit einer Freundin darüber gesprochen, so als wäre es im Spaß. Aber es war mir ganz ernst.«

»Wie gut, dass es nicht dazu gekommen ist. Ich bin nicht mehr jung genug – und auch wiederum nicht alt genug.«

»Das hätte mich nicht gestört.«

»Aber mich vielleicht. Ich bin 67, Sie sind 23.«

»24, wenn auch erst seit Kurzem. Glauben Sie nicht, dass es schön gewesen wäre?«

»Vielleicht gerade deswegen. Außerdem gab es schon einmal eine Lili in meinem Haus, eine zweite könnte ich nur schwer verkraften.«

»Verzeihung, daran habe ich nicht gedacht.«

»Das müssen Sie auch nicht. Ich hätte es nicht erwähnen sollen.«

Als sie die Tür schon geöffnet hatte, wollte sie dem Chauffeur sagen, wo es als Nächstes hingehen sollte. Doch die Adresse fiel ihr nicht ein. Ein wenig hilflos schaute sie den Schriftsteller an: »Wo genau war das noch?«

Da lachte er: »Sie wollten zu mir ziehen und haben meine Adresse vergessen?«

Sie stieg ein wenig verlegen aus. So sagte er dann selbst: »Fahren Sie mich zur Sternwartestraße Nummer 71.«

Dort empfing er einige Wochen später eine Schülerin, die ihn in einem Brief darum gebeten hatte, ihn besuchen zu dürfen. Sie hege schon seit Jahren diesen Wunsch. Und dann plauderte sie in seinem Wohnzimmer munter über ihre Familie, ihr Interesse an der englischen Sprache und an seiner Literatur. Sie fühlte sich ganz offensichtlich wohl bei ihm, der ihr geduldig zuhörte. Sie würde gern häufiger zu ihm kommen, sagte sie zum Abschied, eine Spur zudringlich.

»Sie sind noch so jung«, sagte er. »Als alter Mann würde ich Sie bald langweilen. Früher hätte man Greis gesagt, was für ein schreckliches Wort.«

»Nie und nimmer«, rief sie empört aus. »Meine Jugend ist mir nur etwas wert, wenn ich für Sie jung sein darf.«

Else Kraus hieß sie, nicht verwandt mit der Pianistin, aber die Duplizität der Situation und des Nachnamens verwirrte ihn.

Hedy Kempny konnte er davon erzählen auf ihren langen Spaziergängen durch die Parks von Wien und in der Umgebung. Niemand wusste von ihnen, nicht einmal Clara. Sie hielten in der Öffentlichkeit auf Abstand. Am liebsten fuhren sie mit dem Taxi bis an den Stadtrand, dorthin, wo die Gefahr geringer war, dass ihnen jemand begegnete, den er hätte grüßen müssen. Sie liefen bei Wind und Wetter, drei Stunden waren keine Seltenheit. Sie redeten und hörten einander geduldig zu.

Als sie dieser Tage wieder einmal unterwegs waren, berichtete er von der Pianistin Kraus und dem Besuch der Schülerin Else. »Ein kleines, ganz hübsches Judenmädl«, nannte er sie. »Was wollen diese jungen Frauen bloß von einem alten Mann wie mir?«

»Das Alter spielt dabei nun wirklich keine Rolle«, sagte Hedy mit Bestimmtheit. »Ich liebe dich ja auch. Du bist nun mal der Dichter, von dem die Frauen annehmen, dass du sie besser verstehst als jeder andere. In meinem Fall stimmt es. Mich kennt keiner so wie du.«

»Na ja, andere kennen dich wohl noch etwas besser als ich.«

»Sagen wir: sie kennen mich anders. Nicht besser.«

Gut, dachte er sich in diesem Augenblick, dass er nicht zwanzig oder dreißig Jahre jünger war, in einem Alter, in dem er alles darangesetzt hätte, sie, wie er es damals nannte, zu besitzen. Er schaute sie an, die schlanke, hellwache, ihm zugewandte Frau. Und er fühlte sich frei und unbeschwert.

Er beneidete die jungen Männer, natürlich tat er das. Er erhielt dafür von Hedy leidenschaftliche und zutiefst zärtliche Briefe, die er sorgsam sammelte und archivierte. Sie sollte sie nach seinem Tod gebündelt zurückerhalten. Das hatte er seiner Sekretärin aufgetragen. Hunderte von Briefen und Karten, ein wahrer Schatz.

Sogar Aktfotos besaß er von ihr. Auf seine wiederholte Bitte hin hatte sie eines Tages ein Wiener Fotoatelier aufgesucht, das Atelier Adèle, das sich für Diskretion verbürgte. In ihrem Begleitbrief hieß es: »Mir schwant nichts Gutes bei so viel Nacktheit.« Eines der Fotos war ein seitlicher Akt in klassischer Pose: Sie hatte die Beine sittsam angezogen, den Kopf hielt sie gesenkt, das Gesicht war leicht vom Betrachter abgewandt, die Hände hatte sie vor den Knien verschränkt. Hedys schlanker Körper, ihre zarte Brust hoben sich kunstvoll von einem schwarzen Hintergrund ab, künstlerisch arrangiert von einem Fotografen namens Förster, der das Bild auch signiert hatte. Hedy präsentierte sich hier in aller Unschuld und zugleich voll Stolz auf ihren Mut und ihre Anmut. Tennis, Turnen, Körperkultur, so war ihr Motto. Und das sah man. Er liebte dieses Foto.

Sie hatten sich auf eine Parkbank gesetzt. »Es gibt da wieder einen Neuen«, sagte sie. Aber das sei eine reine »Sinnessache«, und sie habe auch erst eine Nacht mit ihm verbracht. »Er lenkt mich wunderbar von Bonny ab, du weißt schon, von dem ich dir erzählt habe. Für ihn bin ich jetzt einfach eine angenehme Geliebte. Bonny hat keine Verpflichtung mir gegenüber und keinerlei Mühe mit mir. Er findet mich zu maskulin, er wolle ein Kätzchen, sagt er immer. Ich nehme es ihm nicht übel. Und eine solche Herzenssache kann ich mir nur erlauben, weil du mich beschützt und für mich da bist.«

»Du meinst, die anderen haben Glück, weil ich die Hand über dich halte?«

»Übrigens hat sich auch der Doktor aus Genf wieder gemeldet. Er will sich nun endlich scheiden lassen. Ich soll unbedingt kommen, am besten sofort. Aber mich interessiert er gar nicht mehr, das alles ist lange vorbei. Wahrscheinlich soll ich ihn nur trösten und ihm mit Rat und Zuwendung zur Seite stehen. Er hat ja einen kleinen Sohn, der da nun mit reingezogen wird. Mir ist das zu kompliziert. Der soll doch sehen, wie er damit fertig wird.«

»Recht hast du. Ehegeschichten sind vertrackt, besonders, wenn sie nicht gut ausgehen, wie meistens. Ich weiß, wovon ich rede. Die Ehe ist eine Schule der Einsamkeit.« Er machte eine Pause. »Aber man lernt nicht genug in ihr.«

»Ich versteh' sowieso nicht, warum so viele heiraten wollen. Gut, wenn es da ein Kind gibt, das im Garten herumhüpft und Blumen pflückt, das hätte ich vielleicht auch ganz gern. Aber sonst?« Sie kenne die Männer, sie mache sich keine Illusionen. Und Ehebruch sei doch längst kein Drama mehr. »Es gibt deswegen nicht mehr Untreue als früher«, sagte sie. »Wir sind nur weniger verlogen.«

»Schön wäre es«, sagte er. »Allerdings hätte ich dann keinen Stoff mehr. Früher, da wollten die Mädchen alle unbedingt heiraten, sie sprachen ständig davon. Als ich Mitte zwanzig war, im vorigen Jahrhundert, hätte keine junge Frau es gewagt, so zu reden wie du, nicht einmal so zu denken. Kokett waren sie freilich alle. Habe ich dir jemals von Minnie erzählt?«

Sie lachte. »Arthur, ich kann mir doch wirklich nicht all deine Jugendsünden merken.«

»Hermine Benedict hieß sie eigentlich. Als sie fünfzehn war, hatte sie einmal in einem kleinen Stück von mir mitgespielt, im privaten Kreis. Sie war die Tochter eines Industriellen, in dessen Salon wir jungen Künstler verkehrten. Hugo und ich waren oft dort. Minnie war eine Schönheit, und sie wusste es. Sie hatte ein Auge auf uns beide geworfen. Später, als sie Anfang zwanzig war, ging sogar das Gerücht um, ich hätte mich mit ihr verlobt und würde sie heiraten. Wer immer das in die Welt gesetzt hat. Hugo jedenfalls war verliebt in Minnie und erwog tatsächlich eine Zeit lang, sie zu heiraten. Sie aber versuchte weiterhin, uns gegeneinander auszuspielen – was nicht gelang, weil Hugo und ich uns immer alles erzählten. So wusste ich, dass sie ihn mit der Frage quälte, ob sie nicht besser mich heiraten sollte. Mir ging das irgendwann auf die Nerven.«

Er war in jener Zeit mit ganz anderem beschäftigt, mit Marie Reinhard, die ein Kind von ihm erwartete und deren Schwangerschaft offenbar nicht unentdeckt geblieben war. Nicht nur Minnie machte anzügliche Bemerkungen. Jahre später, als Marie schon nicht mehr lebte und er mit Olga Gussmann, seiner späteren Frau, zusammen war, hatte Minnie ihm noch einen Brief geschrieben: Sie hätte ihn wirklich gern geheiratet und sei in Hugo niemals verliebt gewesen.

Und dann schließlich, als 1908 sein erster Roman erschienen war, »Der Weg ins Freie«, hatte es noch ein längeres Gespräch gegeben: Minnie, mittlerweile 37, wollte unbedingt wissen, ob sie das Vorbild für die Romanfigur Else Ehrenberg abgegeben habe. Das sei doch eine ekelhafte Person. »Ekelhaft? Keineswegs«, hatte er geantwortet. Und ja, vieles von dem, was er dieser Else in den Mund gelegt habe, stamme tatsächlich von ihr, zum Teil wortwörtlich, zum Beispiel die Beobachtung, dass wir gerade diejenigen am wenigsten kennen, die wir lieben. Minnie lächelte, am Ende wohl gar nicht unglücklich darüber, in seinem Roman vorzukommen.

»So geht es«, sagte er jetzt zu Hedy, »wenn man reale Personen als Vorbilder nimmt. Erst beschweren sie sich, dann erweist sich, dass sie sich eher geschmeichelt fühlen. Viel häufiger beklagen sich diejenigen, die im Roman gar nicht vorkommen. Minnie ist übrigens schon voriges Jahr gestorben, immerhin als Gattin eines Grafen Schaffgotsch.«

Sie hatten derweil ihren Spaziergang fortgesetzt. Im Gehen ließ sich leichter plaudern. Eine Erinnerung rief die nächste auf. Er kam auf seine erste Begegnung mit Clara zu sprechen. Seine heutige Gefährtin hatte er zur selben

Zeit wie Minnie kennengelernt: ein selbstbewusstes, lebhaftes Mädchen mit spitz zulaufendem Kinn und wachen Augen. Auch Clara Katharina Loeb, wie sie damals hieß, hatte zunächst nicht genau gewusst, wer ihr nun eigentlich besser gefiel, er oder sein Freund Hugo.

»Sie zeigte uns beiden ihre frühen literarischen Arbeiten und suchte Rat«, erzählte er Hedy. »Ihren Eltern missfiel dieser Umgang. Sie fürchteten unseren verderblichen Einfluss. Ihr Vater sagte sogar, es könne nicht jeder die Ansichten von Arthur Schnitzler haben. Hübsch nicht?«

Die junge Autorin hatte damals vor ihren Eltern zunächst verbergen können, dass sie es war, die unter dem Namen Bob in der »Neuen Deutschen Rundschau« eine Szenenfolge mit dem Titel »Mimi« veröffentlicht hatte. In diesen »Schattenbildern aus einem Mädchenleben«, wie der Untertitel lautete, fanden sich immerhin solche Sätze: »Ich bin ein leichtsinniges, kokettes, eitles, frivoles Ding, nach euren Anschauungen, und habe die Frechheit, es nicht zu bereuen.« Und das 1896! Es hatte Aufsehen erregt.

Clara war damals Anfang zwanzig gewesen, er schon 33 und seit der Uraufführung von »Liebelei« am Burgtheater ein skandalumwitterter Dramatiker. Sie hatte ihm zu verstehen gegeben, dass ihr Verhältnis zu Hugo keineswegs rein freundschaftlicher Natur war, aber gleichzeitig angedeutet, dass er doch derjenige sei, dem sie lieber angehören würde. In einem Brief hatte sie geklagt, dass sie ja nicht einmal wisse, »ob du jemand liebst«.

Es hatte nicht allzu lange gedauert, bis Claras Eltern erfuhren, wer sich hinter dem Namen Bob verbarg. Minnie Benedict wurde verdächtigt, die Informantin gewesen zu sein. Deren Eltern nämlich waren davon überzeugt, die eigene Tochter sei das Vorbild für jene Mimi, schon der Namensähnlichkeit wegen.

Die beiden Freunde hatten vollauf damit zu tun, er und vor allem Hugo, aus dessen Feder der lyrische Prolog zu »Mimi« stammte, Minnies Eltern zu beruhigen – und gleichzeitig dafür zu sorgen, dass Claras Szenenfolge nicht auch noch, wie es geplant war, von Samuel Fischer als Buch veröffentlicht wurde, was für die Familie Loeb eine Katastrophe bedeutet hätte.

»Wie Eltern eben so dachten«, sagte er zu Hedy. »Für Clara musste rasch ein Ehemann her. Und sie fügte sich. Leider war die Wahl ihrer Eltern nicht besonders glücklich. Otto Pollaczek stammte zwar aus guter Familie, taugte aber weder als Geschäftsmann noch als Ehegatte etwas. Er brachte sich zehn Jahre später um und ließ Clara mit Schulden und den beiden Buben zurück.«

»Als sie deine Freundin wurde«, warf Hedy ein, »kannten wir uns schon.«

»Das weiß ich wohl. In all den Jahren dazwischen hatten Clara und ich uns nur selten gesehen. Sie war Witwe, ich verheiratet. Eigentlich waren wir immer leicht verlegen, wenn wir einander begegneten. Nichts deutete darauf hin, dass wir einmal ein Paar würden. Und du wolltest mich ja nicht. Dann hätte ich heute all diese Probleme nicht.«

Wieder lachte sie. »Aber vielleicht ganz andere. Du hast mir damals gesagt, ich sei in Wahrheit die einzige Frau, die du begehren würdest. Ich weiß sogar noch den Wortlaut. Ich hab' mir das hinterher sofort notiert, weil es doch so schön war.«

»Und?«

Sie rezitierte feierlich: »Mein Schaffen, mein seelischer Zustand, alles hängt von dir ab. Erlöse mich!«

»Das habe ich zu dir gesagt? Wie klug von mir. Schreibst du dir immer auf, was ich so rede?«

»Stört es dich denn? Was uns verbindet, ist doch so seltsam, so wunderbar, dass es einfach festgehalten werden muss. Für mich selbst, vielleicht auch für die Nachwelt. Wer weiß.« Sie schwieg. Als sie ein gutes Stück weitergegangen waren, sagte sie: »Immer dann, wenn ich fern von dir bin, wird mir die Unzerreißbarkeit unserer Beziehung deutlich. So wie jetzt, neben dir, kommt es mir ganz selbstverständlich vor.«

Er war plötzlich sehr vergnügt: »Ich müsste auch noch mehr über dich in mein Tagebuch schreiben, damit du nach meinem Tod berühmt wirst. Wir beide haben in all den Jahren niemals Streit gehabt, nicht einmal die kleinste Meinungsverschiedenheit. Und es gibt keine Besitzansprüche wie bei Frau C.P., das ist herrlich.«

Frau C.P., so nannte er ihr gegenüber gern seine Gefährtin. Das war nicht besonders nobel, aber Hedy wusste ja ohnehin, dass es keine Liebe war, was ihn mit Clara Pollaczek verband, die ihm über die Leere nach der Scheidung von Olga hinweggeholfen hatte: eine attraktive Frau damals wie heute, immer für ihn da, anhänglich und anschmiegsam. Aber er war nie in sie verliebt gewesen, von Anfang an nicht.

Und er täuschte sich da nicht. Er hatte es gerade wieder in seinen Aufzeichnungen bestätigt gefunden. Er war seit Längerem dabei, sämtliche Tagebücher seit 1879 neuerlich durchzusehen, streng chronologisch. Vor vier Jahren hatte er damit begonnen. Er wollte sein Leben noch einmal überblicken, bevor es zu spät war. Immerhin ein halbes Säkulum. In unregelmäßigen Abständen widmete er sich dieser Aufgabe, mittlerweile war er schon am Anfang dieses Jahrzehnts angekommen. Im vergangenen Halbjahr hatte er die beiden Jahrgänge 1921 und 1922 bewältigt.

Nun also 1923, das Jahr, in dem aus Clara und ihm ein Paar geworden war. Sie hatte in jenen Tagen ihren 48. Geburtstag gefeiert, er war 61. Zu Jahresbeginn sein Besuch bei ihr. Kurz vor Weihnachten waren sie sich in der Stadt über den Weg gelaufen, und sie hatte ihn eingeladen. Da war diese Vertrautheit zwischen ihnen, die sich bisweilen einstellt, wenn zwei Menschen sich begegnen, die sich aus früheren Zeiten kennen. Clara deutete im Gespräch an, dass es nach dem Tod ihres Mannes verschiedene Liebhaber gegeben habe, und sagte ungefragt: »Jetzt bin ich in niemanden verliebt.«

Das war deutlich gewesen. Dennoch hatte er lange gezögert. Es war eine Annäherung mit mancherlei Irritationen. So hatte sich Clara, obwohl sie einer jüdischen Familie entstammte, ohne viel Umschweife zur Antisemitin erklärt. Sie waren zunächst auch wieder per Sie gewesen. Im Mai, der ungewöhnlich kühl ausgefallen war, hatte sie ihm, auf Distanz bedacht und mit ironischem Unterton, in einem Brief geschrieben: »Man sollte vom Frühling, von den Dichtern und überhaupt nie zu viel erwarten, man ist dann immer irgendwie enttäuscht und ernüchtert.«

Erst im Juni dann, nach der ersten gemeinsamen Nacht, hieß es: »Mein Freund«. Und auch: »Fühlst Du, dass ich

Dir noch mit viel Befangenheit schreibe?« Seine Briefe von unterwegs waren kurz, ihre ausführlich. So schrieb sie ihm damals, Juli 1923, aus Berlin, wie entsetzt sie über die Preise in Deutschland sei: 80 000 Reichsmark für ein Essen, bis zu 17 Millionen für ein Kleid. Überhaupt sei ihr Berlin unsympathisch. »Wir sollten nie über Wien schimpfen und froh sein, dass wir dorthin gehören.«

Er hatte nie viel Gefühl investiert. Es war immer noch Olga gewesen, die ihm im Kopf herumspukte, zwei Jahre nach der Scheidung. Sie war inzwischen nach Baden-Baden gezogen, schrieb ihm eindringlich über die kriegerische Stimmung in Deutschland und den neu aufflammenden Franzosenhass. Er besuchte sie mit Lili dort, sie besuchte ihn in Wien. In ihrer Gegenwart bekam er sofort wieder Herzschmerzen und Weinkrämpfe. »Wie unheilbar ist diese Wunde«, stand in seinem Tagebuch. Er habe »appetitlos beim Mittagsmahl« neben ihr gesessen, und im trüben Morgenlicht wachse »alles Traurige und Ärgerliche ins Unerträgliche«. Er schlief damals ohnehin kaum mehr als sechs Stunden.

Lili war zu dieser Zeit 13 Jahre alt, und wenn er mit ihrem Bruder am Flügel saß und sie beide vierhändig Dvoraks Symphonie »Aus der Neuen Welt« vom Blatt spielten, so saß sie dabei. Wie wunderbar war das gewesen.

Die Verbindung mit Clara hatte er sich leicht vorgestellt, frei von Konflikten, als »verantwortungslos und bequem«, wenn er seinem damaligen Tagebuch trauen durfte. »Man könnte sich eine angenehmere Beziehung kaum denken«, stand da. Freilich auch: »Aber in der Tiefe ist sie ziemlich hart, egoistisch, und ein bisschen snob.« Es war lange her.

Gut, sich das immer wieder in Erinnerung zu rufen. Dazu war das Tagebuch da, aus diesem Grund las er es wieder.

»Das Leben ist nur dort kompliziert«, sagte Hedy jetzt, »wo es nicht stimmt.«

»Wie recht du hast.«

Nach dem gemeinsamen Spaziergang saßen sie in seinem Garten. Plötzlich begann Hedy zu weinen und lehnte ihren Kopf an seine Schulter. Im Grunde sei sie sehr unglücklich, sagte sie. »Ich weiß nicht, was ich eigentlich will. Ewig im Institut arbeiten? In der Stadt leben? Ich bin so erschöpft. Und die vielen Männer, was soll das? Ich gehöre ganz dir – und doch nicht.« Sie könne selbst nicht verstehen, warum sie sich ihm nicht restlos zuneige.

»Liebes Kind«, sagte er und legte seinen Arm um sie. »Solange ich lebe, sollst du nie das Gefühl haben, dass du allein bist. Und keine materiellen Sorgen sollen dich drücken.« Sie könne problemlos für ein paar Monate von der Bank weggehen und sich gründlich erholen. Er werde ihr die Differenz erstatten. Auch nach seinem Tod sei für sie gesorgt.

»Daran darf ich nicht einmal denken«, sagte sie. »Was soll aus mir werden ohne dich?«

Als Hedy gegangen war, fasste er Mut und nahm sich Lilis Tagebücher wieder vor. Es war auch immer noch einiges zu diktieren. Er wollte sich jetzt den letzten Wochen ihres Lebens stellen und nicht mehr ausweichen.

Ja, ein schlechtes Zeichen war es gewesen, dass sie damals, im Juni 1928, wieder ein neues Tagebuch begonnen hatte. Lilis Unglück muss groß gewesen sein. Der Blick in den Spiegel entsetze sie, schrieb sie. »Mein Gesicht ist verändert. Es hat etwas Maskenhaftes bekommen.« Vorausgegangen war dem erneut ein heftiger Streit, es ging dabei vor allem um Geld, um die Querelen mit dem Vermieter. Jedenfalls hatte Arnoldo sie angeschrien: »Vai via, vai via!« Sie solle verschwinden. Woraufhin sie sich wieder erschießen wollte. Arnoldo entriss ihr die Pistole und sagte, er könne nun nicht mehr mit ihr leben. Lilis Antwort: Sie aber nicht ohne ihn! Arnoldo forderte sie auf, sofort nach Wien zu schreiben: Ihr Vater solle sie abholen. Nein, er werde selbst telegrafieren.

Doch sie versöhnen sich wieder. Kurz darauf ein neuer Anlass zur Verzweiflung. Während sie zum ersten Hochzeitstag ein Geschenk für Arnoldo besorgt hat, steht der mit leeren Händen da. Sogar ihr Stubenmädchen bringt ihr Blumen mit. Aber Arnoldo? »Nicht eine Rose!«

Und so hat sie auch kein schlechtes Gewissen dabei, am Lido mit einem Fremden zu flirten. Bald weiß sie, wie er heißt: Nestore Belliero, ein Venezianer, der in Mailand lebt. In diesen Tagen gastiert auch Georg Szell in Venedig und lädt sie zum Abendessen ins Hotel Bauer-Grünwald ein, was Arnoldos Argwohn entfacht. Den Verdacht, dass sie ihm untreu sei, kann sie allerdings zerstreuen.

Zwei Tage vor ihrem Tod schreibt sie: »Also das Leben ist so komisch. Ich habe nie gedacht, dass man einen Menschen wahnsinnig lieben und in einen zweiten heftig verliebt sein kann.« Dass Nestore für einige Tage zurück nach Mailand muss und dort vielleicht eine andere Frau haben könnte, störe sie überhaupt nicht. Wenn aber Arnoldo eine andere auch nur küssen würde, so wäre das ein Grund für sie, wahnsinnig zu werden. Sie liebe ihn maßlos, hieß es, »aber diese Dinge haben gar nichts damit zu tun«. Und was Nestore angeht, der ihr im Grunde völlig gleichgültig sei, so komme ihr ein Gedanke merkwürdig vor: »Einer von uns könnte krank werden oder sterben, ohne dass der andere es wüsste.«

Ja, das waren ihre letzten Worte. Er blickte lange ins Leere. Und am nächsten Tag diktierte er, was noch zu diktieren war. Auch zwei Seiten gehörten dazu, die er zunächst beiseitegelegt hatte. Lili hatte sie im August 1927 auf Italienisch geschrieben, und sie erschütterten ihn auch jetzt wieder aufs Heftigste.

Ihr Liebe zu Arnoldo erscheine ihr wie eine schwere Kette, war dort zu lesen, aber vor allem fühle sie, dass sie diese Kette nicht zerreißen könne. Sie habe Angst vor dem Leben, Angst vor der Zukunft. »Vorrei morire«: Sie wolle sterben. Sterben in seinen Armen. »Aber mit seinem Mund auf dem meinen, so dass ich mit meinem letzten Atemzug seinen Atem einatmen kann.«

13

Noch bevor Lilis Todestag sich zum ersten Mal jährte, kam erneut eine Schreckensbotschaft. Clara rief an, schon früh am Morgen. »Es ist so grauenvoll«, brachte sie zunächst nur heraus. Dann erfuhr er: Franz, der ältere der beiden Söhne Hofmannsthals, 25 Jahre alt, hatte sich im Elternhaus in den Kopf geschossen. Damit nicht genug: Am nächsten Tag, am 16. Juli 1929, meldeten die Wiener Zeitungen, unmittelbar vor der Beisetzung von Franz habe der Vater einen Schlaganfall erlitten. Nur wenige Stunden nach dem Begräbnis des Sohnes war auch er tot, Hugo von Hofmannsthal. Gestorben mit 55 Jahren.

Einen Monat zuvor war der Unglückliche noch einmal zu Besuch in die Sternwartestraße gekommen. Und wieder hatten sie Stunden miteinander gesprochen, über sich, über ihre Werke und die Unterschiede ihres Wesens. »Sie sind der irrende, leidende Mensch, Arthur, ich der Spiegel der Welt.« Er hatte dem widersprochen: »Mein lieber

Hugo, ganz ohne Irren und Leiden ist es bei Ihnen wohl auch nicht abgegangen.« Jetzt lag da ein fertiger Brief an den Freund auf seinem Schreibpult. Auch dafür war es nun zu spät.

Er hatte nicht geglaubt, dass ihn nach Lilis Tod etwas mit solcher Macht erschüttern könnte. Aber da war sie wieder, diese grausame Kälte in ihm, die Finsternis, aus der es kein Entkommen gab. Ein Satz des toten Freundes ging ihm nicht aus dem Sinn: »Das wahre Leben eines Menschen ist eine äußerst vage, schlecht definierbare Materie, selbst für seine Nächsten.«

Endlich fuhr er hinaus nach Rodaun, wie er es so oft versprochen hatte. Begleitet wurde er von Richard Beer-Hofmann, dem gemeinsamen Freund, der Hofmannsthal ebenfalls aus frühester Zeit kannte. Vor dem Haus trafen sie auf Raimund, den jüngeren Sohn. Zusammen mit ihm und Gertrude von Hofmannsthal, die nun den Tod eines Kindes und ihres Mannes zu beklagen hatte, saßen sie im Arbeitszimmer. Trotz ihrer Tränen wirkte Gerty gefasst. Aber zwischen Fassung und Wahnsinn, das wusste er nur zu gut, gab es in solchen Momenten kaum einen Unterschied.

Auf dem Schreibtisch lagen Notizen, Überbleibsel des eben noch lebendigen, vertrauten Menschen. Er konnte den Anblick schwer ertragen. Und so blieb er am folgenden Tag auch dem Begräbnis fern. Er mied Friedhöfe generell. Stattdessen holte er seine Tagebücher hervor und suchte nach Notizen über den Freund. Das war seine Art, ihm nah zu sein.

Von 1891 an – »Loris ist einfach stupend!« – bis heute gab es kein einziges Jahr, in dem sein Freund nicht ausgiebig vorgekommen wäre. Erst in der letzten Woche hatte er einen Traum notiert: Hugo und er beichten ihrem gemeinsamen Verleger Samuel Fischer, von Alfred Döblin nie mehr als zehn Seiten gelesen zu haben – was sogar der Wahrheit entsprach.

Im vergangenen Sommer hatte er sich mit Clara »Die ägyptische Helena« von Richard Strauss angesehen, wobei ihm das von Hugo stammende Libretto der Oper schwer auf die Nerven gegangen war, die willkürliche Mischung aus mythischen und märchenhaften Motiven. »Gequält, prätentiös, wirr«, hatte er hinterher in seinem Tagebuch festgehalten – ohne dem Freund je etwas davon gesagt zu haben.

Aus den Aufzeichnungen, die er der Sekretärin diktiert hatte, las er Clara vor. Sie hörte gebannt zu. »Wie merkwürdig«, sagte sie, »dass ich einst, in meinen Jugendtagen, in Hofmannsthal verliebt war.« Dann rezitierte sie die Anfangszeilen von dessen »Terzinen über Vergänglichkeit« aus dem Kopf: »Noch spür ich ihren Atem auf den Wangen: / Wie kann das sein, dass diese nahen Tage / Fort sind, für immer fort, und ganz vergangen?« Eine tiefe Traurigkeit umfing sie beide, und es war ein Trost, gemeinsam über den Verlorenen zu reden.

Auch in den Briefen, die er in den kommenden Tagen schrieb, kam er immer wieder auf Hugos Tod zu sprechen. So an Olga: »Dass er nicht mehr auf Erden ist, empfinde ich als eine dunkle Wolke über meiner Welt.« Wie häufig habe er bei Gesprächen erlebt, schrieb er nach Berlin, dass Hugo nach einer Weile »aus Hypochondrien und Düsterkeiten zu einem reinen heiteren, gesteigerten Lebensgefühl« aufgestiegen sei. »Er war der merkwürdigste Mensch und wahrscheinlich der größte Dichter, dem ich jemals begegnet bin, und auch in Entfernungen war ich ihm nah, – wie in Entfremdungen vertraut.«

Er war dann noch einmal in Rodaun. Dieses Mal holte ihn Raimund im Auto ab, der drei Jahre nach seinem Bruder Franz geboren war. Gerty hatte gebeten, ihr bei der Durchsicht von Briefen zu helfen, die Samuel Fischer dringend erwünscht hatte. Es sollte möglichst bald ein Band mit Hofmannsthals Korrespondenz erscheinen. Ihr tat es gut, eine Aufgabe zu haben. Und er versprach ihr, Empfänger von Hugos Briefen aufzusuchen und um Herausgabe zu diesem Zweck zu bitten.

Das, was der Freund ihm selbst geschickt hatte, war, unabhängig davon, schon vor Zeiten von Kolap abgeschrieben worden. Das war längst Routine: Fortwährend ließ er sie Kopien und Reinschriften anfertigen. Er hatte das Bedürfnis nach Überblick und Archivierung. Immer musste er feststellen, wie wenig im Gedächtnis haften blieb. Die Mappe mit den Hugo betreffenden Ausschnitten legte er zu den »Charakteristiken«, wie er die Sammlung von Tagebuchexzerpten über die wichtigen Personen seines Lebens nannte.

Als er nun seine Briefe an Hugo wieder las, die Gerty ihm überlassen hatte, empfand er sie als gezwungen und zum Teil regelrecht platt. Wie außerordentlich war dagegen das, was Hugo ihm schon in jungen Jahren geschrieben hatte! Vor mehr als einem Vierteljahrhundert gab es bereits die Klage, dass man einander viel zu selten sehe. »Wir müssen wieder eine Radtour zusammen machen«, hieß es da. Oder an anderer Stelle fast philosophisch: »Weder sind wir so reich an Freunden und wohltuenden Menschen, noch so stumpfsinnig überzeugt von der endlosen Dauer des Lebens, noch so begraben im Reichtum unserer Arbeit, dass wir auf das verzichten könnten, was vielleicht das einzige Geschenk ist, womit unser Schicksal uns für unsere unfreundliche Gegenwart entschädigen wollte: die Freude, uns aneinander als Lebendige zu erfreuen.«

Welche Treue und Anhänglichkeit über so viele Jahre! Und immer wieder Dankbarkeit: »Frühreif und doch unendlich unerfahren trat ich aus der absoluten Einsamkeit meiner frühen Jugend hervor – da waren Sie für mich nicht nur ein Freund, sondern eine neue Verknüpfung mit der Welt, Sie waren selbst für mich eine ganze Welt.« So hatte ihm Hofmannsthal im Sommer 1912 geschrieben.

Er las es und geriet in einen Zustand träumerischer Gedankenflucht. »Sie sind doch ein Stück von meinem Leben!« Der Satz hallte in ihm nach. Ohnehin lag in diesen Tagen über allem Lilis schwerer Schatten. Am 26. Juli 1929 schrieb er in sein Tagebuch: »Und nun ist ein Jahr vorbei.«

Er saß allein in seinem Garten, es war angenehm warm, die Sonne war sogar jetzt noch, am Nachmittag, so kräftig, dass er sich lieber im Schatten aufhielt. Wer auf die Siebzig zuging, musste damit rechnen, dass der Kreis der Vertrauten kleiner wurde. War er Hugo ein Freund gewesen? Das fragte er sich, als er den Blick über die Rosensträucher schweifen ließ.

»Lieber Hugo« hier und »Mein lieber Arthur« dort: So

begannen die Briefe, die er jetzt neben sich auf dem Tisch liegen hatte, mit Büchern beschwert, da eine leichte Brise aufkam. Die beiden Stapel waren recht ungleich: den 140 eigenen Briefen, durchnummeriert und in Abschrift, stand die dreifache Menge von Hugos Hand gegenüber. Ansichtskarten und Telegramme nicht mitgezählt.

An der nie ganz aufgehobenen Distanz zwischen ihnen hatte er, daran bestand kein Zweifel, den größeren Anteil. Und sie waren stets beim Sie geblieben. Wie er überhaupt nur einmal, in sehr jungen Jahren, einem Kollegen das Du gestattet und es danach bald bereut hatte. Später war ihm das sogar ein Argument zur Abwehr gewesen: Er sei, sagte er in Fällen, wo ihm das Du angetragen wurde, nur eines einzigen Mannes Duzfreund geworden und den habe er nicht einmal besonders leiden können. Was nicht ganz stimmte, denn mit dem gut ein Jahr jüngeren Hermann Bahr, dessen Werke er allerdings nicht besonders schätzte, pflegte er bis auf den heutigen Tag einen angenehmen Umgang, sie hatten zahllose Briefe gewechselt und sich immer wieder gegenseitig unterstützt.

Er versuchte, ehrlich mit sich zu sein. War er zur Freundschaft mit Männern überhaupt fähig? Sein Bruder, sein Sohn, natürlich: sie waren unersetzliche Gesprächspartner für ihn. Aber das war nicht dasselbe. Und er pflegte Umgang mit Theaterleuten, Kritikern und Verlegern, mit Ärzten und Musikern, bisweilen durchaus freundschaftlicher Natur, und auch mit Kollegen, dies am liebsten in schriftlicher Form. Vielleicht waren Freundschaften unter Schriftstellern grundsätzlich problematisch. Sie waren schließlich immer auch Konkurrenten – mochten sie noch so sehr ihre

Zuneigung und Liebe bekunden. Keiner von ihnen war frei von Überheblichkeiten und kleinen Tücken. Hinter jedem Lob, jedem Glückwunsch lauerten falsche Komplimente, abfällige Bemerkungen Dritten gegenüber. Hofmannsthal hatte sogar einmal im Freundeskreis – ganz zu Beginn ihrer Bekanntschaft – ihm gegenüber geäußert: »Ich weiß überhaupt nicht, ob Sie jemanden sehr gern haben können.«

Ihm war bewusst, dass er als verschlossen galt. Er scheute öffentliche Auftritte. Es gab eben auch das quälende Hörproblem, das ihn in größerer Runde oft schweigsam werden ließ. Aber er hatte sich nicht völlig abgeschirmt. Er hieß Besucher in seinem Haus willkommen. Er korrespondierte mit den Großen seiner Zunft. Und wenn es sich ergab, traf er sich mit ihnen, wie unlängst mit Heinrich Mann in Berlin. Als junger Schriftsteller war er eigens nach Skandinavien gereist, um dort den alten Ibsen aufzusuchen und Georg Brandes kennenzulernen. Der eine war nun mehr als zwanzig Jahre tot, der andere, besonders schmerzlich, auch schon vor zwei Jahren gestorben. Mit Brandes hatte ihn eine über Jahrzehnte währende Brieffreundschaft verbunden.

Bei Frauen fiel ihm Nähe leichter. Ihnen gewährte er gern das Du, auch dann, wenn keine Liebesaffäre sie verband. Dora Michaelis, zugleich Olgas Freundin, war das beste Beispiel. Ob er sie in Berlin traf oder sie nach Wien kam: ihr konnte er sich anvertrauen, sie hörte ihm zu, sie durfte ihn auch gern kritisieren, da sie über beides verfügte: Verständnis und Verstand. Auch Lili war ihm eine wichtige Partnerin gewesen, möglicherweise hatte er die Tochter damit überfordert.

Ihre Mutter? Der Umgang blieb weiterhin kompliziert. Es war ein ewiges Auf und Ab. Seine Gefühle für Olga hatte er nicht im Griff, und sie wollte sich in die Rolle einer schlichten Freundin nicht fügen. Noch weniger wollte das Clara, auch wenn er sich das schon des Längeren wünschte, was sie sehr wohl wusste. Sie blieb beharrlich dabei: nur Liebe könne es zwischen ihnen geben oder nichts.

Und Hedy? Ihr hatte er erst nach seiner Scheidung im Sommer 1921 das Du angeboten. Sie saßen damals, fast zwei Jahre nach ihrer allerersten Begegnung, auf einer Bank im Park, und er überreichte ihr ein Päckchen mit Parfum und ein Buch, eingelegt war ein großer Geldschein. Sie war verwirrt. Dann hatte er ihr gesagt, zum ersten Mal: »Du bist wie meine zweite Tochter.« Und so war es ein Geschenk ohne jede Anzüglichkeit. Hedy hatte ohnehin gerade, wie er wusste, mit einer unglücklichen Liebe zu kämpfen: zu einem jüngeren Schriftsteller, Walter Pfund, der nun wiederum sehr beeindruckt davon war, dass sie den berühmten Arthur Schnitzler zu ihren Freunden zählte. Sogar eine Reise zu dritt hatte Pfund in einem Brief vorgeschlagen. Dazu war es allerdings nie gekommen.

Wer ihm in diesen Tagen behutsam näher rückte, das war Suzanne Clauser. Er telefonierte jetzt häufiger mit ihr. Es ging dabei immer weniger um ihre Übersetzertätigkeit. Inzwischen führten sie sehr persönliche Gespräche, über Erwartungen und Gefühle, über ihre Kinder und den Ehemann, der es mit dem christlichen Glauben sehr genau nahm und ihr dabei immer fremder wurde – und natürlich über das Schreiben. Sie hatte die Absicht, wie sie ihm zögernd gestand, selbst Schriftstellerin zu werden, und schon seit Längerem etwas in Arbeit, das sie ihm gern einmal zeigen würde.

Er schickte ihr zudem Briefe, in denen er sie mal mit »Liebe gnädige Frau«, mal mit »Verehrte Frau Suzanne« ansprach. »Verzeihen Sie mir die Flüchtigkeit dieser Zeilen«, hieß es einmal, »meine Sympathie ist es nicht.« Deutlicher konnte er nicht werden.

Eines Abends, nicht lange danach, betrachtete er sich im Spiegel. Sein Haar wies nur noch einen Schimmer von jenem leuchtenden Rot auf, das einst Mädchen und Frauen angezogen hatte. Sein rötlichblonder Vollbart, der in einen langen Spitzbart mündete, war lange schon ergraut. Seine hellblauen Augen aber, auch wenn sie müde geworden waren, hatten von ihrer Intensität kaum etwas verloren. Immer noch vermochte ein tiefer Blick von ihm Menschen zu faszinieren, besonders die Frauen, selbst dann, wenn sie größer waren als er, was nicht selten vorkam. Selbst seine Lili hatte ihn um einen halben Kopf überragt.

Der mittlerweile beträchtliche Bauchumfang schien dem nicht im Wege zu stehen. Er war ja auch alles andere als schwerfällig. Selbst lange Spaziergänge hatten ihm nie Probleme bereitet. Den geliebten Spazierstock führte er nicht so sehr als Stütze, sondern zur Zierde mit sich. Er war noch recht gut zu Fuß. Und das, obgleich er rauchte, mit Spitze, viel zu gern und viel zu viel, jedem ärztlichen Rat und auch der eigenen Vernunft trotzend. Nicht einmal Julius, sein gestrenger und besorgter Bruder, konnte ihn davon abbringen.

14

Clara ließ nicht locker. Gerade weil sie nicht verheiratet waren, zudem getrennt lebten, wenn auch nah beieinander, legte sie Wert darauf, sich mit ihm nicht nur im Kino und spätabends in Restaurants zu zeigen. Sie wollte als Frau an seiner Seite wahrgenommen werden und mit ihm gemeinsam reisen, am liebsten in die Schweiz, wie schon einmal. Wenn er einige Zeit mit ihr verbringen würde, glaubte sie, wäre alles wieder gut, dann ließe sich aller Zwist beilegen. Das war ihre Vorstellung und Erwartung.

Er wäre im Grunde lieber allein gereist. Aber sie kam beharrlich darauf zurück. Also schlug er ihr im August eine längere gemeinsame Reise vor. Und ja, warum nicht wieder in die Schweiz? Von München aus könnten sie mit dem Aeroplan dorthin fliegen. Für Clara wäre es das erste Mal. Er sah zunächst auch kein Problem darin, ein Treffen mit Olga zu verabreden, im Anschluss an diese Reise. Mit ihr, Lilis Mutter, wollte er spätestens am 13. September zusammentreffen, dem Tag, an dem die Tochter zwanzig geworden wäre – »wenn sie nur etwas Geduld gehabt hätte«, wie er es kürzlich Suzanne gegenüber formuliert hatte.

Das war so vereinbart, und er konnte es Clara nicht länger verschweigen. Zumal ein Brief aus Berlin eintraf, als sie gerade gemeinsam in der Sternwartestraße das Mittagsmahl einnahmen. Und so hatte er Clara zu gestehen, dann doch mit Bangen und schlechtem Gewissen, dass er am Ende des Schweiz-Aufenthalts nicht gemeinsam mit ihr nach Wien zurückkehren, sondern Olga sehen würde.

Clara wusste sich, enttäuscht und verstört, wie sie war, nicht anders zu helfen, als alles infrage zu stellen, die Reise, ihre Beziehung zu ihm, ihr ganzes Leben. Sie stand auf und ging. Als sie Stunden später anrief, sprach er vom Wahnwitz ihrer Reaktion. »Du weißt gar nicht, wie sehr ich mich beherrscht habe«, sagte sie und legte auf. Beim zweiten Anruf mühte sie sich, ihre Verletztheit zu überspielen. Eine perfekte Dissimulation, dachte er bei sich. Clara war das Gegenteil einer Simulantin, sie übertrieb nicht, sie untertrieb. Allerdings so deutlich, dass es fast schlimmer war. Dann doch lieber ihre nackte Wut.

Aber auch er konnte außer sich geraten. Während einer folgenden Aussprache bei ihm zu Hause forderte er sie ultimativ auf, einzusehen und zu verstehen, dass er sich mit Olga werde treffen müssen.

Sie hörte sich alles in Ruhe an und sagte dann: »Mach doch, was du willst. Das tust du ja sowieso. Aber erwarte nicht auch noch, dass meine Stimmung die beste sein wird. Vielleicht bessert sie sich wieder, und ich werde Herr meiner Nerven sein.«

»Das reicht mir nicht. Vor unserer Abreise muss das geklärt sein.«

»Was erwartest du? Es wird alle paar Tage mit Berlin telefoniert, alle Augenblicke kommt ein Expressbrief von ihr. Das soll ich belanglos finden?«

Da warf er sich vor Wut und Empörung auf seinen Diwan, nannte sie schwachsinnig und vertrottelt. Er erkannte sich selbst nicht mehr.

Nun schrie auch Clara: »Ja, ja, ich verstehe, du musst zur Olga! Ich verstehe alles.«

In diesem Augenblick brach seine Wut in sich zusammen. Sie tat ihm plötzlich leid, er war zu weit gegangen. Er versuchte, wieder liebevoll zu sein.

Und als wäre nichts geschehen, begaben sich Clara und er zwei Tage später auf eine dreiwöchige Reise. Mit dem Zug fuhren sie zunächst nach München, wo sie die »Dreigroschenoper« sahen. Heinrichs Freundin Ruth spielte die Polly; und man saß hinterher gemeinsam in der Bar des Hotels Vier Jahreszeiten. Am nächsten Mittag flogen sie nach Zürich. Clara verlor die Angst vor dem Fliegen, kaum, dass sie in der Luft waren. Sie drückte ihm die Hand und sagte: »Was für ein unbegreifliches Erlebnis!« Von Zürich aus ging es dann in einer einmotorigen Junkers F 13 mit zwei weiteren Reisenden an Bord über Bern nach Lausanne. Auf der letzten Teilstrecke waren sie allein in der Kabine, bequem auf den Korbsesseln, während der Pilot vorn einsam in seiner offenen Kanzel saß.

Die Stimmung hellte sich aber erst vollends auf, als sie sich anderntags im Auto zum Hotel Palace chauffieren ließen, das oberhalb von Montreux lag und als schönstes der

Schweiz galt: Ein prächtiger Palast thronte da in der Höhe über dem Genfer See.

Sie nahmen zwei getrennte Zimmer. Als besonders angenehm empfand er, dass jeder ein eigenes Bad haben würde. Erfreulich fand er auch, dass die Preise jetzt, da die Nachsaison begonnen hatte, erträglich waren. Von beiden Zimmern aus hatten sie einen atemberaubenden Blick über den See. Hier würden sie bleiben, da waren sie sich schnell einig. Hier würde er arbeiten können, und hier würden sie sich vielleicht wieder versöhnen.

Am Abend, im Speisesaal, trug er seinen Smoking, sie ein schwarzes Spitzenkleid mit Samtumhang. Er wusste, wie viel Wert sie auf den gemeinsamen Auftritt legte, und so schritten sie einträchtig zu dem Tisch, der für sie reserviert war. Nach dem Dinner mit fünf Gängen saßen sie gemeinsam auf Claras Balkon und schauten hinunter auf den dunklen See und die Lichter von Montreux. Er blieb bei ihr. Am nächsten Morgen frühstückten sie im Erker ihres Zimmers, sie im Pyjama, er im seidenen Kimono.

Sie sprach von einer wundervollen Nacht. Es sei beeindruckend und erstaunlich, sagte sie und lächelte. Er fragte sich insgeheim, ob daraus mehr Anerkennung oder Verwunderung sprach? Hieß das: angesichts seines Alters bemerkenswert oder, im Gegenteil, unangemessen? Nicht ohne Grund hatte er den Helden seiner Novelle »Casanovas Heimfahrt« schon vor Jahren die dem Todesschrecken verwandte Panik durchleben lassen: als Mann nicht mehr infrage zu kommen, zurückgewiesen zu werden, allenfalls – so hatte er es in der Novelle auf die Spitze getrieben – mit Arglist und Täuschung zum ersehnten Ziel und ins Bett einer jungen Frau zu gelangen, die in diesem Fall dem Helden auch noch intellektuell haushoch überlegen war. Und ausgerechnet das war die Novelle, die den jungen Lübecker, der ihn besuchen wollte, so faszinierte?

Sie blieben zehn Tage oben in Caux. Sie fuhren, das gehörte dazu, mit der Zahnradbahn auf den Rochers de Naye, mehr als 2000 Meter hoch, und wieder war er beeindruckt von der Sicht auf die Bergketten ringsum, auch wenn sie in einen Dunstschleier gehüllt waren. Vor mehr als dreißig Jahren hatte ihn dieser Anblick schon einmal beeindruckt – doch unter welch anderen Bedingungen. Damals gab es noch keine Olga, keine Familie, keine Bindungen. Er schaute zu Clara, die ob des Nebels enttäuscht war.

Sie unternahmen in diesen Tagen lange Spaziergänge, wobei ihm gelegentlich schwindlig wurde. Plötzlich musste er sich eingestehen, dass ihm das Gehen nicht mehr so leichtfiel wie gewohnt. Häufiger ließ er sich jetzt auf Bänken nieder, einmal auch auf einem Holzstoß. Clara saß dann neben ihm und versuchte, ihn zu beruhigen. Manchmal aber lief er trotz Erschöpfung stur und eigensinnig weiter, was sie verzweifeln ließ. Dann wieder ruhten sie gemeinsam im Gras, er bettete seinen Kopf in ihren Schoß und schlief ein.

Im Hotel schrieb er Briefe und nahm sich seine Manuskripte vor. Da war dieser Roman, der »Theaterroman«, der ihn schon so viele Jahre beschäftigte und den er einfach nicht in den Griff bekam. Er hatte einmal mehr das Gefühl absoluter Vergeblichkeit. Er war zu konzentrierter Arbeit nicht länger in der Lage. Er würde diesen dritten Roman niemals vollenden, das ahnte er.

Am letzten Tag ihres Aufenthalts im Palace, es war ein Sonntag, saßen sie beim Frühstück gemeinsam auf der großen Terrasse. Das gute Einvernehmen zwischen ihnen hielt an. Er war jede Nacht bei ihr geblieben, und Clara traute sich in diesem Moment auszusprechen, was ihr auf der Seele lag: »Du hast mich vor der Reise sehr gekränkt, als du meine Reaktion auf dein bevorstehendes Treffen mit Olga wahnwitzig genannt hast. Du hast mich schwachsinnig genannt. Warum reagierst du oft so verletzend?«

»Ich kann es dir nicht sagen, ich weiß es manchmal selber nicht. Ich bin dem nicht mehr gewachsen.« Er war milde gestimmt. Er blickte in ihr zartes Gesicht und erfuhr ihre Anhänglichkeit und Empfindsamkeit in diesem Moment als großes unverdientes Geschenk.

»Da sind solche Abgründe in dir«, sagte sie. »Es ist erschreckend für mich.«

Er schwieg und schaute auf den See hinab. Dann fragte er: »Liebst du mich?«

Er hatte sie das während dieser Tage schon mehrfach gefragt. Er wusste, dass er sie damit verwirrte, es kam ihm selbst befremdlich vor. Aber etwas in ihm ließ da keine Ruhe. War es Narzissmus? Nein, wohl eher Dankbarkeit, innere Verbundenheit, auch ein schlechtes Gewissen. Weil er einfach gern in ihren Armen lag, weil er ihre Bereitschaft, ihre Sinnlichkeit, ihre Zuwendung und Aufmerksamkeit genoss. Er konnte freilich nicht übersehen, und wollte es auch gar nicht, dass etwas Unaufrichtiges in seinem Auftritt lag, in seinem ganzen Wesen.

Er behauptete, ihre Abwehr und Wut gegenüber Olga sei völlig unbegründet. Die gemeinsame Erinnerung an

Lili sei der einzige Grund, sie zu sehen. Und er würde Olga nicht treffen, wenn da nicht die offenbar gefährliche Operation gewesen wäre. Da war er nicht aufrichtig, doch wollte er in dem Moment selbst daran glauben.

»Natürlich liebe ich dich. Und das wird sich auch nicht ändern«, sagte Clara, die besänftigt und glücklich schien. »Wer weiß, wie viele Jahre uns noch bleiben. Sollte ich dich überleben, wäre meine größte Aufgabe, deinen Nachlass zu pflegen.« Und sie fügte hinzu: »Das wäre der eigentliche Sinn meines Lebens nach dir.«

»Ach, Clara«, sagte er und ergriff ihre Hand. Vielleicht hatte sie recht. So saßen sie eine lange Weile schweigend da.

Für weitere zehn Tage zogen sie hinunter nach Territet, den Vorort von Montreux, der direkt unterhalb von Caux lag. Hier gab es ein Hotel, in dem sie schon einmal gut gespeist hatten, direkt am See gelegen. Es war vom selben Architekten entworfen wie das Palace, ähnlich angelegt und ebenfalls ein imposanter Bau: das Grand Hôtel et Hôtel des Alpes.

Es waren nur ein paar Schritte zum Strandbad hinunter, das sie in der verbleibenden Zeit auch häufig besuchten. Er konnte sich am Wasser entspannen, fühlte sich dort am See endlich wieder einmal wohl. Clara las die Korrekturbögen seines Theaterstücks »Im Spiel der Sommerlüfte«.

Dann aber, je näher der Abschied rückte, wuchsen wieder Anspannung und Verstimmung. Claras Migräne, ihr demonstratives Schweigen, ihr abschweifender Blick: Es bedrückte ihn, verärgerte ihn auch. Und schon fragte er sich wieder: Wozu das alles?

Innerlich hatte er längst Abschied genommen. Aber sei

es, um das zu kaschieren, sei es, um kein schlechtes Gewissen zu haben: Er sagte zu ihr, dass die vergangenen Wochen die schönsten seines Lebens gewesen seien. Es war übertrieben, eigentlich unglaubwürdig, aber er sah, dass sie es bei aller Skepsis beglückt zur Kenntnis nahm.

Mit dem Zug fuhren sie gemeinsam von Territet aus direkt nach Zürich, übernachteten dort, dann weiter nach Nürnberg. Am nächsten Morgen endlich trennten sie sich. Es wurde Zeit. Sie nahm den Zug nach Wien, er einen Richtung Marienbad. Clara drückte ihm noch einen Brief in die Hand und sagte zum Abschied: »Du musst nicht jeder ihrer Launen nachgeben, sie ist schließlich nicht mehr deine Frau.«

Im Zug las er ihren Brief. Darin stand: »In meiner Verstimmung, die jeder Mensch verstehen müsste, lag immer noch mehr Liebe als in Deinem Überschwang.« Auch sie wusste geschickt zu formulieren. Doch keines ihrer Worte konnte ihn so tief berühren wie ein einziger Satz Olgas.

Er sah aus dem Fenster – mit dem Rücken zur Fahrtrichtung, damit er die vorbeihuschende Landschaft länger im Auge behalten konnte –, und plötzlich wurde ihm klar, wie wichtig es ihm war, dass eine Frau, die seine Nähe suchte, mit Sprache umgehen und gut schreiben konnte, egal, ob es sich um Briefe, Tagebücher, Zeitungsbeiträge, Erzählungen oder, natürlich, Übersetzungen handelte. Kam dann noch musikalisches Interesse hinzu wie bei Hedy, mit der er in letzter Zeit häufiger gemeinsam am Flügel gesessen hatte, so war es beglückend – freilich keine Garantie für Glück. Aber darauf wartete er auch nicht mehr.

Clara war eine angenehme Gesprächspartnerin und

leidenschaftliche Geliebte für ihn. Mehr nicht. So war es eben. Liebe ließ sich nicht erzwingen, mit noch so viel Liebe nicht. Wenn sie nicht damit leben konnte, dass es einseitig blieb, dann wäre fortan besser Freundschaft die Basis, wie er es ihr mehr als einmal angeboten hatte. Ihm würde vieles fehlen, keine Frage, aber das war immer noch besser als das Unglück, das dieses Ungleichgewicht in ihrer Beziehung nun zunehmend über sie beide brachte.

Er schaute wieder hinaus in die Weite der Landschaft, in den Himmel. Ihm kamen jene Fragen in den Sinn, die er dem alternden Casanova einst angedichtet hatte: »Und war denn nicht am Ende eine Nacht wie die andere? Und eine Frau wie die andere? Besonders, wenn es vorbei war?« Die Vorstellung, dass es für immer vorbei sein könnte, hatte ihn damals umgetrieben, als er die Novelle schrieb. »Und dieses Wort ›vorbei‹ hämmerte in seinen Schläfen weiter, als sei es bestimmt, von nun ab der Pulsschlag seines verlorenen Daseins zu werden.«

So sprach sein Casanova, der viele Jahre jünger war als er jetzt. Und je länger er in diesem Zug saß, desto ferner rückten die Tage in der Schweiz.

Dann Olga. Es waren zuletzt Briefe und Telegramme mit der Frage hin und her gegangen, wo sie sich denn überhaupt treffen sollten. In Meran oder Berlin oder Wien, auf der Bühlerhöhe oder auf dem Semmering? Alles das hatte sie erwogen. Ihre Unentschlossenheit war lästig gewesen. Schließlich hatte er ihr den Vorschlag Franzensbad gemacht, und, o Wunder, Olga war einverstanden gewesen. Eine gute Idee, hatte sie ihm sogar telegraphiert.

Dass er für sich allerdings nicht dort, sondern im mehr als dreißig Kilometer entfernten Marienbad ein Zimmer reserviert hatte, gab ihr gleich bei der ersten Begegnung in Franzensbad Anlass zu einer spitzen Bemerkung: »Das hat man dir wohl nicht gestattet, dass du hier ebenfalls absteigst?«

»Wenn du so anfängst«, sagte er, »ist jedes Gespräch unmöglich.«

Aber er blieb dann doch. Olga lag im Bett, ganz beleidigte Königin, so wirkte sie auf ihn, ein wenig blass, aber eigentlich recht vergnügt. Er hatte ihr zwanzig Rosen mitgebracht. Für den 20. Geburtstag, den Lili an diesem Tag hätte feiern können.

Das Gespräch blieb mühsam und verkrampft. Er erkundigte sich nach Olgas Gesundheit. Sie erholte sich hier von einer Operation, die, wie er jetzt von ihr erfuhr, wegen Herzstillständen nötig geworden war. Unter Tränen sagte sie plötzlich: »Ich muss mehr von dir haben. Zu viele gehen. Man soll die ganz fest bei der Hand nehmen, die da sind. Sie sind alles, was man hat.« Später, als sie sich auf einem für Olga beschwerlichen Spaziergang im Park befanden, fragte sie: »Wie lange haben wir noch Zeit?« Da gingen sie schon wieder Arm in Arm wie ein altes Ehepaar.

Auf der Rückfahrt im Auto, er wurde chauffiert, sann er über die Begegnung mit Olga nach. Er konnte bis heute schwer unterscheiden, was echt war an ihren Gefühlen und was schlichtes Anspruchsdenken. Sie konnte immer wieder so entwaffnend liebevoll sein. Vor zwei Monaten hatte sie ihm Rosen überbringen lassen, pünktlich zum 30. Jahrestag ihrer ersten Begegnung im Juli 1899, sie damals 17, er

37 Jahre alt. Den Rosen war ein Brief gefolgt, geschrieben offenbar kurz vor ihrer Operation, angsterfüllt und voll Inbrunst: »Ich danke dir – ich bitte dich um Verzeihung – und umarme dich in großer Liebe.«

Und gleich musste er auch an Marie Reinhard denken, die vier Monate, bevor er Olga kennenlernte, so elendig gestorben war, mit gerade einmal 28 Jahren. Er sah sie vor sich, wie sie dereinst als Patientin zu ihm in die Praxis gekommen war. Wenig später hatte er sie nach einer Untersuchung einfach umarmt und geküsst. Sie hatte sich nicht gewehrt, ihn aber danach gefragt: »Warum haben Sie das getan?«

»Weil ich Sie liebe«, hatte er geantwortet, was damals jeder Grundlage entbehrte.

Natürlich ahnte sie, dass es für ihn noch andere Frauen gab. Das war damals, vor dreißig Jahren, in Wien ein offenes Geheimnis gewesen. »Wenn freie Liebe proklamiert würde, würden Sie sich wohl riesig freuen«, hatte sie zu ihm gesagt. »Ich habe Angst vor Ihnen. Sie sind launisch und tyrannisch. Ich möchte nicht Ihre Geliebte sein.«

Sie war es dann ein paar Monate später doch geworden, genau an ihrem 24. Geburtstag. Das hatte sie so gewollt, und fünf Jahre waren sie zusammengeblieben, bis zu ihrem Tod – sie in der Erwartung, dass er sie eines Tages heiraten würde, er schwankend in seinen Gefühlen und ihr nicht treu, selbst in den Monaten ihrer Schwangerschaft nicht, die so tragisch mit einer Totgeburt endete, wovon er zu seiner eigenen Überraschung über die Maßen erschüttert war. Sie hatte es überlebt, aber es war ihr nur noch wenig Zeit vergönnt gewesen.

Nun, auf der Rückfahrt nach Marienbad, durch die

Wälder und die düstere Ortschaft Eger, kam er sich sehr schäbig vor. Marie stand ihm so lebhaft vor Augen, dass er das Gefühl hatte, sie um Verzeihung bitten zu müssen. Aber was konnte der, der jetzt hier durch die Dämmerung fuhr, für die Sünden seiner Jugend? Es gab kein Jenseits, kein Wiedersehen, keine Chance auf Vergebung.

Im Hotel Weimar verwöhnte man ihn, was er sich gern gefallen ließ. Der Besitzer bat um ein Buch mit Widmung, reduzierte den Zimmerpreis um die Hälfte und bot dem Schriftsteller eines der »Königszimmer« zum Arbeiten an.

Olga besuchte er vier Tage später zum zweiten Mal. Er fuhr mit der Bahn. Sie hatte gehofft, dass er bleiben würde. Als er ihr Ansinnen zurückwies, kamen ihr sofort die Tränen. »Ich verstehe dich einfach nicht«, jammerte sie. »Warum bleibst du nicht? Kannst du mit jemand anders so gut reden wie mit mir? Was willst du von dieser Frau?«

Ihre immer wiederkehrenden Forderungen machten ihn mürbe und ungeduldig, vielleicht auch, weil er sich seiner Gefühle zu erwehren hatte. Er wollte und durfte ihr nicht nachgeben. Und doch musste er wieder an all die Zärtlichkeiten denken, die sie über Jahre und Jahrzehnte ausgetauscht hatten. Olga gefiel ihm ja immer noch, und das wusste sie. Trotz der Tränen, trotz der zurückliegenden Operation sah sie mit ihren 47 Jahren strahlend aus. Und wenn sie seine Hand nahm, war da wieder diese unvergleichliche Geborgenheit, auch jetzt, im Kurhotel Königsvilla.

»Es gibt eben viele mögliche Beziehungen«, sagte er. »Und sie können alle nebeneinander bestehen.«

»Nein, das können sie nicht«, erwiderte sie. »Die Seele

ist kein weites Land.« Das war typisch für Olga: Natürlich wusste sie genau, dass er einen ähnlichen Satz in seinem Theaterstück »Das weite Land« untergebracht hatte. »So vieles hat zugleich Raum in uns –!«, hieß es da. »Wir versuchen wohl, Ordnung in uns zu schaffen, so gut es geht, aber diese Ordnung ist doch nur etwas Künstliches.«

Er konnte sich ihr schwer entziehen. Wenig später packte er seine Sachen und mietete sich in der Königsvilla ein. Nach einem gemeinsamen Mittagessen saß er an ihrem Bett. Sie habe ja verstanden, sagte sie, spürbar gegen ihren Unwillen ankämpfend, dass er sich von Clara nicht trennen wolle. Aber sie wolle auch wieder einmal länger mit ihm zusammen sein, und sei es nur für ein paar Tage.

»Was erzählst du mir von verschiedenen möglichen Beziehungen? Das ist doch alles Unsinn. Sie hält dich gefangen, so einfach ist das. Und deswegen bin ich wütend, das musst du doch verstehen.« Dann sagte sie fast flüsternd, wie zu sich selbst: »Du hast keine Ahnung von mir.« Und das war einer dieser Sätze, gegen die er einfach machtlos war. Er schwieg und zog sich bald wieder auf sein Zimmer zurück.

Am Abend sprachen sie noch einmal über Arnoldos Wunsch, Einblick in Lilis Tagebücher zu erhalten. Olga, die inzwischen auch die letzten Aufzeichnungen der Tochter kannte, war in dieser Frage ganz entschieden. Niemals, sagte sie, würde sie einwilligen, dass der Schwiegersohn, so lieb er ihr sei, in den Besitz käme. Schon um ihn selbst zu schützen, viel mehr aber, um die Tochter nachträglich davor zu bewahren, dass ihre Geheimnisse preisgegeben würden.

»Sie muss furchtbare Angst davor gehabt haben, dass er ihr auf die Schliche kommt«, sagte Olga. »Sie liebte ihn, aber sie verliebte sich auch gern. Sie war so jung. Ich weiß noch, wie sie mir einmal lange vor der Hochzeit ganz unromantisch erklärte, man beschließe sein Leben doch nicht mit einem Mann, den man mit 17 kennengelernt hat. Leider ist es anders gekommen.«

»Du magst ja recht haben«, sagte er. »Nein, ganz sicher hast du recht. Aber wenn Arnoldo darauf besteht? Hat er nicht auch recht, sogar ein Anrecht?«

»Das spielt für mich keine Rolle. Ich würde die Freundschaft mit Arnoldo jederzeit opfern, wenn er auf Herausgabe besteht. Wir sind ihm wahrlich zugetan. Wir haben ihm jeden Vorwurf erspart, was seinen Umgang mit Lili angeht. Er ahnt nicht einmal, was wir durch die Tagebücher wissen.«

Sie schaute ihn beschwörend an. Vielleicht dachte sie in dem Moment auch an jenen Satz über Arnoldo, den die Tochter wenige Wochen vor ihrem Tod geschrieben hatte: »Es scheint, er ist nicht glücklich, wenn er mich nicht zum Weinen bringt.«

»Andere Eltern«, sagte Olga, »hätten sich wahrscheinlich ganz anders verhalten. Aber unser Kind ist tot. Ich will, dass Lili in Ruhe gelassen wird. Jedes Wühlen nach Gründen wäre nur indiskret ihr gegenüber, oberflächlich und dumm. Sie soll in uns weiterleben und auch nach unserem Tod vor den Psychologen und Schnüfflern geschützt sein. Heini soll ihre Tagebücher vernichten.«

Er sagte nichts dazu. Der Gedanke, Lilis Aufzeichnungen zu zerstören, behagte ihm nicht. Stand ihnen das zu?

Aber ihn beeindruckte Olgas Leidenschaftlichkeit in dieser Sache. Und er nickte.

Von Clara hatte er in Marienbad mehrere Briefe und Karten erhalten. Er wusste, dass sie auf ähnlich ausführliche und liebevolle Post von ihm wartete. Es war nicht recht, dass er ihr nach den Schweizer Tagen und Nächten nicht sofort geschrieben hatte und dann auch nur Berichtendes, Leidenschaftsloses, also nicht das, was sie von ihm eigentlich erhoffen durfte. Was sie erwartete, hatte sie ihm gleich im ersten Brief nach Franzensbad deutlich gemacht. Sie hoffe, schrieb sie, dass er sich ebenso wie sie danach sehne, »da fortzusetzen, wo wir aufgehört haben und zusammen sehr jung und froh waren«. Auch sie würde gern bald mit ihm nach Marienbad fahren. Schon machte sie wieder Pläne.

Er hätte ihr lieber nichts Genaues über die Zusammenkünfte mit Olga geschrieben. Aber es musste sein. Er wollte sich, auch wenn er Ärger fürchtete, auf keinen Fall dazu verleiten lassen, alles einfach zu verschweigen. Also hatte er ihr mitgeteilt, dass er mit der Bahn nach Franzensbad fahren werde, und gleich hinzugefügt, dass es gewiss das Beste sei, wie er es arrangiert habe: dass er in Marienbad, Olga in Franzensbad logiere. Vier Tage später hatte er mehr Mühe darauf verwenden müssen, nun auch den Umzug nach Franzensbad zu erklären: Er musste es offenlegen, da Clara versuchen könnte, ihn telefonisch im Hotel Weimar zu erreichen. Also schrieb er nach Wien, er wolle nicht wieder mit der Eisenbahn hin und her fahren, daher werde er in der Königsvilla übernachten, um von Marienbad aus direkt nach Wien zu gelangen. Es waren dann zwei Nächte, die er dort blieb, und so erreichte ihn noch ein Brief Claras, der die Frage enthielt: »Steht dieses Vorgehen im Einklang mit den vergangenen Wochen?« Es sei taktlos von ihm, mit Olga in einem Hotel zu wohnen und an ihrem Bett zu sitzen. Er ärgerte sich schon wieder – weil er sie verstand.

Dann war er wieder in Wien. Clara hatte ihm eine Schale mit Obst hingestellt und einen neuen Spazierstock gekauft. Sie wollte gleich am ersten Abend mit ihm essen gehen. Er wäre lieber noch allein geblieben, wagte aber nicht, es ihr am Telefon zu sagen. So saßen sie später zusammen, und Clara brachte ihn, wie er es befürchtet hatte, mit bohrenden Nachfragen dahin, ihr einzugestehen, dass er Olga sein »Spiel der Sommerlüfte« anvertraut habe. »Sie darf also auch wieder Korrektur lesen«, schrie sie fast. »Es reicht dir wohl nicht, dass ich es gemacht habe!«

Er duckte sich. Und hielt später am Abend in seinem Tagebuch fest: »Ein Anfall von Irrsinn.«

Oder lag der Irrsinn auf seiner Seite? Warum nur konnte er keine klaren Verhältnisse schaffen? Clara klammerte sich an ihn – aber er ließ sie genauso wenig los. Trennungs- und Verlustängste, seit seiner Jugend kannte er das. Jedes Ende, jeder Abschied gemahnte ihn an die Endlichkeit der Existenz. Solange sie da war, die Geliebte, die Gesprächspartnerin und treue Begleiterin, gab sie ihm Sicherheit, wenn sie auch teuer erkauft war. Sie blieb ihm ergeben, obwohl er sie nicht gut behandelte. Sie nahm es hin, weil sie ihn liebte.

Schon drei Tage später trafen Olgas Korrekturen aus Franzensbad ein, sie waren klug und hilfreich wie immer. Auch darauf konnte er sich verlassen.

Bald darauf meldete sich auch der Lehrer aus Lübeck bei ihm an und stand schon wenige Tage später vor der Tür: ein bartloser junger Mann mit hanseatisch höflichen Manieren, der ihm sehr gescheite Fragen stellte und sich überhaupt bestens mit seinem Werk auszukennen schien. Eine angenehme Begegnung war es, und er vertraute dem Fragesteller mehr an, als er sich vorgenommen hatte.

Nach zwei Wochen erhielt er dann, wie verabredet, mit der Post eine Zusammenstellung derjenigen seiner Äußerungen, die im Artikel zitiert werden sollten. Erstaunlich, worüber sie alles in den wenigen Stunden gesprochen hatten. Einige Sätze, die er so nicht gesagt zu haben glaubte, strich er, andere formulierte er um, sodass sie verständlicher und klarer wurden.

Einen knappen Monat später hielt er auch schon ein Exemplar jener Berliner Illustrierten in der Hand, in der das Porträt erschienen war. Er begann es mit Sorge und Skepsis zu lesen, dann mit wachsender Zustimmung, am Ende gar mit Zufriedenheit. Allein schon der Umfang des mit Fotos von ihm und verschiedenen Theaterinszenierungen reichlich geschmückten Beitrags war bemerkenswert.

15

EIN DEUTSCHER DICHTER

Zu Besuch bei Arthur Schnitzler in Wien/Von unserem Mitarbeiter Walter Dorn

November 1929

Er wohnt in jenem Villenviertel Wiens, das Cottage genannt wird, zumeist englisch ausgesprochen, manchmal auch halb französisch: »Cotteesch«. Das Haus steht nah an der Straße, die zur Sternwarte hinaufführt. Es ist eines der letzten Häuser auf der linken Seite. Eine nicht sehr hohe Mauer schützt das imposante Anwesen mit drei Geschossen und einem schön gestalteten Dachvorsprung. Der große Garten befindet sich hinter dem Haus, wie ich später erfahre.

Hat man die Pforte durchschritten, sind es nur wenige Stufen hinauf zur Haustür. Ich werde hineingelassen, und dann steht er vor mir, Arthur Schnitzler, zwei Finger in der Weste, im Gilet, wie man hier sagt. Er, der berühmte Dramatiker und

Erzähler, begrüßt mich herzlich mit Handschlag und macht eine einladende Geste. Ich fühle mich sofort wohl in der Gegenwart dieses großen Mannes, der von Statur her eher klein ist, kleiner, als ich nach den Fotos erwartet habe. Aber was bedeutet das schon! Er bezwingt den Besucher durch den intensiven Blick aus seinen blassblauen Augen.

Ich bedanke mich für die Ehre, ihn, einen der wichtigsten Dichter deutscher Zunge, aufsuchen zu dürfen.

Er lächelt und sagt, das Wort »Dichter« würde er auf sich selbst niemals anwenden. Er zähle sich vielmehr zu den Naturforschern, zu den Schriftstellern mit vorwiegend psychologischer Einstellung. »Damit will ich allerdings nichts gegen das Vorhandensein einer dichterischen Begabung gesagt haben«, setzt er verschmitzt hinzu.

Als Erstes führt er mich durchs Haus. Ergriffen schaue ich auf das solide Stehpult am Fenster seines Arbeitszimmers. Unter einer hohen Schreibtischleuchte aus Messing mit weißem Glasschirm sind ein Tintenfass und zwei Behälter mit Stiften zu erblicken. Eine Mappe liegt obenauf, daneben thront hoheitsvoll eine kleine Porzellanfigur, die Arme hinter dem Rücken verschränkt: Goethe. An der Wand dahinter zwei Scherenschnitte und ein gerahmtes Autograph des verehrten Dichters, außerdem ein Bild von Beethoven.

Ich schaue mich weiter um. Im Fenstereck sehe ich einen bequemen Sessel mit Fußschemel, daneben eine Stehlampe. Auf dem Fensterbrett dahinter sind Bücher aufgereiht. Sein Platz zum Lesen? Ja, sagt er. Er lese viel, eigentlich täglich. »Am liebsten Tagebücher von Schriftstellern, von Tolstoi, August von Platen und immer wieder Friedrich Hebbel.« Was sonst? »Sehr gern Historisches, Memoiren, Briefwechsel. Natürlich auch Li-

teratur, oftmals von Schriftstellern, die mir ihre Werke zusenden. Zurzeit gerade das überaus fesselnde Fouché-Porträt von Stefan Zweig, den ich ohnehin sehr schätze.«

Auf einem niedrigen Tisch stehen Schreibmaschine und Telefonapparat. »Was ich diktiere, schreibt meine Sekretärin gleich in die Maschine. Sie ist sehr flink.« Im lichtdurchfluteten Nebenzimmer befindet sich ein prächtiger Flügel. Schnitzler bedeutet mir, näher zu treten. Er sitzt auf einem Stuhl mit Lehne und schlägt ein paar Akkorde an, um mir die Klangfülle des Instruments zu demonstrieren. Er ist für sein exzellentes Klavierspiel bekannt.

Dann führt er mir mit rührendem Besitzerstolz ein noch neues Möbelstück mit zahllosen Schubladen vor. »In diese Ladenschränke habe ich unlängst mit Hilfe der Sekretärin und des Stubenmädchens, das Ihnen geöffnet hat, sämtliche Korrespondenz eingeräumt«, sagt er. »Jetzt ist alles wohlgeordnet.«

Hier also entstehen seine Werke. Hier hat er seine großartigen Theaterstücke geschrieben, »Der einsame Weg«, »Professor Bernhardi«, die »Komödie der Worte« und die »Komödie der Verführung«, schließlich auch »Die Schwestern oder Casanova in Spa«, sein wunderbar leichtes Bühnenwerk, Gegenstück zu der genialen Novelle »Casanovas Heimfahrt«. Auch andere herrliche Erzählwerke sind hier skizziert, ausgearbeitet und vollendet worden: »Frau Beate und ihr Sohn«, »Doktor Gräsler, Badearzt«, die »Traumnovelle«, die Novellen »Fräulein Else« und »Spiel im Morgengrauen« sowie der Roman »Therese«. Und hier, in diesem Haus, schreibt er weiter.

Ich bitte Arthur Schnitzler, sich über seine Pläne äußern zu wollen. Falls er darüber etwas verraten mag?

Ein neues Theaterstück sei abgeschlossen und warte auf seine

Uraufführung am hiesigen Volkstheater; es trägt den Titel »Im Spiel der Sommerlüfte«.

Dann betreten wir sein Wohnzimmer. Der Hausherr bittet mich, Platz zu nehmen. Ich frage ihn, ob ich mir Notizen machen dürfe, worauf er nickt. Ich lenke das Gespräch auf die Psychoanalyse, mit der sein Schaffen so oft in Verbindung gebracht wird.

Ja, die Psychoanalyse, sagt er zögerlich. Sie habe zweifellos unsere Kenntnisse von der Seele erweitert. Sie ermutige, in Tiefen hinabzutauchen, »die früher aus konventionellen Gründen nicht durchforscht wurden, zuweilen aus Gründen des Geschmacks, am häufigsten aus Feigheit oder Grauen«. Die Traumdeutung, die Forschung zur menschlichen Sexualität und zum Unbewussten: all das sei anregend und beeindruckend, wenn auch als System überdeterminiert und mitunter borniert. Außerdem schmeichle die psychoanalytische Praxis zu sehr der Eitelkeit der Patienten. »Man kommt sich plötzlich interessant vor, Unbeträchtliches wird mit einem falschen Schein von Wichtigkeit umgeben. Und der Wert, den man sogar ihren Träumen beimisst, entzückt sie.«

Es wäre eine dankbare Aufgabe, fügt er hinzu, die Methode von ihren Übertreibungen und zwanghaften Vorstellungen zu befreien, vor allem von ihren schwindelhaften Adepten.

Wir kommen auf den »Reigen« zu sprechen, sein wohl berühmtestes Bühnenwerk, das erstmals 1920 vollständig aufgeführt wurde und weit über den Kreis der Theaterwelt hinaus bekannt ist. Und berüchtigt. Es hat Skandal gemacht, es gab organisierte Proteste und Pöbeleien bei Aufführungen in Wien und Berlin, die Polizei musste einschreiten. In Berlin kam es, acht Jahre ist das her, zu einem Gerichtsverfahren. Angeklagt waren die Theaterleute: die Direktion, der Regisseur und sogar die Schauspieler. Nach fünf Tagen endete die Verhandlung mit einem Freispruch. Die Buchausgabe des »Reigen« nähert sich heute, wie zu erfahren ist, der magischen Grenze von 100 000 Exemplaren.

Der Autor selbst spielt dieses Werk herunter. Der »Reigen« sei einer seiner unwichtigsten Versuche für das Theater, wahrhaft fesselnd dagegen der Berliner Prozess, bei dem damals, wie er sagt, »die Zensur auf der Anklagebank saß«. Er hat den Triumph genossen, dennoch den »Reigen« im Jahr darauf für die Bühne sperren lassen. Und dabei soll es bleiben, obwohl er immer wieder neue Anfragen, auch aus dem Ausland, erhalte. Man spürt Überdruss, wenn er davon spricht.

Da sitze ich nun diesem weltberühmten Schriftsteller gegenüber, der sich Zeit nimmt und mir nicht das Gefühl gibt, ungeduldig zu werden. Ich habe eine lange Liste mit Fragen dabei, aber erkenne jetzt schon, dass nur ein Bruchteil davon zur Sprache kommen wird.

Was ich unbedingt erfahren möchte: Wie ist seine Einstellung zur Pornographie? Da er doch immer wieder entsprechenden Anfeindungen ausgesetzt ist, nicht selten gemischt mit antisemitischen Tönen? Stimmt es, dass er der Verfasser jenes obszönen Romans »Josefine Mutzenbacher« ist, der nur unter der Ladentheke verkauft werden kann?

Er weist den Verdacht weit von sich. Er habe das Buch bis zum heutigen Tag nicht gelesen, sagt er fast ein wenig grimmig, nicht einmal zu Gesicht bekommen. Ob der Roman im literarischen Sinne gut oder schlecht sei, wisse er daher nicht. Aber: seine Bedenken seien ausschließlich ästhetischer Natur. »Das dürfen Sie gern schreiben!«

Er hebt den Zeigefinger. »Meine Abneigung gegen pornographische Produkte beruht nicht darauf, dass manchen von ihnen die Eigenschaft innewohnt, sexuelle Erregung auszulösen, sondern darauf, dass sie immer etwas Verlogenes und Talentverlassenes an sich haben.« Aber es gebe keinerlei Gründe, die Weiterverbreitung irritierender Bildwerke oder Druckschriften zu verbieten.

Ich frage ihn nach seinen Erfahrungen mit dem Kino. Liegt ihm etwas an Verfilmungen?

»Ich dränge mich nicht danach«, sagt er. »Aber natürlich bieten sich manche meiner Stücke und Novellen an. Es ist, wie Sie sicher wissen, schon einiges von mir im Kino gezeigt worden. Bereits 1914 hat man ›Liebelei‹ verfilmt, übrigens in Dänemark, dann in den USA den ›Anatol‹, in Deutschland ›Freiwild‹ und natürlich ›Fräulein Else‹ mit der Bergner.«

Das seien alles Stummfilme, werfe ich ein. Käme es nicht gerade bei seinen Stoffen auf das gesprochene Wort an?

»Sie haben wohl recht, auch wenn mir Tonfilme nicht sehr liegen«, sagt er. In Hollywood werde gerade seine Novelle »Spiel im Morgengrauen« verfilmt. Der Vertrag sei unterzeichnet, sogar das Honorar gezahlt. »Daybreak«, so soll der Film heißen. »Aber sonst erfahre ich nicht viel. Die Besetzung habe ich der Zeitung entnehmen müssen. Manche Filmleute sind sogar zu faul, meine Sachen zu lesen, immer wieder tritt man mit der lächerlichen Forderung an mich heran, ich möchte kurze Auszüge meiner Novellen liefern, damit sie sich die Mühe sparen können, ein ganzes Buch zu lesen.«

Das Gespräch wendet sich nun der Frage zu, wie er es mit dem Judentum hält. Und wie aus der Pistole geschossen kommt seine prägnante Antwort: »Ich bin Jude, Österreicher, Deutscher.«

Dann setzt er nach: »Daran, dass ich ein deutscher Dichter bin, nun verwende ich das Wort doch einmal, wird mich weder jüdisch-zionistisches Ressentiment, noch die Albernheit und Unverschämtheit deutscher Nationalisten irremachen.« Er leide nicht im Geringsten unter seiner jüdischen Abstammung, sagt er dann. Aber er fände es ebenso dumm, auf sein Judentum stolz zu sein.

Leidet er denn unter dem wieder erstarkenden Antisemitismus?

Er winkt ab. »Ach, wissen Sie, ich habe mich niemals entschließen können, auf all die antisemitischen Verdrehungen, Begeiferungen und Verleumdungen ein Wort zu entgegnen, die ich im Laufe meiner schriftstellerischen Tätigkeit erfahren habe.« Allerdings habe er sich eine Sammlung von »derlei Zeug« angelegt, wie er sagt, »ein bescheidenes Dokument von unserer Zeiten Schande«. Und manche neuere Entwicklung sei in der Tat beängstigend.

Was hält er von der zionistischen Bewegung?

Spielerisch empört antwortet er: »Soll ich etwa das Land verlassen, weil einige Antisemiten behaupten, dass ich nicht hierhergehöre?« Ein eigener Judenstaat? »Ich bewundere Menschen, die so hoch greifen und so herrlich träumen können. Aber sie werden mich niemals überzeugen können.«

Die geöffnete Schiebetür zur Terrasse lässt eine frische Brise herein. Er fragt mich, ob es mir unangenehm wäre, einen Spaziergang mit ihm zu machen. Es sei so schönes Wetter, und an der Luft falle ihm manchmal mehr ein als hier in der Stube.

Wir gehen hinüber zum Park, der nur wenige Schritte entfernt ist: ein Stück die Sternwartestraße hinauf, dann rechts in die Türkenschanzstraße, und schon liegt der Eingang vor uns. »Hier oben haben die türkischen Truppen sich 1683 verschanzt und lange gehalten, daher der Name«, erklärt er mir. »Angelegt wurde dieser Park in den achtziger Jahren und eingeweiht durch den Kaiser höchstpersönlich.« In der heutigen Form existiere er erst seit etwa zwanzig Jahren. »Ich bin oft und gern hier.«

Wir spazieren schweigend ein Stück nebeneinanderher. Die Blätter leuchten in gelber und roter Pracht, die Sonne hat noch viel Kraft. Dann bringe ich die Sprache auf sein Verhältnis zur Theater- und Literaturkritik. Befasst er sich damit? Ist er verletzbar?

Seine Antwort kommt prompt: Kritik habe ihn nur selten gekränkt, öfters geärgert, und alles sei immer schnell vergessen gewesen. Aber ganz so gelassen scheint er doch nicht zu sein. Er berichtet, dass er schon ewig lange daran arbeite, etwas über das Rezensionswesen zu schreiben. Ursprünglich habe er einen Aufsatz »Über die Grenzen der erlaubten Kritik« geplant. »Das war einer meiner ersten essayistischen Versuche überhaupt. Ich war 18 Jahre alt!« Später sollte es ein »Handbuch für Rezensenten« werden. Zahllose Notizen habe er sich gemacht, und es gebe jede Menge Anläufe und Entwürfe, bis in die Gegenwart. Doch er werde nichts davon veröffentlichen. »Der antwortende Dichter ist immer im Unrecht«, sagt er.

Im Übrigen unterscheidet er zwischen Kritikern und Rezensenten. Es sei aber nicht so, stellt er gleich klar, »dass ich diejenigen Kritiker nenne, die mich loben, und diejenigen Rezensenten, die mich tadeln«.

Und was wäre der Unterschied?

Der Kritiker ist in seinen Augen immer auch »Kunsthistori-

ker, Versteher von Zusammenhängen, selber Künstler«. Den Rezensenten dagegen kennzeichneten Halbtalent, Missgunst, Übelwollen, Rachsucht und Unbildung. »Reporterdeutsch genügt«, ereifert er sich jetzt und gestikuliert mit beiden Armen. Und eine amüsante Schreibweise unterstütze zweifellos die Wirkung.

Meine nächste Frage zielt darauf, warum er sich so selten in der Öffentlichkeit zeigt. Und warum es kaum Selbstkommentare zu seinem Werk gibt, wie etwa von Thomas Mann?

Er berichtet, dass ihn vor wenigen Wochen im Theater aus der Nebenloge heraus Wiens Bürgermeister Karl Seitz angesprochen und gefragt habe, warum er ihn schneiden würde und auf Einladungen niemals reagiere. »Ich erzählte ihm, dass ich überhaupt nicht in Gesellschaft gehe.« Es sei keinerlei Überheblichkeit im Spiel, sagt er, eher Scheu und Unfähigkeit, auch wenn das von vielen offenbar nicht so verstanden werde.

Und was Kommentare zum Werk oder zu anderem angehe: »Der Essay ist meine Sache nicht. Ich brächte doch keinen zu Ende, er müsste auf dem Wege sterben an der Menge von Parenthesen, die ich immer wieder für unerlässlich hielte.«

Er ist stehengeblieben und redet weiter: »An Ansichten und Erfahrungen mangelt es mir vielleicht nicht, aber zu einer sogenannten Weltanschauung mich emporzuschwingen – oder herabzulassen – habe ich bisher keine Lust verspürt. Nicht etwa, dass ich in diesen Dingen nichts zu sagen hätte oder nicht mitreden dürfte. Aber wenn ich nur einmal anfinge mich zu äußern, müsste ich mich wohl auch weiterhin am Streit der Meinungen beteiligen.« Natürlich werde er oft gebeten, über Bücher anderer Autoren zu schreiben. Er empfehle gern einzelne Werke, etwa bei Anfragen, was zu lesen oder auszuzeichnen sei.

»Aber ich schreibe niemals Kommentare oder Kritiken, die für die Öffentlichkeit bestimmt sind, weder hier noch im Ausland.«

Wir gehen weiter. Dass er über Privates keine Auskunft geben würde, war vorher so ausgemacht. Jetzt frage ich dennoch vorsichtig danach, ob er etwas darüber sagen möchte, wie ihn der Tod seiner jungen Tochter vor gut einem Jahr getroffen hat. Er zögert, und ich bereue die Frage schon. Dann sagt er leise: »Man vermag seinen eigenen Schmerz nicht ganz zu fühlen. Das ist unsere Unzulänglichkeit und unsere Rettung.« Ich frage nicht weiter nach.

Über den Tod allgemein lässt sich vielleicht leichter reden. Er ist in seinem Werk allgegenwärtig, eine seiner frühen Novellen trägt den Titel »Sterben«. Und in dem Theaterstück »Der einsame Weg« fragt eine Figur: »Gibt es einen anständigen Menschen, der in irgendeiner guten Stunde in tiefster Seele an etwas anderes denkt?«

Es gibt bemerkenswert viele Selbstmorde bei ihm, sowohl in den Theaterstücken als auch in den Novellen. Ich zähle auf: Gut ein Dutzend Frauen sind es, die Hand an sich legen, und noch mehr Männer. Das scheint ihn selbst zu überraschen. Er habe diese Rechnung ja nie aufgemacht, sagt er leicht verdrossen. Es sei aber, zumal als Schriftsteller, schwierig, nicht an den Tod zu denken. »Zu viele Selbstmorde haben mein Leben begleitet«, sagte er. Und immer häufiger komme jetzt mit der Post eine »Parte«, wie man in Österreich Traueranzeigen nennt.

Wir kommen erneut auf die Psychoanalyse zu sprechen. Er ist es, der noch etwas hinzufügen möchte. Die Trennung in »Ich, Überich und Es« sei geistreich, sagt er, aber künstlich. Ein Ich sei überhaupt nicht vorhanden ohne das Überich und Es. Er sei davon überzeugt, dass eine Einteilung in Bewusstsein,

Mittelbewusstsein und Unterbewusstsein sinnvoller wäre und den wissenschaftlichen Tatsachen näher komme. Dieses »Mittelbewusstsein«, wie er es nennt, sei »das ungeheuerste Gebiet des Seelen- und Geisteslebens«. Auf meine Nachfrage hin erläutert er: »Vom Mittelbewusstsein steigen die Elemente ununterbrochen ins Bewusste auf oder sinken ins Unbewusste hinab.«

Im Übrigen hätten einige Psychoanalytiker, wie er erfreut hervorhebt, »Beziehungswerte« in seinen Arbeiten erkannt, »an denen die meisten Berufskritiker achtlos vorbeigegangen sind«. Immer wieder werde ja behauptet, sein Themenkreis beschränke sich auf das Erotische. »Freud-Schüler wie Reik haben dagegen auf meine Darstellung menschlicher Beziehungen nichterotischer Art hingewiesen: Beziehungen zwischen Geschwistern, zwischen Eltern und Kindern, zwischen Freunden.« Außer Liebesproblemen habe er schließlich auch solche des Geistes, der Gesellschaft und des Glaubens mit dem gleichen Ernst gestaltet.

Ich spreche ihn auf jene Erzähltechnik an, die seit der Novelle »Fräulein Else« als seine Erfindung gilt, auf den sogenannten inneren Monolog.

»Ja, es ist eigentlich merkwürdig, dass sie seitdem so selten benutzt wurde, da sie ganz außerordentliche Möglichkeiten bietet«, antwortet er. »Freilich eignen sich nur wenige Sujets dazu, sonst hätte wahrscheinlich vor allem ich selbst von dieser Form öfters Gebrauch gemacht.« Die Erzählweise eigne sich eher für die kurze Form, nicht für den Roman. Es gebe Vorläufer, er selbst habe die Technik schon Anfang des Jahrhunderts im »Leutnant Gustl« angewendet. »Das ist die Novelle, wie Sie wahrscheinlich wissen, wegen der mir damals der Offiziersrang abgesprochen wurde.« Er macht eine kleine Kunstpause

und spricht dann genüsslich die Silben: »vom Landeswehroberkommando«.

Wir kehren ins Haus zurück. Dann sitzen wir wieder im Wohnzimmer, trinken Tee und sprechen über seine Novelle »Casanovas Heimfahrt«. Schnitzler zeigt seinen Helden darin als resignierten Frauenhelden und Lebemann, der zwar vielen Frauen noch gefällt, aber die eine, die er begehrt, die junge kluge Marcolina, nur mit böser Heimtücke erobern kann. Für sie ist er ein elender alter Mann. Dabei ist Casanova gerade einmal 53 Jahre alt, genauso alt, wie der Autor war, als er die Erzählung schrieb. Falls ich richtig gerechnet habe.

»Ja, das haben Sie«, sagt Schnitzler anerkennend. »Sie haben sich offenbar gründlich auf unser Gespräch vorbereitet. Ich habe Casanova etwas älter sein lassen, als er wirklich war. Er wollte ja in jenen Tagen unbedingt in seine Heimatstadt Venedig zurückkehren. Es war mir wichtig, zu wissen, wie man sich in diesem Lebensalter fühlt. Ich bin ja keineswegs der Erste, der sich auf diese Weise ein kleines diskretes Vergnügen erlaubt: Goethe hat seinem Werther sogar den eigenen Geburtstag angedichtet. Wer es merkt, merkt es, wer nicht: auch nicht schlimm.«

Ich frage danach, wie nah an der historischen Wahrheit die biografische Novelle überhaupt sei.

Seine Antwort: »Wer kennt diese Wahrheit? In der Kunst verhält es sich ohnehin anders als im Leben, gewissermaßen umgekehrt: Tatsachen beweisen nichts.« Er zitiert Franz Werfel, der im Vorwort seines Verdi-Romans wiederum den Komponisten zitiert: »Die Wahrheit nachzubilden mag gut sein, aber die Wahrheit zu erfinden ist viel besser.« Ein gelungener Roman sei das, sagt er, der ebenfalls ein kunstvolles Spiel mit der historischen Figur treibe, aber ein sehr respektvolles, so nah wie möglich an den biografischen Fakten. Ob nun Verdi oder jemand anders: Es lasse sich ein Mensch niemals wirklich nachgestalten: »Man macht höchstens einen neuen, der, wenn er gelingt, wahr wirkt.«

Ich will es noch genauer wissen. In seinem Roman »Der Weg ins Freie« heißt es an einer Stelle, die Menschen hätten im Allgemeinen nicht genug Phantasie, um aus dem Nichts zu schaffen. Gilt das auch für ihn?

Er stellt sogleich die Gegenfrage: »Ist es überhaupt jemals geschehen, dass ein Autor Menschen zu schildern unternommen hätte, die er nicht kennt oder wenigstens zu kennen glaubt?«

Aber er wolle der Frage nicht ausweichen. Beim Schreiben gehe es einfach anders zu als beim Fotografieren, erklärt er mir. »Der Vorgang, nach dem das Konterfei eines lebendigen Menschen in einem Roman entsteht, ist unendlich viel komplizierter.« Es sei wohl jedem Schriftsteller schon passiert, »dass Leser in ein und derselben Figur ganz unterschiedliche Menschen zu erkennen glauben«.

Später sitzen wir draußen im Garten, auf einer weiß gestrichenen Eckbank, das Haus mit dem großen Balkon im Blick. Arthur Schnitzler zündet sich eine Zigarre an. »Ich habe das Haus vor dem Krieg erworben«, sagt er. Er blickt zufrieden, schweigt einen Moment.

Plötzlich verdüstert sich sein Gesichtsausdruck. Und dann sagt der Dichter, der weder in die allgemeine Begeisterung zu Kriegsbeginn einstimmte noch jemals unangenehme patriotische Töne anschlug: »Ach, dieser Krieg. Ich habe ihn kommen sehen, und ich fürchte den nächsten.« Und weiter sagt er, der auch Arzt ist und lange Zeit eine eigene Praxis unterhielt: »Was für eine Verlogenheit immer wieder: Man sagt, einer sei den schönen Heldentod gestorben. Warum sagt man nie, er hat eine herrliche Heldenverstümmelung erlitten? Man sagt, er ist für das Vaterland gefallen. Warum sagt man nie, er hat sich für das Vaterland beide Beine amputieren lassen?«

Ich pflichte ihm bei, und wir schweigen einen Moment. Dann stelle ich die letzte Frage: Wie er es mit der Religion und dem Glauben halte?

Er sagt entschieden: »Nicht das Leben, aber das Ich ist mit dem Tod vorbei. Was immer daraus wird, es ist für dieses Ich, das sich darüber bei Lebzeiten Gedanken macht, völlig gleichgültig.« Er glaube nicht an die Unsterblichkeit und auch nicht an ein Jenseits.

Stunden sind vergangen, vieles ist gesagt worden, nicht alles habe ich mir notieren können.

Als wir schon stehen, kommt Arthur Schnitzler ein letzter Gedanke. Man könne Kunst auch als Resultat einer Angstneurose auffassen, sagt er. »Die Kunst will aufbewahren, erst in zweiter Linie will sie gestalten. Im Grunde entspringt sie dem Drang, dem Grauen der Vergänglichkeit zu entfliehen.«

Ich verabschiede mich dankbar von ihm, diesem großen edlen Geist, und wandere, die Seele noch ganz erfüllt, die Sternwartestraße hinunter in Richtung des Franz-Josefs-Bahnhofs und des Donau-Kanals. Glückliches Wien, denke ich, das einen so bedeutenden Dichter zu seinen Bewohnern zählen darf. Und wie traurig die Machenschaften gewisser Kreise hier, die das nicht zu würdigen wissen.

16

Am Morgen nach der Lektüre diktierte er einen Brief an den Lehrer aus Lübeck, den Verfasser des Artikels:

»Verehrter Herr Dorn. Vielen Dank für die Übersendung der Zeitschrift. Dass es am Ende nun doch ein größeres Porträt mit vielen Äußerungen von mir geworden ist, liegt wohl in der Natur der Sache. Dem Sinne nach haben Sie die anregende und angeregte vierstündige Unterhaltung zum großen Teile, wenn auch höchst persönlich gefärbt, richtig wiedergegeben, und so habe ich gegen das Ganze nichts einzuwenden. Dabei sind die wörtlichen Zitate glücklich eingebunden, und es gibt keines, dessen ich mich schämen müsste. Manches, was mir wichtig war, fehlt; andere Lücken gehen auf mein Konto. Aber auch das gehört zur Natur solcher Unternehmungen.

Mit den verbindlichsten Grüßen

Ihr sehr ergebener A. S.«

Er konnte sich über mangelnde Aufmerksamkeit und

Beachtung tatsächlich nicht beklagen. Sein Werk war schon jetzt, zu Lebzeiten, Gegenstand wissenschaftlicher Arbeiten, von Essays und Büchern. Sogar aus den USA kamen Germanisten zu ihm, die über ihn schreiben wollten. In der »German Review« war erst kürzlich ein Aufsatz über seine Jugendarbeiten erschienen.

Das Interesse an seiner Person konnte natürlich auch lästig werden. Zeitungen wollten regelmäßig Stellungnahmen von ihm zu kulturellen und, häufiger noch, politischen Fragen, über den Antisemitismus, die Hitlerei, die Planung eines Judenstaats. Und wenn er sich verweigerte, was er für gewöhnlich tat, so zitierten sie Äußerungen von ihm, die gelegentlich sogar aus ausländischen Quellen übernommen wurden, ohne auch nur nachzufragen, ob sie tatsächlich von ihm stammten. Was oft genug nicht der Fall war. Dann blieb ihm nur, nachträglich einen verärgerten Brief an die jeweilige Redaktion zu schicken. Veröffentlicht wurden diese Briefe in der Regel nicht.

Wie wohltuend dagegen die Verlässlichkeit und Sorgfalt des Lübecker Lehrers. Zur Psychoanalyse hätte er freilich gern noch mehr gesagt. Und über seine Beziehung zu Sigmund Freud natürlich auch, obgleich die wenigen intensiven Gespräche mit ihm nun schon Jahre zurücklagen. Aber es hatte sie gegeben. Nach vielen Anlaufschwierigkeiten, vielen Hemmnissen. Sie hatten sich beide ein wenig geziert und die persönliche Begegnung hinausgezögert. Ihrer gegenseitigen Wertschätzung hatten sie sich allerdings in Briefen anlässlich runder Geburtstage versichert. Und wenn er sich richtig erinnerte, war von ihm die erste Gratulation ausgegangen, im Mai 1906 mochte das gewesen sein, als Freud fünfzig wurde. Was genau hatte er damals geschrieben? Er trat an seinen Schubladenschrank, der ihm die Übersicht enorm erleichterte, und fand auch sofort die Mappe mit dem entsprechenden Briefwechsel.

Er war an diesem Abend allein. Hedy, seine sprunghafte Freundin, hatte ihm am Nachmittag telefonisch abgesagt, und er war keineswegs unglücklich darüber. Eigentlich waren ihm Abende, die er unvermutet für sich hatte, von jeher die liebsten gewesen.

In jenem ersten Brief damals, von dem er eine Kopie in Händen hielt, hatte er Freud mitgeteilt, dass er dessen Schriften starke und tiefe Anregungen verdanke. Nun sei Gelegenheit, »es Ihnen zu sagen und Ihnen die Versicherung meiner aufrichtigsten wärmsten Verehrung darzubringen«. Für seinen heutigen Geschmack klang das ein wenig zu pathetisch, aber der Dank war postwendend gekommen und kaum weniger überschwänglich ausgefallen: Seit vielen Jahren sei er, Freud, sich der weitreichenden Übereinstimmung bewusst, die zwischen ihnen in der Auffassung mancher psychologischen und erotischen Probleme bestehe.

Dann ein großer Sprung. Jahre später, im Mai 1912, hatte Freud die Gelegenheit genutzt – sie waren beide Maigeborene –, nun seinerseits ihm zum 50. Geburtstag zu gratulieren. Wobei die Anrede »Herr College« offenließ, ob der Glückwunsch mehr dem Erzähler Schnitzler oder dem Arztkollegen galt. Sie hatten, wenn auch zeitversetzt, in ihrer medizinischen Ausbildung dieselben Professoren gehört. Er bedauere, so Freud, nie in die Lage gekommen zu sein, »ein Wort mit Ihnen zu wechseln«, zumal er sich zu denen rechne, »die Ihre schönen und ernsten poetischen Schöpfungen in ganz besonderem Maße verstehen und genießen können«.

Ja, das war sehr schmeichelhaft gewesen. Und so war es wohl auch: Sie beide waren Seelenforscher und Schriftsteller, jeder auf seine Art. Freud, der Begründer einer neuen Therapiemethode, Arzt und Stilist von hohen Graden, dessen Anamnesen mitunter Erzählungen glichen, und er, der Schriftsteller, der den Arzt und forschenden Geist in sich nicht verleugnen konnte. Kollegen waren sie und auch Konkurrenten, galten sie doch neuerdings beide als Anwärter auf den Nobelpreis – und es ging wohlgemerkt um den Preis für Literatur. Und dann hatte Freud zudem noch seine Patienten und Schüler, trat öffentlich auf, hielt Vorträge und Vorlesungen, ein unermüdlicher Geist, staunenswert und bewunderungswürdig.

An diesem geschenkten Abend nahm er sich wieder einmal dessen Schriften vor. In der Ecke des Bücherbords, in der die Werke der Psychoanalyse standen, fand sich auch »Arthur Schnitzler als Psycholog« von Theodor Reik. Im Buch lag noch der Brief, den der junge Autor bei der Übersendung vor etlichen Jahren, im Dezember 1913, beigelegt hatte: »Ich glaube, dass Sie, sehr verehrter Herr Doktor, manche Ansichten des Buches nicht teilen werden.« Reiks Bestreben sei es gewesen, »über die gewöhnliche feuilletonistische Betrachtungsweise hinauszukommen«. Das war zweifellos gelungen, auch wenn er als Betroffener in der Tat nicht mit allem einverstanden war.

Freuds »Drei Abhandlungen zur Sexualtheorie«, das Buch stand gleich daneben, hatte er 1912 erstmals gelesen; erschienen war es sieben Jahre zuvor. Spätere Arbeiten dann hatte Freud ihm persönlich zugeschickt, »mit geziemender Schüchternheit«, wie es einmal in einer Widmung hieß.

Im Schein der Stehlampe schlug er nun die »Sexualtheorie« auf. Er fand es jedes Mal wieder interessant, zu entdecken, was er vor Jahren angestrichen, was er möglicherweise auf sich bezogen hatte. Freuds Überlegungen zu sexuellen Störungen, die speziell Männer von stark libidinösem Wesen betrafen, hatten es ihm bei der ersten Lektüre offensichtlich angetan. Er las: »Wo sie lieben, begehren sie nicht, und wo sie begehren, können sie nicht lieben.« Vielleicht hatte er sich damals aber auch nur des bekannten Goethe-Wortes erinnert: »Die Liebenden fliehen wir, die Fliehenden lieben wir.« Nicht alles war neu, was die Psychoanalyse zutage förderte, und vieles davon hatten die Dichter seit jeher gewusst und erspürt.

Dennoch: Freuds »Beiträge zur Psychologie des Liebeslebens« aus dem Jahr 1910 faszinierten ihn sofort wieder. Was für ein Analytiker! Und nur einer wie Freud konnte sich anmaßen, eine ganze Therapieform als Psychoanalyse zu bezeichnen. Allein die Ansichten über Virginität und Eifersucht! Und wie bestechend Freuds Überlegung, dass ein »keusches und unverdächtiges Weib« auf bestimmte Männer niemals denselben Reiz ausüben könne wie eine »sexuell anrüchige« Frau, an deren Treue und Verlässlichkeit »ein Zweifel gestattet ist«. Das klang vertraut: »Die zärtliche und die sinnliche Strömung sind bei den wenigsten unter den Gebildeten gehörig miteinander verschmolzen.«

Er selbst hatte ja einmal die Frage formuliert, was törichter sei: die Geliebte zur Ehefrau oder die Ehefrau zur Geliebten zu machen. Diese Sentenz lag noch in seiner Sammlung jener Sprüche und Bedenken, die bislang unveröffentlicht waren. Er stand auf und holte sich die Mappe. All diese schönen Zuspitzungen, hinter denen sich eigene Erfahrungen zugleich verbergen und preisgeben ließen, wie auch hier: »Ein glühender Liebhaber war er nur, wenn er nicht liebte.« Und: »Die sonderbare Lust, sich mitten im Taumel einer großen Liebe in die Arme einer anderen zu stürzen.« Oder seine aphoristische Definition von Liebe als einer »durch sexuelle Krisen unterbrochenen, aber zugleich geförderten Feindschaft« – das war etwas für den Nachlass. Sollten sich Spätere darüber den Kopf zerbrechen.

Er nahm die Briefe wieder zur Hand. Im Mai 1922 hatte er von Freud einen überaus persönlichen Geburtstagsgruß erhalten. Daran erinnerte er sich sofort, als er die Seiten jetzt wieder erblickte. »Nun sind Sie auch beim sechzigsten Jahrestag angekommen«, so begann der Brief, »während ich, um sechs Jahre älter, der Lebensgrenze nahe gerückt bin und erwarten darf, bald das Ende vom fünften Akt dieser ziemlich unverständlichen und nicht immer amüsanten Komödie zu sehen.« Das war schön formuliert, aber es war voreilig gewesen. So schnell kam das Ende dann doch nicht.

Es quäle ihn die Frage, hieß es weiter in Freuds Brief, »warum ich eigentlich in all diesen Jahren nie den Versuch gemacht habe, Ihren Verkehr aufzusuchen und ein Gespräch mit Ihnen zu führen« – wobei natürlich, so hatte

Freud in Klammern hinzugefügt, in Betracht zu ziehen sei, »ob Sie selbst eine solche Annäherung von mir gerne gesehen hätten«. Vermutlich sei es eine Art von »Doppelgängerscheu« gewesen, die ihn habe zögern lassen. Und dann hatte Freud noch ein Kompliment folgen lassen: »Ich glaube, im Grunde Ihres Wesens sind Sie ein psychologischer Tiefenforscher, so ehrlich unparteiisch und unerschrocken wie nur je einer war.«

Während er den Brief nun wieder las, fragte er sich, warum er denn selbst nie einen Anlauf unternommen hatte. Sie lebten in derselben Stadt und waren sich auch gelegentlich über den Weg gelaufen. Berührungspunkte gab es genug. Sein Bruder Julius spielte mit Freud gemeinsam in einer Tarockrunde, Lili war eine Zeit lang von Freuds Tochter Anna in der Schule unterrichtet worden. Und sein Schwager, der Arzt Marcus Hajek, hatte an Freud, als der später an Rachenkrebs erkrankt war, eine Operation vorgenommen, wenn auch offenbar mehr schlecht als recht.

Wenige Wochen nach diesem Brief war tatsächlich eine Einladung in die Berggasse erfolgt: zu einem privaten Abendessen, anwesend nur noch Freuds Frau und Tochter Anna. Der Gastgeber hatte ihn anschließend durch das Haus geführt, ihm die Bibliothek gezeigt und eine Vorzugsausgabe seiner Vorlesungen geschenkt. Es war eine herzliche Begegnung gewesen, so als ob sie sich schon ewig kannten. Und in gewisser Weise stimmte das ja auch.

Es war spät geworden. Dennoch hatte Freud darauf bestanden, seinen Gast heimzubegleiten, quer durch Wien, von der Berggasse bis zur Sternwartestraße, ein Weg von gut einer Stunde. Und es war damals, vor nun schon mehr als sieben Jahren, zu einer weit ins Private reichenden Unterredung gekommen, über das Altern und das Sterben. Das Ehepaar Freud hatte zwei Jahre zuvor auch eine Tochter verloren, Sophie, Mutter von zwei kleinen Kindern. Sie war in Hamburg im Alter von 26 einer Grippe erlegen. »Die Ungeheuerlichkeit, dass Kinder vor den Eltern sterben, ist nicht zu verwinden«, hatte sein Begleiter auf dem nächtlichen Gang gesagt. Und noch ein Satz Freuds war unvergesslich: »Hoffentlich finde ich beizeiten jemanden, der mir sagt, wenn ich bereit sein soll.«

Zwei Monate später schon hatten sie einander wiedergesehen. Ein Besuch auf dem Obersalzberg, wo Freud mitsamt Familie Urlaub machte. Auf der Terrasse des Hochgebirgskurheims waren sie auch auf den toten Gustav Mahler zu sprechen gekommen, der zwei Jahrzehnte zuvor um psychoanalytische Hilfe ersucht hatte, aus Verzweiflung über einen Ehebruch Almas. Und während sie sich darüber unterhielten, ob die Behandlung des von beiden verehrten Komponisten dessen letzte Lebensjahre erleichtert haben mochte, wofür manches sprach, verspürte er, der Schriftsteller, selbst das starke Bedürfnis, mit Freud über seine innere Verfassung zu reden, über allerlei Untiefen seines Schaffens und Daseins, über die mangelnde Produktivität, die nachlassende Libido, seine Träume und deren Bedeutung. Aber das hatte er dann doch lieber unterlassen. Und dabei war es bis heute geblieben.

Ein erschreckendes Erlebnis kam hinzu. Im Jahr darauf war man sich kurz vor Weihnachten zufällig auf der Straße begegnet. Freud, der über eine so wohlklingende Stimme verfügte und bei seinen Schülern dafür bekannt war, druckreif zu reden, konnte kaum ein verständliches Wort hervorbringen. »Ich hasse meinen mechanischen Kiefer«, so war mühsam zu verstehen. »Und doch ist mir dieser Kiefer lieber als überhaupt keiner. Noch immer ziehe ich die Existenz dem Ausgelöschtsein vor.«

In Arztkreisen, zu denen auch Schüler Freuds zählten, hatte sich im Laufe dieses Jahres 1923 herumgesprochen, wie oberflächlich dessen Krebserkrankung im Frühjahr behandelt worden war, verbunden mit einer unsachgemäßen Radiumtherapie. Erst im Herbst hatte sich endlich ein erfahrener Facharzt der Sache angenommen, aber schon Teile des Ober- und Unterkiefers entfernen müssen. Es war eine Prothese angefertigt worden, immerhin nach neuestem Stand.

Und das bei diesem Mann, dessen Ausdrucksvermögen so enorm war, der im Schreiben fachliche Kompetenz und stilistische Eleganz so zielsicher zu verbinden wusste. Seine Schriften waren unverblümt, verfasst ohne falsche Scham, auch ohne autobiografische Bezüge, wie sie Schriftstellern bisweilen unterliefen. Allein aus dem Erfahrungsschatz des Psychoanalytikers heraus wurden sexuelle Praktiken und Störungen veranschaulicht.

Auch jetzt wieder, an diesem Abend in der Sternwartestraße, erzeugten Freuds Schriften bei ihm fast eine Art Sucht, er konnte kaum aufhören, in ihnen zu lesen und zu blättern, vor und zurück. Es war immer wieder erstaunlich.

Etwa hier, diese elegante Darstellung dessen, was man sonst gern hinter einem Fremdwort zu verstecken geneigt war: Fellatio. Freud schrieb ganz sachlich und zugleich ein wenig polemisch: »Die Neigung, das Glied des Mannes in den Mund zu nehmen, die in der bürgerlichen Gesellschaft zu den abscheulichen sexuellen Perversionen gerechnet wird, kommt bei den Frauen unserer Zeit – und, wie alte Bildwerke beweisen, auch in früherer Zeit – sehr häufig vor und scheint im Zustand der Verliebtheit ihren anstößigen Charakter völlig abzustreifen.«

So deutlich würde man in Romanen, die literarischen Wert für sich beanspruchen, nie werden können, davon war er überzeugt. Es vertrug sich nicht. Dennoch stellte er sich jetzt die Frage, ob er – allen Klischees über sein Werk zum Trotz – in seinen Novellen und Romanen nicht doch sehr viel Dezenz hatte walten lassen. Verglichen etwa mit Flaubert, dessen »Madame Bovary« immerhin schon Mitte des vergangenen Jahrhunderts ein Fall für die Pariser Gerichte gewesen war. Er hatte den Roman mit 18 gelesen.

»Therese« lief diese Gefahr nicht. Zwar war die Romanheldin Mutter eines unehelichen Kindes, und er hatte sie mit verschiedenen Männern »die gemeinsamen Stunden der Lust« erleben lassen, aber deutlicher war er nicht geworden. Er bevorzugte die Auslassung, den Gedankenstrich. Wie auch in seinem berüchtigten »Reigen«, in dem kein einziges anstößiges Wort vorkam. Alles, was hätte Anstoß erregen können, geschah zwischen den Szenen. Und er hoffte, dass auch in zukünftigen Zeiten kein Theaterleiter auf die Idee käme, zu zeigen, was nur anzudeuten war.

Freud hatte er nach jener erschütternden Begegnung nur noch wenige Male gesehen. Einmal rund anderthalb Jahre später, als der über achtzigjährige Georg Brandes aus Kopenhagen zu Besuch nach Wien gekommen war. Er hatte seinen dänischen Freund erst mit Freuds Theorien vertraut machen müssen, hatte ihm vom Ödipuskomplex und vom Todestrieb erzählt – zur Erheiterung von Brandes: »Man liebt nicht seine Mutter und liebt nicht den Tod.« Aber dann waren die beiden, Brandes und Freud, doch bestens miteinander ins Gespräch gekommen, getragen von hohem gegenseitigem Respekt.

Im Jahr darauf hatte sich Freud ins Cottage-Sanatorium begeben müssen und von dort einen Gruß gesandt: »Ich war Ihnen noch nie so nah.« Die Adresse der in einem weitläufigen Jugendstilgebäude untergebrachten Privatklinik lautete Sternwartestraße 74. Es waren tatsächlich nur ein paar Schritte hinüber. Noch nie so nah – Witz und Wehmut in wenigen Worten, und eine Einladung. Und der Patient machte es dem Besucher so leicht wie möglich. Es war überhaupt beeindruckend, wie stoisch Freud seine Krankheiten ertrug, nun waren Herzprobleme hinzugekommen. Wehleidigkeit und hypochondrische Anwandlungen lagen ihm völlig fern, selbst die schwere Kieferoperation spielte er herunter. »Die einzige Angst, die ich wirklich habe«, so seine Worte, »ist die vor einem längeren Siechtum ohne Arbeitsmöglichkeit.«

Wochen später, als Freud das Privatsanatorium längst wieder verlassen hatte, war noch ein Nachsatz per Post eingetroffen: »Es soll doch nicht ein Vorrecht des Kranken bleiben, Sie öfters zu sehen.« Über Schnitzlers soeben veröffentlichte »Traumnovelle« würde er gern sprechen. Aber dazu war es nicht gekommen. Und auch eine Gegeneinladung in die Sternwartestraße 71 hatte es bisher nicht gegeben.

Noch war es nicht zu spät dafür. Was Freud zu seiner Novelle zu sagen hatte, müsste ihn interessieren. Aber etwas in ihm sträubte sich dagegen. Es war das Gefühl, den Moment verpasst zu haben, wo sie einander wirklich hätten begegnen können. An Freud lag es nicht, das war ihm klar. Es war immer schon so gewesen: Er ließ die Menschen lieber an sich herankommen, als dass er sich ihnen näherte.

Er erhob sich und trug die Bücher und Briefe wieder zurück an ihren Platz. Eine Weile stand er unschlüssig im Raum, setzte sich dann an den Flügel und begann zu improvisieren, traumverloren, wobei sich die Harmonien und Melodiebögen wie von selbst ergaben.

17

Er saß in der Loge. Er konnte nicht viel von dem verstehen, was dort vorn auf der Bühne gesprochen wurde. Aber das war auch nicht nötig. Es waren seine Worte, es war sein »Spiel der Sommerlüfte«, das da geprobt wurde.

Endlich wieder Theater. Und er immer dabei, in den vergangenen zwei Wochen fast jeden Tag. Das hatte ihm gefehlt. Besetzungsfragen waren zu diskutieren gewesen, die Dekoration und die Garderobe hatte man besprechen müssen. Er war mal allein, mal in Begleitung von Clara da gewesen, einmal auch mit Suzanne – was wiederum Clara zur Weißglut brachte, als sie davon erfuhr.

Anfang Oktober war der Anruf des Direktors Rudolf Beer gekommen: Man wolle sein Stück am Deutschen Volkstheater zur Uraufführung bringen. Er war beglückt gewesen, war es immer noch. Schon im Monat darauf hatten die Proben begonnen. Die Schauspieler sparten nicht mit Komplimenten ihm gegenüber.

Das war nicht selbstverständlich. Lange war es her, dass ein Theaterstück von ihm an neun Bühnen gleichzeitig uraufgeführt wurde: sein »Weites Land« damals, als er neben Gerhart Hauptmann der meistgespielte unter den lebenden deutschsprachigen Dramatikern war. Im Oktober 1911, ein gutes halbes Jahr vor seinem 50. Geburtstag, hatten am selben Abend Premierenbesucher in Wien und Berlin, Breslau, Prag, Hamburg, in München, Leipzig, Bochum und Hannover seinen Sätzen gelauscht: »So vieles hat zugleich Raum in uns –! Liebe und Trug … Treue und Treulosigkeit … die Seele ist ein weites Land, wie ein Dichter es einmal ausdrückte … Es kann übrigens auch ein Hoteldirektor gewesen sein.«

An diesem kleinen Spaß hatte er immer noch seine Freude. Ansonsten ging es ja in der »Tragikomödie in fünf Akten« nicht gerade munter zu, Selbstmord, Tod im Duell, alles dabei. Nichts dergleichen jetzt in seinen »Sommerlüften«, kein Todesfall, nicht einmal ein Ehebruch, allenfalls in Gedanken, ein »Spiel« eben nur, ein Hauch.

Spätsommer gegen Ende des vorigen Jahrhunderts, von einem Morgen zum nächsten, das war der zeitliche Rahmen, ein niederösterreichisches Dorf namens Kirchau der Schauplatz. Das Thema wieder einmal: erotische Verlockungen. Es ist Josefa, Ehefrau des Bildhauers Vincenz Friedlein, die einem attraktiven Kaplan gegenüber von Versuchungen spricht, was der weit von sich weist: »Aber es ist unsere Pflicht anzukämpfen gegen – das, was Sie Versuchung nennen.« Ihre Antwort: »Es sind nicht alle Menschen gleich. Mancher ist wohl nicht geschaffen für einen solchen Kampf.«

Und er, der Schöpfer dieses Spiels, hatte den Kaplan zu Josefa sagen lassen: »Auch Schwäche ist Schuld, Schwäche ganz besonders.« Es berührte ihn sonderbar, diese Worte, geschrieben vor vielen Jahren, jetzt wieder zu hören oder besser zu erahnen.

In diesem Spätherbst 1929 veränderten sich die Koordinaten seiner Existenz. Nicht das Theater bewirkte dieses Wunder, sondern das Leben, genauer gesagt: die Liebe. Zu verstehen war es nicht. Nicht in seinem Alter, nicht in seinem Zustand.

Es begann damit, dass er von seiner jungen Übersetzerin Suzanne Clauser einen Brief aus der Privatkrankenanstalt Luithlen erhielt, wo sie sich von einer Operation erholte. Es war ein Brief in Gedichtform und eine Huldigung seiner Person, anders konnte man es nicht nennen. Er besuchte sie dort in der Auerspergstraße. Die Unterbringung in dem Sanatorium war recht komfortabel. Es gab 34 Zimmer, jeweils mit Badezimmer, einem Nebenraum und eigenem Telefonanschluss.

»Wir müssen über Ihr Gedicht sprechen«, sagte er, nachdem er sich an ihr Bett gesetzt hatte. »Ich bin bewegt, und ich danke Ihnen. Aber ich weiß nicht, was ich sagen soll.«

Ihre Wangen röteten sich. »Nein, wir müssen nicht darüber reden, wenn Sie nicht wollen. Es ist schön, dass Sie gekommen sind. Das genügt.«

Er sagte: »Sie verklären mich. Was ich schreibe, ist doch etwas anderes als das, was ich war und bin. Lassen Sie sich nicht täuschen!«

»Keine Sorge, ich lasse mich nicht so leicht täuschen.

Ich kenne Sie nun schon eine ganze Weile, seit mehr als einem Jahr. Ich erlebe, wie Sie reden, wie Sie auf Menschen eingehen können. Wir arbeiten miteinander. Wir diskutieren, wir streiten. Das alles möchte ich nicht missen. Aber es ist mehr als das. Für mich.«

»Liebe Suzanne, das kann zu nichts Gutem führen.«

»Glauben Sie?«

Es herrschte für einen Augenblick absolute Stille im Zimmer. Geräusche von der Straße waren zu hören, Gespräche auf dem Flur drangen durch die Tür. Sie setzte sich auf, wie um sich zu stärken für das, was sie nun sagen wollte.

»Sie sind nicht nur ein großartiger Schriftsteller, Arthur. Sie sind ein wunderbarer Mensch, wie mir noch nie einer begegnet ist. Sie sind liebevoll, mitfühlend, aufmerksam. Und ein faszinierender Mann. Vor allem das.«

Er hob die Hände zur Abwehr, aber sie sprach schon weiter.

»Lassen Sie! Ich sage einfach, wie ich es fühle. Sie sollen das von mir hören, was Sie ohnehin wissen.«

»Aber …«

»Nein, kein Aber. Wenn es Ihnen unangenehm ist, werde ich nie wieder davon sprechen. Aber einmal muss ich es sagen, auch wenn es Mut erfordert. Ich weiß es spätestens, seit ich die Zärtlichkeiten meines Mannes nur mehr schwer ertrage. Er ist ein herzensguter Mensch und liebevoller Vater. Aber ich komme nicht dagegen an. Es ist Liebe. Ich wusste nicht, wie das ist.« Sie ließ sich in die Kissen zurückfallen und schloss die Augen. »So, nun habe ich es gesagt.«

»Liebe Suzanne, nein, es ist mir nicht unangenehm. Es kommt nicht einmal unerwartet, und es macht mich glücklicher, als Sie sich vielleicht vorstellen können. Aber was soll daraus werden? Sie sind verheiratet und haben zwei kleine Kinder. Ich bin ein alter, ein sehr alter Mann.«

»Das empfinde ich nicht. Alter ist kein Argument. Für mich sind Sie ein großer Junge mit verträumten Augen. Und sehr männlich. Aber ich habe nichts zu erwarten, gar nichts. Nur Ihre Nähe möchte ich spüren, Ihnen sehr nah sein, für immer.«

Sie erhob sich wieder ein wenig, öffnete auffordernd und einladend ihre Arme, in die er sich fallen ließ. So verharrten sie. Als er sich vorsichtig aus der Umarmung löste, sagte er: »Wir sollten es dabei belassen. Ungetrübte Erinnerungen bewahren wir nur an versäumte Gelegenheiten, Sie wissen schon.«

»Ja, das behauptet eine Figur in Ihrem Roman, ich weiß. Ich habe den ›Weg ins Freie‹ mehr als einmal gelesen. Ein Loblied auf die platonische Liebe an dieser Stelle. Aber ich weiß auch, was dem Mann daraufhin gesagt wird.«

Er musste lächeln. Ein wenig Autorenstolz war auch dabei. Es hatte einen ganz eigenen Reiz, wenn aus den Büchern etwas ins Leben trat. Als wäre alles nur geschrieben, um irgendwann zitiert zu werden. Zwar hatte er den Roman schon vor zwei Jahrzehnten abgeschlossen, aber natürlich wusste er, was sie meinte: dass die meisten Frauen die platonische Liebe entweder als Beleidigung oder als Ausrede auffassen würden.

»Ich werde jetzt rasch gehen«, sagte er. Er küsste ihre Hände, weil er nicht wusste, wie er sich sonst von ihr verabschieden sollte, welche Nähe nun erlaubt, erwünscht und möglich war. Und was aus alldem werden sollte. Dann schritt er entschlossen zur Tür, drehte sich noch einmal um und sagte: »Morgen bin ich wieder da.«

18

Nein, zu verstehen war es nicht. Er konnte es sich selbst nicht erklären. Als er wenige Wochen später wieder in Berlin war, erzählte er Dora Michaelis von der Liebe zu Suzanne, von seinem Glück und den Sorgen, die damit verbunden waren. Endlich konnte er darüber reden. Mit wem sonst als mit ihr?

Das war in den letzten Tagen des Jahres 1929. Sie machten gemeinsam einen Spaziergang entlang des Landwehrkanals, am Lützowufer. Sie kamen vom Potsdamer Platz und gingen in Richtung Zoologischer Garten.

»Ich will keine Dramen mehr«, sagte er, »kein Versteckspiel in meinem Alter. Aber Vernunft nützt offenbar wenig. Ich lebe in ihrer Gegenwart auf, ich muss täglich ihre Stimme hören. Wenn wir uns nicht sehen, telefonieren wir oder schreiben uns Briefe. Sie schreibt so wunderbare Briefe, es ist jedes Mal wieder ein Traum. Es tut gut, mit dir darüber zu reden.«

»Arthur, ich gönne es dir von Herzen. Und ich wünsche dir, dass du einen Weg finden wirst.«

»Wie soll der aussehen? Ich muss so vorsichtig sein, niemand darf davon erfahren. Olga würde höhnen, Clara leiden und wüten. Selbst bei meiner kleinen Hedy bin ich mir nicht sicher, wie sie reagieren würde. Vor allem muss ich Suzanne davor bewahren, Dummheiten zu machen und meinetwegen alles aufzugeben. Das wäre Wahnsinn. Tauglich für ein Bühnenstück, nicht fürs Leben. Ich habe versucht, ihr das klarzumachen und auch mir selbst, habe ihr zum wiederholten Mal gesagt, wie jung sie sei, dazu Ehefrau und Mutter. Ihr Mann könnte irgendwann Verdacht schöpfen. Das will ich auf keinen Fall. Wir betreiben regelrechte Täuschungsmanöver. Zu Beginn des Monats habe ich das Ehepaar Clauser, also Suzanne und ihren Mann, zusammen mit Clara zu einem Nachtmahl bei mir eingeladen. Es war anfangs etwas mühselig, aber dann doch noch eine angenehme Unterhaltung. Suzanne erzählte mir am nächsten Tag, ihr Mann habe Clara unsympathisch gefunden. Sie selbst ist ganz verzweifelt. Sie komme sich wie verstoßen vor, sagte sie neulich am Telefon.«

Er war außer Atem geraten. Eine Weile schwieg er, aber dann sprach er schon weiter: »Ach, Dora, den Frauen, die mich lieben, tue ich nicht gut. Ich habe Olga nicht gutgetan, ich nutze Claras Anhänglichkeit und Fügsamkeit aus. Und Hedy? Bei ihr gebe ich mich väterlich, manchmal kommt sie mir mehr wie eine Komplizin vor. Mit Suzanne ist alles anders. Dieses Gefühl hatte ich zuletzt vor 30 Jahren, als ich Olga kennenlernte. Es kommt mir peinlich vor.«

»Unsinn«, warf Dora ein, die ihm ansonsten schweigend zuhörte auf ihrem gemeinsamen Gang durch den Wintertag. Es wehte ein kalter Wind, der die Finger selbst in den Handschuhen klamm werden ließ. Aber ihn störte es nicht. Er fühlte sich aufgehoben neben Dora, fast ein wenig beschwingt. Das machte das Reden und ihre Aufmerksamkeit.

»Es ist seltsam«, sagte er, »wie sich der Schwerpunkt eines Lebens innerhalb von wenigen Wochen verschieben kann! In diesem Stadium meiner Existenz ist es beunruhigend und erschütternd, eine kaum mehr erträgliche Verstörung. Als ich vor ein paar Wochen erstmals bei ihr zu Hause war, kam ich mir unendlich lächerlich vor. Und doch war es eine schöne unvergessliche Stunde.«

Er sprach jetzt ohne Pause.

»Plötzlich erscheint mir alles andere possenhaft. Hedy erklärt mir noch dringlicher als sonst ihre Liebe und behauptet, sie würde eine Veränderung spüren. Olga spürt gar nichts, ich habe ihr von der Übersetzerin Suzanne erzählt, ohne dass sie auch nur aufmerkte. Sie fragt wieder, warum ich sie nicht zurücknehme. Aber erstmal geht es ums Geld. Wie immer ist es zu wenig, was ich zahle. Sie klagt über Schulden. Ich habe das Monatssalär jetzt um die Hälfte erhöht, auf 1500 Mark, und ihr dazu noch einmal 3000 für ihre Schulden gegeben. Die wird sie allerdings bald wieder haben, fürchte ich. Aber es gibt mir ein gutes Gefühl und beruhigt mich. Claras Not ist größer, jedenfalls auf diese Weise nicht zu lindern, obgleich sie es dringend nötig hätte. Sie will kein Geld von mir annehmen, dafür ist sie zu stolz. Sie leidet anders, ihre Eifersucht ist beständig auf der

Lauer, nur lokalisiert sie falsch. Neben Olga hat sie jetzt Lili Kraus im Visier, die junge Pianistin. Sie hat eine kleine Novelle mit dem Titel ›Über Nacht‹ daraus gemacht, die sie, wie ihre anderen Sachen auch, der ›Neuen Freien Presse‹ anbieten wird. Es ist kein Meisterwerk, aber der Titel, das muss ich schon sagen, ist von unbewusster Treffsicherheit. So ist es: über Nacht hat sich für mich alles verändert. Nur eben mit einer anderen.«

In der Novelle, eigentlich einer kurzen Erzählung, hatte Clara geschrieben: »In ihren Jahren durfte man nicht mehr an die Dauerhaftigkeit einer Beziehung glauben, ebenso wenig an Treue.« Sie hatte Julia, ihre nicht mehr ganz junge Heldin, an der Liebe eines Mannes zweifeln lassen. Die Geschichte war für seinen Geschmack allzu autobiografisch gefärbt, und wie so oft hatte sich Clara einige überflüssige Poetisierungen durchgehen lassen: dass der Herbststurm »Regen an die Fensterscheiben streute«, bald »die letzten golddurchwirkten Blätter von den Bäumen rütteln würde« und dergleichen. Aber er hatte Clara nicht kränken wollen, als sie es ihm vorlas. »Hübsch und sehr erlebt«, lautete sein Urteil.

Ihm war sofort klar gewesen, welchen Vorfall sie in der Erzählung verarbeitet hatte. Einen Monat zuvor war Clara zu ihm ins Haus gekommen, als er gerade mit Lili Kraus am Flügel saß und mit ihr vierhändig die Bachsche Orgel-Passacaglia in c-Moll spielte. Das hatte ausgereicht, um ihren Verdacht zu erregen, obgleich noch andere Gäste anwesend waren. Gerty von Hofmannsthal und ihr Sohn Raimund saßen dabei, auch sein Arzt Ferry und dessen Frau Annie, seine Nichte. Es war ein angeregter Abend geworden, am Schluss hatte er fast keine Stimme mehr. Zum Glück hatte Clara nicht hören können, wie die Pianistin ihm ins Ohr flüsterte: »Wäre es nicht doch besser gewesen, wenn ich hier eingezogen wäre?«

Dora und er waren mittlerweile am Zoologischen Garten angekommen. Auf dem Weg von dort zur Kaiser-Wilhelm-Gedächtniskirche sprachen sie über den Erfolg, den die Uraufführung vom »Spiel der Sommerlüfte« ihm gebracht hatte.

Die Premiere wenige Tage vor Weihnachten war ein großer Erfolg gewesen, fast ein Triumph. Schon nach dem zweiten Aufzug hatte man ihn zusammen mit den Schauspielern auf die Bühne gerufen und stürmisch beklatscht. Aber natürlich war in den Zeitungen bei aller Freundlichkeit, die wohl auch seinem Alter galt, wieder einmal von der »versunkenen Welt« die Rede gewesen und davon, dass es sich eben nur um Sommerlüfte und nicht um einen Orkan handle. Wie originell! Und es hieß, noch ärgerlicher, das Stück offenbare das Unvermögen des Verfassers, zu den Problemen der Zeit Stellung zu nehmen, es sei von der Atmosphäre der Vorkriegszeit erfüllt.

»Als ob das ein Argument wäre!«, sagte Dora, als er ihr davon berichtete.

»So ist es. In welcher Epoche ein Stück spielt, hat mit dem Wert dieses Stückes nichts zu tun. Die Menschen haben schließlich auch nach dem Krieg ihre persönlichen Sorgen und Probleme. Dafür ist die Literatur zuständig. Ich habe das ›Spiel‹ ganz bewusst, vielleicht auch ein wenig trotzig, Ende des vergangenen Jahrhunderts angesiedelt. Wer genau hinschaut, müsste eigentlich spüren, dass es eine Finte ist. Ich habe mich als Autor nie öffentlich geäußert und werde es auch jetzt nicht tun. Und doch würde ich den Kritikern gern einiges entgegenhalten. Wenn in dem Stück zu den Problemen unserer Zeit keine Stellung bezogen wird, so heißt das ja wohl nicht, dass dem Verfasser dieses Vermögen fehlt. Aber egal. Hier im Reich schert sich ohnehin kein Mensch darum, keine deutsche Bühne hat bisher angefragt. Es hat sich wohl bald ausgespielt.«

»Von dir erwarten sie immer wieder etwas wie ›Professor Bernhardi‹. Das ist auch wirklich ein prächtiges Stück. Hier in Berlin kommt es nächsten Monat mit Fritz Kortner wieder auf die Bühne. Ist doch auch ein Anlass zur Freude, oder?«

»Zweifellos«, sagte er.

»Ich werde es mir sofort anschauen und dir berichten. Willst du nicht bei den Proben dabei sein?«

»Nein.« Er war mit seinen Gedanken schon wieder bei Suzanne Clauser: »Diese junge Frau kennt einfach alles von mir, jede Zeile. Ich kann es nicht verstehen. Es ist überhaupt alles nicht zu verstehen.«

Insgeheim fragte er sich, ob seine Liebe zu der Übersetzerin nicht auch dadurch befeuert wurde, dass sie sein Werk mit solchem Eifer zu ihrer Sache machte, dass es ihm manchmal fast unheimlich war. Sie lebte gewissermaßen in seinen Schriften, und wenn sie mit ihm Details besprach, rückte das von ihm Geschriebene plötzlich wieder sehr nah. Ein wenig von ihrem wohlwollenden Blick ging auch auf ihn über, entfachte einen Stolz, den er sonst von sich nicht kannte. Was sie begeisterte, fand auch vor seinen Augen wieder Gnade, gefiel ihm gar.

»Sie hat gerade erst das Theaterstück ins Französische übertragen«, sagte er zu Dora. »Und jetzt sitzt sie schon an der Übersetzung meines Romans ›Therese‹.«

Sie waren am Kurfürstendamm angekommen, und seine Schritte waren unterdessen schwerfälliger geworden.

»Wollen wir zurück den Bus nehmen?«, fragte Dora. Es näherte sich gerade einer der neuen großen Doppeldeckerbusse auf drei Achsen, seitlich prangte das Firmensymbol der BVG, der frisch gegründeten Berliner Verkehrsbetriebe. Auf der Plattform am Heck stand der Schaffner. Sie bezahlten und stiegen die Treppe zum Oberdeck hoch. Auch er musste seinen Kopf ein wenig einziehen, als sie nach vorn zur gerade frei gewordenen ersten Reihe durchgingen, wo sie direkt hinter der Scheibe Platz nahmen.

In Wien gab es derartige Busse schon länger, allerdings waren sie entsprechend veraltet und kleiner. In Berlin hatte man das überdachte Oberdeck erst vor wenigen Jahren eingeführt. Hier in der ersten Reihe sah man von weit oben auf die Straße hinunter. Irritierend war, dass rechts gefahren wurde. Es dauerte auf Reisen jedes Mal eine Weile, bis er sich innerlich umgestellt hatte. In Österreich galt, als einzigem Land auf dem Kontinent, nach wie vor Linksverkehr.

Immer wieder konnte er darüber ins Staunen geraten, was zu seinen Lebzeiten alles erfunden worden war: das Auto, die Hoch- und Untergrundbahnen, Tramways, Schlafwagen, riesige Bahnhofshallen, Flugzeuge, Luftschiffe, Kino, Foto-, Film- und Röntgenapparate. Außerdem Telefon, Rundfunk und Grammophon. Ihn faszinierte das, er nutzte und begrüßte es. Von wegen: Vorliebe für versunkene Welten!

Schon mehr als zwanzig Jahre war es her, dass er vom Wiener Phonogrammarchiv, das Stimmen österreichischer Persönlichkeiten aufzeichnete und sammelte, gebeten worden war, etwas aus seinen Werken vorzutragen. Er hatte damals ein paar Zeilen aus seinem Schauspiel »Der Schleier der Beatrice« ausgewählt, insgesamt kaum mehr als eine Minute. Beim Anhören danach war ihm sein Organ allerdings befremdlich nasal und jüdisch vorgekommen, überhaupt wie die Stimme eines Fremden.

Was gäbe er darum, noch einmal Lilis Stimme hören zu können. Wäre das nicht wie ein Zurückholen, ein Zurückgehen in der Zeit? Oder wäre alles nur schmerzlicher? Von Lili gab es lediglich Fotografien. Einige stereoskopische Aufnahmen waren darunter, die, wenn man die Bilder durch einen speziellen Apparat betrachtete, den Eindruck großer Nähe erzeugten. Es gab auch ihre Briefe, Tagebücher und die literarischen Versuche, denen er vielleicht zu wenig Beachtung geschenkt hatte.

Den Nobelpreis für Literatur hatten sie in diesem Jahr beide nicht erhalten: weder Freud noch er. Sondern Thomas Mann. Ein würdiger Preisträger, wie er fand. Freilich würde nun auf Jahre hinaus kein deutschsprachiger Autor mehr infrage kommen. Und obgleich die Vorstellung, diesen Preis in Stockholm aus der Hand des Königs entgegenzunehmen, ihm nicht unbedingt verlockend erschien, war es doch schade. Nein, mehr als das: Es war tragisch.

Er las in diesen Tagen einen neuen Roman von Gerhart Hauptmann, dem der Nobelpreis schon vor 17 Jahren zugesprochen worden war. Erst Anfang des Monats hatten sie sich kurz in Wien gesehen. Als am Burgtheater die Uraufführung von dessen Drama »Spuk« vorbereitet worden war, hatte sich während der Generalprobe eine Begegnung ergeben, und beide bedauerten einmal mehr, keine Zeit für ein ausgiebiges persönliches Gespräch zu finden. Er fand Hauptmann wieder sehr sympathisch, dessen Stück weniger. Am anschließenden Bankett hatte er nicht teilgenommen und es in einem Brief damit begründet, sich seit längerer Zeit von allen größeren Gesellschaften, insbesondere Feierlichkeiten, fernzuhalten, nicht aus Prinzip, sondern wegen einer grundsätzlichen, vorläufig nicht zu überwindenden Abneigung gegen derartige Veranstaltungen.

Hauptmanns Roman »Buch der Leidenschaft« hatte er schon des Titels wegen mit Neugier zur Hand genommen. Man munkelte, dass darin kaum verhohlen die schmerzliche, sich über Jahre hinziehende Trennung von dessen erster Frau und die Hinwendung zu einer jungen Musikerin verarbeitet werde.

Obgleich ihm viele Sätze in dem zweibändigen Roman wie zugeschnitten auf seine eigene Situation vorkamen, hatte er wenig Freude daran. So hieß es gleich zu Beginn dieser Liebesgeschichte mit einer Künstlerin, hinter der unschwer jene Geigerin Margarete Marschalk zu erkennen war, die Hauptmann bald nach seiner Scheidung geheiratet hatte: »Ich weiß nicht, wie ich in meinem Alter plötzlich das Glück einer so wundersamen Verjüngung empfinden kann.« Die Tagebuchform erwies sich als untauglich für ein so umfangreiches Werk. Da half auch keine Herausgeberfiktion, die ohnehin fadenscheinig war.

Manches klang einfach banal: »Wann wäre der Liebende wohl vernünftig!« Anderes las er schon aus stilistischen Gründen unwillig, wie etwa, dass der Liebende »krampfhaft auf einen Liebesbrief als feste Bestätigung« warte. Was ihm aber doch gefiel, war der Satz: »In diesen Dingen geschieht das Aufblitzen der großen Mächte des Lichts und der Finsternis.« Und dennoch: Es ermüdete. Einmal schlief er über der Lektüre ein. Bald ließ er ganz davon ab.

Der Geigerin Margarete Marschalk, die als Künstlerin längst Berühmtheit erlangt hatte, war er mehrfach begegnet, erstmals, als Hauptmann sie ihm noch als seine Freundin vorstellte. Anfang des Jahrhunderts war das gewesen, und er hatte sie auf dem Flügel zu Beethovens zweiter Violinsonate begleitet. Er war damals auch noch nicht verheiratet, obgleich Olga ihm gerade seinen Sohn Heinrich geboren hatte.

Über die eigene Ehe schreiben? Daraus einen Roman machen? Eine Art Gegenstück zu seinem »Weg ins Freie«? Natürlich hatte er daran gedacht. Aber nein, das wollte er nicht, schon aus Rücksicht auf den gemeinsamen Sohn. Auch wenn Heinrich längst erwachsen war: über die Querelen der Eltern musste er nicht alles wissen; er ahnte ohnehin genug. Vielleicht würde in ferner Zukunft einmal jemand kommen und die Geschichte dieser Ehe erzählen. An Dokumenten fehlte es nicht: Es gab seine Tagebücher, auch Aufzeichnungen von Olga, ihren gemeinsamen Briefwechsel. Genug Material, über viele Jahre verteilt und auf Aberhunderten von Seiten. Er selbst konnte jederzeit in die eigene Vergangenheit wieder eintauchen. Wann immer er daran zweifelte, dass die Scheidung das einzig Richtige gewesen war: Hier war nachzulesen, wie es sich angefühlt hatte, den Launen und Stimmungen Olgas ausgesetzt zu sein.

Die Silvesternacht bei ihr zu Hause verlief kaum anders als beim letzten Mal: Arnoldo war da, und später kam Heinrich gemeinsam mit Ruth; der Sohn hatte am Abend eine Vorstellung gehabt. Sie alle lauschten in den letzten Stunden des alten Jahres dem Grammophon und Heinis Klavierspiel. Aber die Stimmung geriet ähnlich trübe wie im Jahr zuvor, und um eins war er wieder im Hotel. Vor dem Einschlafen erinnerte er sich eines eigenartigen Traums, den er wenige Wochen zuvor gehabt hatte: Ihm steht eine Luftfahrt bevor, die mit einem Absturz enden wird. Das ist völlig klar. Die anderen wissen es, und er weiß, dass sie es wissen. Aber alle tun so, als wüssten sie es nicht, und er selbst lächelt freundlich dazu. Noch im Traum überlegt er, ob es sich beim unausweichlichen Hinabstürzen eher um einen Selbstmord oder um eine Hinrichtung handeln werde.

19

Dort, in seinem Hotel am Potsdamer Platz, machte er gleich zu Beginn des Jahres 1930 eine neue Erfahrung. Von Suzanne hatte er sich in Wien kurz nach Weihnachten verabschiedet. Er hatte die Reise hierher nach Berlin angetreten, sie eine längere nach Frankreich vor sich gehabt, wo sie von ihrer weitläufigen Familie erwartet wurde und sich auch wieder um Verlagsangelegenheiten, sein Werk betreffend, kümmern wollte. Es war ein schmerzlicher Abschied in zwei Etappen gewesen. Sie hatte ihn am folgenden Tag noch einmal aufgesucht, um ihn dann zum Nachtzug nach Berlin zu begleiten.

Und nun wartete er im Hotel auf einen Anruf von ihr, wie es doch verabredet war. Aber er wartete vergebens. Er verstand es nicht. Erst spät am Abend klärte sich alles auf. Als er nach einem Kinobesuch mit Olga in sein Hotel zurückkehrte – sie hatten im UFA-Palast den recht unerträglichen Musikfilm »Melodie des Herzens« gesehen –, erführ er, dass Suzanne offenbar auf seinen Anruf gewartet und eine Nachricht für ihn hinterlassen hatte: Sie wolle es frühmorgens wieder versuchen.

Er war verzweifelt angesichts dieses Missverständnisses und verfluchte sich. Er konnte in der Nacht kaum schlafen. Er erwachte immer wieder und schaute nach der Uhr, ob es bald morgen sein würde. Pünktlich um acht kam ihr Anruf. Sie war schon am Bahnhof, wartete auf den Zug nach Paris und musste es kurz machen. Aber was für eine Erlösung, was für eine Freude! »Ich habe nie geahnt, dass Morgenstunden so schön sein können«, sagte er zu ihr. Er beobachtete sich selbst mit Erstaunen. Er musste sich eingestehen, dass er sich wie ein verliebter Jüngling benahm. Nein, viel schlimmer: Er war verliebt, und das in seinem Alter. Es war unpassend.

Kaum hatten sie aufgelegt, setzte er sich an sein neues klappbares Reisepult, um ihr zu schreiben: »Dieser Brief, liebe Frau Suzanne, wird nicht ohne Lampenfieber begonnen.« Er berichtete ihr, wie aufgeregt er gewesen sei während des Gesprächs, an das er nun mit der Bemerkung anknüpfte, er habe gar nicht gewusst, wie schön bestimmte »Morgenstimmen« sein können. Es wurde ein langer Brief, und er beendete ihn mit den Worten, es falle ihm leider nichts Besseres ein und auch seine Handschrift mache ihn unglücklich. Es sei sonderbar, setzte er noch hinzu, »was man alles zum ersten Mal erlebt«.

Er schrieb ihr fortan täglich, bisweilen zweimal am Tag. Eine Chronik seines Berliner Aufenthalts versprach er ihr. Er bekam Briefe aus Frankreich zurück, die ihn auf eine lange nicht mehr erlebte Weise beglückten. Auch weitere

Telefongespräche gab es, erst zwischen Berlin und Paris, dann zwischen Wien und Paris, da Suzanne erst später im Monat von ihrer Reise zurückkehrte. Zumeist vergingen zwischen der Anmeldung beim Amt und der Verbindung nur wenige Minuten, bisweilen musste man ein Gespräch auch wieder abmelden, wenn die Wartezeit zu lang wurde.

In der Sternwartestraße gab es seit 1889 einen Anschluss. Er war auch einer der ersten Dramatiker gewesen, die den Fernsprecher dramaturgisch zu nutzen wussten: in »Professor Bernhardi«. Seine eigene Nummer »A 10.0.81« hielt er möglichst geheim. Er wurde nicht gern überrascht, und so war einfach die Wahrscheinlichkeit größer, dass ihm die Telefonistin eine vertraute Person ankündigte. Die Fernverbindung nach Frankreich empfand er als technisches Wunder, ihre Gespräche überhaupt als Wunder. In seinen Briefen an Suzanne war immer wieder von der Wohltat dieser Erfindung die Rede. Es kam anders als beim Schreiben nicht auf jedes Wort an. Auch Schweigen konnte diese Illusion von Nähe erzeugen, die doch, wie er ihr schrieb, »keine Illusion ist, denn sonst wäre auch die Nähe Illusion«.

Wie nah man sich am Telefon kommen konnte, erlebte er Wochen später, am Morgen seines 68. Geburtstags. Vor lauter Sehnsucht nacheinander brachen sie beide in Tränen aus, so nervös waren sie. Dabei beabsichtigte Suzanne, am Nachmittag zu ihm zu kommen. Aber sie hätten einfach gern den ganzen Tag miteinander verbracht, nur sie beide.

Es wurde ein anstrengender Tag; und draußen tobte ein Gewitter. Alle hatten sie ihm wieder Blumen geschickt: Olga, sein Sohn, dessen Freundin, Arnoldo aus Italien, Dora aus Berlin, sogar seine Heilgymnastin und natürlich

Suzanne; auch die beiden Hausmädchen hatten ihm welche mit einem angedeuteten Knicks überreicht. Mit Kolap redete er zum ersten Mal ausführlicher über seine Situation, und er fand auch noch Zeit, ihr einiges Geschäftliche zu diktieren.

Dann kam Olga, die seit ein paar Tagen in der Stadt weilte und am Abend wieder zurück nach Berlin reisen würde. Sie schauten sich gemeinsam alte Fotografien an: von Lili, auch von Olga in jungen Jahren. Es geschah in freundlicher Atmosphäre. Olga sagte, sie sei traurig darüber, dass niemand ihm »glückliche Stunden« schenke; sie selbst war offenbar eine neue Beziehung eingegangen und berichtete von einem »Reisekameraden«, der bei ihr wohne. Es war ihm nur recht. Olga ging, bevor endlich Suzanne kam, die ihm ein seidenes Taschentuch schenkte. Sie blieb bis zum frühen Abend bei ihm.

Dann wurde es Zeit, sich für einen Theaterbesuch mit Clara zu rüsten. Sie sahen sich im Volkstheater Vicky Baums »Menschen im Hotel« an. Sie waren sich einig: »amüsanter Kitsch, momentweise etwas mehr«, lautete sein Urteil. Bei ihm zu Hause saßen sie noch bei einem späten Mahl zusammen. Clara wollte ihn an seinem Geburtstag ganz offensichtlich mit Klagen verschonen, und so sprachen sie über Arnoldo, der zwei Tage zuvor nach Italien zurückgefahren war. Aber auch dieses Gespräch war nicht ohne Fallstricke, denn Clara hegte eine Abneigung gegen den Commandante, sie traute ihm nicht.

»Er tut mir leid, und zugleich ist er mir unheimlich«, sagte sie. »Besonders, wenn er über seine angebliche Kraft zur Hypnose spricht.«

»Ich gebe zu, er ist bisweilen etwas eigen, aber manches von ihm klingt auch deswegen merkwürdig, weil sein Deutsch so mangelhaft ist«, sagte er. »Aber er ist mir sehr ans Herz gewachsen. Wie ein Sohn.«

»Ich weiß«, sagte Clara, »dennoch.«

»Und er ist so rührend bemüht. Er möchte in Italien etwas für mein Werk tun, mit den entsprechenden Verlagen reden. So wie es Frau Clauser in Frankreich macht. Er hat sogar vor, die ›Sommerlüfte‹ ins Italienische zu übertragen. Und da er weiß, wie unzulänglich er die deutsche Sprache beherrscht, will er ihre französische Fassung zur Grundlage nehmen.«

»Recht merkwürdig. Es geht mich natürlich nichts an, aber dass er hier sogar in Lilis Kinderzimmer übernachten durfte …«

»Das wollte er gern. Warum nicht? Er scheint mir sehr einsam zu sein. Wir seien seine Heimat, sagte er zu mir, als ich ihn zum Bahnhof brachte.«

»Wir?«

»Die Familie. Dazu zählt auch Heinrich, und natürlich Olga. Sie hat ihm Anfang des Jahres in Berlin sogar einige Seiten von Lilis Tagebüchern anvertraut, nachdem er wieder einmal dringlich darum gebeten und versprochen hatte, sie ihr bald zurückzugeben.«

»Ach? Hattest du mir nicht erzählt, sie sei strikt dagegen, sie ihm auszuhändigen?«

»Ja, das stimmt schon, aber wir wissen doch, wie das ist. Der Mensch glaubt heute an das, was er sagt, und handelt morgen anders. Arnoldo, der sehr erschüttert war, hat sie inzwischen auch wieder zurückgegeben.«

Er war selbst überrascht gewesen, als ihm Olga am Telefon mitteilte, Lilis Aufzeichnungen aus der Hand gegeben zu haben, wenn auch nur in Abschrift. Aber er hatte es nicht weiter kommentiert.

»Er tut mir eben auch sehr leid«, sagte er zu Clara. »Ich habe mit ihm in Berlin lange über seine Stationierung in Mortara gesprochen. Das ist eine kleine Stadt in der Nähe von Mailand, trübselig und unerträglich, wie er sagt. Er fühlt sich wie in der Verbannung. Aber an die Möglichkeit eines anderen Berufs glaubt er auch nicht.«

So ging dieser Tag schwermütig zu Ende. Er war müde, bestand aber darauf, Clara nach Hause zu begleiten. Das Gewitter hatte sich verzogen.

Hedy hatte ihm einen empathischen Brief zum Geburtstag gesandt, in dem sich leichte Panik ausdrückte: »Bleib mir gut! Bleib mir nahe! Lass mich nicht unsicher werden und dadurch unglücklich.« Was sie hier schreibe, sei nichts als »ein Hoffen auf deine Rückkehr zu mir, ein Beten, dass ich dir endlich das geben kann, was ich bis jetzt nicht imstande war«. Die Beziehung mit ihm sei doch die einzig wahre Beziehung, die sie im Leben je gehabt habe.

Und als er versuchte, sie am Telefon zu besänftigen, begann Hedy zu weinen, dabei hatte er ihr Wochen zuvor lediglich angedeutet, dass Suzanne wichtig für ihn geworden sei. »Was hilft alles«, schluchzte sie. »Jetzt weiß ich zum ersten Mal: du gehörst einer anderen.« Sie wolle ihn eine Weile nicht sehen, sagte sie dann. »Du bist so ganz woanders!«

»Glaubst du wirklich, dass du dich damit einfach aus meiner Existenz streichen kannst?«

»Ich leide darunter, dass diese Frau dir das zu geben vermag, was du bei mir vergebens gesucht hast. Ich versuche es zu verstehen, aber es ist mühsam.«

»Ich kann dich beruhigen. An meiner Liebe zu dir hat sich nichts geändert. Es ist nicht so einfach, wie du glaubst.«

»Ich glaube dir ja, dass du dich auch nach mir sehnst. Gerade deswegen fühle ich den Zwiespalt so stark. Wie wird das weitergehen? Ich muss mich erst daran gewöhnen …«

Hedy versuchte dann auch wieder, es leicht zu nehmen oder doch den Eindruck zu erwecken. Er erhielt einen Azaleenstock ins Haus geliefert, beigelegt war eine Grußkarte an den »untreuen Freund« von seiner »eitlen, egoistischen, manchmal verrückten, aber immer treuen H.«.

Als kurze Zeit später Suzanne kam, sah sie die Pflanze und schaute ihn fragend an. Er gab ihr die Karte zu lesen, die ihr allerdings deutlich missfiel. »Das sollte dich eigentlich beruhigen«, sagte er. Aber es dauerte eine Weile, bis Suzanne sich wieder entspannte. Vor langer Zeit schon hatte er ihr von Hedy und deren erotischer Umtriebigkeit erzählt. Zum Glück hatte er Suzanne nicht deren Geburtstagsbrief zu lesen gegeben. Den würde er ihr auch nicht zeigen.

Am folgenden Tag erhielt er einen großen Rhododendronstrauch. Auch Suzanne konnte schalkhaft sein. »Es soll doch nicht bloß die Untreue belohnt werden«, stand auf ihrer Karte. »Warum die Treue nicht?«

Aber wie sollte er treu sein? Niemand durfte von ihm und Suzanne wissen. Vor allem Clara nicht, und so gab er sich große Mühe, ihr gegenüber den Schein von Normalität zu wahren. Eine Klärung oder Beichte, gar eine Trennung von ihr, kam nicht in Betracht. Dabei war längst aufgefallen, wie lange die Besuche von Suzanne dauerten, die doch angeblich nur Übersetzungsfragen galten, und wie häufig sie stattfanden.

Dass Suzanne inzwischen mehrmals täglich mit ihm telefonierte, bekam im Hause außer seiner Sekretärin niemand mit, und Kolap war wie stets diskret und gönnte ihm sein Glück. Clara hatte diese Heimlichtuerei nicht verdient. Er verspürte Melancholie und Ärger angesichts der ewigen Ausreden ihr gegenüber. Andererseits riet selbst Suzanne ihm zu, die Beziehung zu Clara nicht zu gefährden. Sie beide seien schließlich kein richtiges Liebespaar. Sie könne nichts fordern. Suzanne bedauerte Clara und verstand deren Irritation.

In diesen Tagen im Mai 1930 hatte er einen seltsamen Traum, den er sich aufschrieb. Schon als junger Mann, lange bevor Freuds »Traumdeutung« erschienen war, hatte er der Nacherzählung und Deutung seiner Träume viel Platz im Tagebuch eingeräumt.

Wieder einmal ging es um eine bevorstehende Exekution. Zunächst sitzt er am Bett von Suzanne. Das Spital, in dem sie liegt, erinnert an jenes in Venedig, in dem Lili gestorben ist. Dann ist Olga die Verurteilte, ganz in schwarz gekleidet steht sie in einer Kapelle. Warum er kein Gnadengesuch eingereicht habe, wird er gefragt. Von Olga, von Suzanne? Das ist unklar. Im Traum schreibt er jedenfalls auf Französisch, dass die zum Tode Verurteilte unschuldig sei, fast unschuldig: »condamné à mort presque innocente«. Also geht es doch um Suzanne? Er bittet einen Beamten, das Schreiben für ihn aufzusetzen, seine Schrift sei so schlecht. Die Todgeweihte, nun ist es wieder Olga, kommt langsam hinter ihm her. Wenn die Begnadigung Erfolg hat, denkt er noch, bevor er erwacht, wird alles wie ein böser Traum gewesen sein.

Er benötigte einige Zeit, um sich aus den Klauen des Albtraums zu befreien. Die Bilder und Szenen blieben hängen. Olga und Suzanne: wieso verschwammen sie ihm zu einer Person?

Mit Clara hatte er unterdessen wieder zermürbende Auseinandersetzungen, lange Gespräche, die einander oft Wort für Wort glichen. Es waren sinnlose Rituale. Ein vernünftiger Dialog war kaum mehr möglich. Dennoch trafen sie sich fast täglich. Sie aßen abends zusammen, bei ihr, bei ihm oder im Restaurant.

Er nahm sie mit in seine Theaterloge im Volkstheater, als Anfang Juni die hundertste Aufführung von »Professor Bernhardi« gefeiert wurde. Seiner eigenen Rechnung nach war es zwar erst Nummer 99, aber was spielte das schon für eine Rolle? Auch das war ja eine stattliche Zahl. Clara zeigte sich stolz an seiner Seite.

Auch ins Kino gingen sie weiterhin gemeinsam. Die Filmtitel wirkten wie ironische Kommentare: »Es gibt eine Frau, die dich niemals vergisst« oder »Die Sehnsucht jeder Frau«. Einmal standen sie nach einem solchen Kinoabend noch lange vor ihrer Haustür, als es wieder aus ihr herausbrach: »So geht es nicht weiter! Deine Lieblosigkeit kann ich nicht länger ertragen. Du willst dich für Olga bewahren oder für sonst wen. Und wenn dir wieder nach Zärtlichkeit ist, bin ich dir gut genug. Gib es wenigstens zu! Sei einmal ehrlich!«

»Da ist etwas Wahres dran«, sagte er vorsichtig. »Zu drei Vierteln magst du recht haben.« Mehr durfte er nicht sagen, und das war vielleicht schon zu viel. Aber sie fragte nicht weiter nach, vielleicht erschrocken, vielleicht besänftigt durch seine überraschende Aufrichtigkeit. Es war mittlerweile Mitternacht geworden, und sie schieden einigermaßen versöhnt.

Dann gab es eine längere Atempause. Clara hatte gelegentlich davon gesprochen, eine Kur machen zu müssen, erschöpft, wie sie sei. Ob sie insgeheim hoffte, dass er ihr abraten oder sie begleiten würde, war nicht ganz klar. Er wollte sich darüber auch nicht den Kopf zerbrechen. Ihr Vorhaben verhieß ihm eine temporäre Befreiung aus großer Not: für drei Juli-Wochen.

Am Abend vor der Abreise nach Karlsbad saßen sie auf seiner Terrasse. Als das Hausmädchen Minna ihr gute Erholung wünschte, brach Clara in Tränen aus.

»Ob ich dich danach überhaupt noch sehen will, weiß ich nicht«, sagte sie, nachdem Minna sich erschrocken zurückgezogen hatte. »Es hängt ganz davon ab, wie du mir schreibst.«

Er fürchtete einen Rückzieher und sagte: »Clara, die Trennung wird uns guttun. Das hast du selbst gesagt. Wir müssen wieder zur Besinnung kommen.«

»Nein, es ist alles verkehrt. Ich wollte nie allein fahren. Es kann nur wieder besser werden, wenn wir gemeinsam aus Wien fort sind, wie vor einem Jahr in der Schweiz. Die letzten Monate waren schrecklich.«

Am nächsten Morgen holte er sie frühmorgens ab und begleitete sie zum Franz-Josefs-Bahnhof, der mit seinen weit auseinanderstehenden Doppeltürmen schon aus der Ferne beruhigend auf ihn wirkte. Erholung und Entspannung winkten. Wenn Clara in drei Wochen zurückkäme, würde er noch für weitere drei Wochen Ruhe vor ihr haben, denn dann würde er zusammen mit Heinrich Ferien in St. Moritz verbringen. Auch am zweiten Todestag Lilis würde er dort mit ihm allein sein.

Aber ganz fort war man eben heute nicht mehr. Die Möglichkeit, sich telefonisch verbinden zu lassen, war zu einer Art Verpflichtung geworden. Und doch war es die Stunde der Briefe. Schriftlich konnte man nicht so leicht ausweichen. Klare Worte waren möglich und erwünscht. Zunächst kam ein Brief von Clara aus Karlsbad, den er als eine Art Ultimatum empfand: Liebe und Sehnsucht seien Voraussetzung für ein Wiedersehen. Auf sein Freundschaftsangebot werde sie nie und nimmer eingehen, vielmehr würde sie, falls er weiter darauf bestehe, für ihn weder in Wien noch sonstwo aufzufinden sein.

Tagelang schob er die Antwort vor sich her, vergeblich unternahm er immer neue Anläufe. Als ein mahnendes Telegramm von Clara eintraf (»ohne Nachricht!«), schickte er ihr sogleich eines zurück und kündigte einen Brief an, den er dann auch endlich zu Papier brachte. »Mein liebes Kind«, so sprach er sie an und schrieb, es könne kein Zweifel daran bestehen, dass ihre Beziehung Richtung Freundschaft tendiere, ob das nun im Wesen menschlicher Beziehungen allgemein begründet sei oder in seinen oder ihren persönlichen Eigenschaften. Und: »Es wäre wieder eine Unwahrheit, wenn ich heute schon sagte, dass ich Sehnsucht empfinde.« Es bleibe aber ebenso wahr, fügte er hinzu, »dass ich dich, dein lebendiges Dasein, deine Gegenwärtigkeit aus meiner Existenz nicht wegzudenken vermag«.

Die Antwort kam postwendend. Clara empörte sich, klagte über seine »kühle Sachlichkeit«. Also schickte er ihr einen weiteren Brief, für den er wieder gut eine Woche benötigte, und in dem er noch einmal seinen Wunsch nach Freundschaft und Freiheit bekräftigte.

Auch Suzanne schrieb er aus St. Moritz: spielerisch, verklausuliert und natürlich per Sie, damit die Briefe für mögliche Dritte unverfänglich blieben, für sie aber, die zwischen den Zeilen lesen konnte, deutlich genug waren. Er informierte die »Verehrte Frau Suzanne« über seine Standfestigkeit Clara gegenüber, ohne deren Namen oder Aufenthaltsort zu nennen: »Von meinem Brief nach K. habe ich für alle Fälle eine Abschrift zurückbehalten.« Ob diese Abschrift zur eigenen Absicherung oder zum Vorzeigen gedacht war, ließ er offen. Suzannes Antwort kam wie üblich auf blauem Briefpapier. Und er schrieb ihr dann wieder, eine Bemerkung von ihr aufgreifend: »Dass vieles noch schlummert, das fühle ich (wie mancherlei) mit Ihnen.« Sein Brief sei doch wohl lesbar? »Leben Sie wohl, Frau Suzanne, ist auch der Himmel nicht blau, es gibt Briefe, die es immer bleiben.«

20

Er kehrte in der Überzeugung nach Wien zurück, deutlich genug formuliert zu haben, was seine Haltung anging. Doch kaum traf er sich nach der sechswöchigen Unterbrechung wieder mit Clara, zeigte sich schnell, dass alles nichts bewirkt hatte. Er war ihren Vorwürfen so hilflos ausgeliefert wie eh und je. Sie klagte über die ungeheure Einsamkeit in Karlsbad, über ihre Verzweiflung dort. Und sie begann zu weinen. Nichts, dachte er in dem Augenblick, machte so ungeduldig und ungerecht wie die Tränen einer Frau, die man nicht liebte. Ein Gefühl der Langeweile erfüllte ihn, ganz gegen seine Absicht.

Aber war, fragte er sich insgeheim, seine Haltung wirklich so eindeutig? Wenn Clara ganz offen über ihre Eifersucht sprach, hörte er es zumindest nicht ungern. Er musste sich eingestehen, dass er auf ihre Liebe weiterhin baute. Er wollte Clara loswerden, aber nicht loslassen.

Und Suzanne? Auch sie hatte er nun vier Wochen lang

nicht gesehen. Er lud das Ehepaar Clauser zu sich ein, außerdem Suzannes Schwester und deren Mann. Sie selbst bat er, schon etwas früher zu kommen. Das war leicht damit zu begründen, dass sie manches aufzuarbeiten hatten. Also erschien sie zweieinhalb Stunden vor den anderen, und beide waren sie im Glück. Das Abendessen verlief entspannt und in bester Atmosphäre.

Suzanne hatte inzwischen die Übersetzung von »Therese« ins Französische abgeschlossen und für die »Revue d'Allemagne« einen Aufsatz über ihn und sein Werk in Arbeit, den er ihr vergebens auszureden versucht hatte; demnächst wollte sie »Professor Bernhardi« in Angriff nehmen. Ihr Fleiß war ungeheuerlich. Und das war nur die Übersetzertätigkeit. Sie arbeitete auch an einem eigenen Roman. Er konnte nur staunen, zumal er selbst seit Monaten nichts Neues geschrieben hatte.

Gelegentlich zeigten sie sich gemeinsam in der Öffentlichkeit, ohne bislang Aufsehen erregt zu haben. Suzannes Dienstpersonal freilich neigte zum Klatsch, wie sie ihm verärgert und besorgt erzählte. Am liebsten gingen sie durch den Park von Schloss Schönbrunn und anschließend in das Gartenrestaurant am Meidlinger Tor.

Einmal ergab es sich, dass er am Tag nach einem solchen Besuch auch mit Clara dort zu Abend aß, begleitet von Ferry und dessen Frau. Er hatte heimlich seine Freude an dieser Wiederholung, schon der schönen Erinnerung wegen – bis der Kellner ihn beim Zahlen fragte, ob er gestern seine Brille vergessen habe, was tatsächlich der Fall war, er aber sofort von sich wies. Clara hatte es nicht mitbekommen, und Ferry, der als sein Arzt auch sein Vertrauter war, rettete die Situation, indem er in einem unbeobachteten Moment zum Kellner lief und die Brille in Empfang nahm. Clara schien ohnehin nicht zu bemerken, welche Rolle Suzanne inzwischen spielte. Sie nannte die jüngere Frau sogar ein »reines Wesen«, sagte allerdings gleich dazu, dass er offenbar von ihr entzückt sei.

Das Versteckspiel ging weiter. Von Ferry, zu dessen Patienten Clara ebenfalls zählte, erfuhr er, dass Clara ohne das Aufzeigen deutlicher Grenzen nicht zu bremsen sein würde. Vielleicht, so der Arzt, wäre eine gemeinsame Reise, wie von ihr gewünscht, gar nicht so falsch. Unterwegs, fern von Wien, sei vielleicht mit Beharrlichkeit für Klarheit zu sorgen.

Zwar war er nicht unbedingt überzeugt von dem, was Ferry sagte, aber er fuhr tatsächlich für ein paar spätsommerliche Tage mit Clara nach Marienbad. Sie logierten im Hotel Weimar. Zuvor hatte er noch einen Brief an Suzanne geschickt, in dem er ausführlich Ferrys Überzeugung referierte und sich zu eigen machte. »Gerade auf einer solchen und durch eine solche Reise«, schrieb er, »könnte und müsste die absolute Unveränderlichkeit eines Entschlusses zu einem entschiedenen Abschluss gebracht werden.« Er werde also mit »Frau P.« wegfahren. Und aus Marienbad schrieb er dann: »Ich bin so allein als nur möglich. Ich möchte es noch mehr, und möcht' es weniger sein.« Er setzte hinzu, dass in demselben Hotel dereinst Goethes »letzte Liebe« gewohnt habe, die junge Ulrike von Levetzow.

Clara hatte jenes Zimmer bezogen, in dem er im Jahr zuvor untergebracht war; er ein geräumiges gleich nebenan. Er war viel für sich, las, ging allein spazieren, während sie ihr Kurprogramm absolvierte. Dann wieder machten sie zusammen lange Wanderungen in der Umgebung, gingen abends ins Kino. Als Clara einmal allein in der Stadt unterwegs war, begegnete sie zufällig einem früheren Liebhaber, was sie nach ihrer Rückkehr sogleich berichtete und dabei nicht zu erwähnen vergaß, dass der Herr Rittmeister ihr große Komplimente für ihr Aussehen gemacht habe, während er ihr nicht besonders attraktiv vorgekommen sei.

Die Vorstellung, dass sie einem anderen Mann gefallen könnte, machte ihn gegen seinen Willen nervös. Bisher hatte er sich äußerst distanziert verhalten; selbst an den gemeinsam verbrachten Abenden waren sie sich nicht besonders nahgekommen. Und sie schien damit einverstanden zu sein und erhob keinerlei Ansprüche. Falls sie es spielte, spielte sie es gut. Es begann ihn zu reizen. Hatte sich bei ihr etwas verändert? Liebte sie ihn nicht mehr? Als er ihr nun ebenfalls Komplimente machte, sich ihr sogar zärtlich nähern wollte, schien sie zwar erfreut, wies ihn aber freundlich ab.

»Ich mag keine Sinnlichkeit«, sagte sie, »wenn nicht die Seele dabei ist.«

»Ich habe dich immer gleich lieb«, beteuerte er. »Nur hängt es eben sehr von meiner Stimmung ab, wie sich das jeweils äußert.«

Er machte ihr damit offensichtlich Mut, ihm eine Frage zu stellen, die sie nie zuvor gestellt hatte: »Warst du mir immer treu?«

Und er beeilte sich zu sagen, ohne seine Überraschung

zu zeigen: »Ich schwöre dir, mir ist noch nie der Gedanke gekommen, dich zu betrügen.«

Danach hatte er es nicht schwer, sie von seiner Leidenschaft zu überzeugen, sie mitzureißen und alle guten Absichten zunichtezumachen. Sie waren wieder ein Paar, und da sie ein miteinander vertrautes Paar waren, fanden sie ohne Peinlichkeit, ohne Zaudern zueinander.

Später, während er noch in ihren Armen lag, sagte sie: »Das ist wahrscheinlich das Einzige, was dich an mich bindet, jedenfalls zu 99 Prozent. Es ist trotzdem schön.«

»Unsinn«, sagte er. Und dann plötzlich, nachdem er sich aus der Umarmung gelöst hatte: »An unserer Beziehung stimmt etwas nicht. In Wien dürfen wir uns nicht mehr so häufig sehen.«

Sie überspielte ihre offensichtliche Enttäuschung und sagte nur: »Ich lege gar keinen Wert darauf. Es macht mir nichts mehr aus, wenn du allein sein willst. Oder mit anderen zusammen. Bitte schön! Ich werde mich unabhängig von dir machen.«

»Und ich werde einsamer sein«, sagte er.

»Du hast genug Menschen um dich. Mich willst du doch ohnehin nicht dabeihaben. Wenn ich diejenigen allerdings kenne, die du einlädst und mich nicht dazu, dann finde ich das taktlos von dir. Ich weiß doch, dass erst neulich das Ehepaar Clauser bei dir war.«

»Das darfst du mir nicht übelnehmen.«

»Nein, keine Sorge, das werde ich auch nicht mehr. Ich kann mir selbst Leute einladen. Außerdem hat sich bei mir manches verändert.«

»Heißt das, du liebst mich nicht mehr?«

»So ist es.«

Sie sagte das so überzeugend, dass er nur erstaunt sagen konnte: »Na, dann ist es ja gut.«

Aber sehr überzeugend kam es ihm nicht vor. Als Clara in ihr Zimmer hinüberging, rief sie ihm von der Tür aus noch zu: »Freundschaft!«

Er rief ihr nach: »Sei nicht so dämonisch!«

»Das nennst du schon dämonisch?«

Er lachte verlegen, dann war er allein. Und er fühlte sich tatsächlich einsam. Aber, so wusste er, es gab eine Form von Einsamkeit, die diesen Namen nicht verdiente: wenn nämlich die Sehnsucht eines anderen Menschen stillschweigend vorausgesetzt wird. Eigentlich hätte er wohl ein schlechtes Gewissen haben müssen, Clara gegenüber, Suzanne gegenüber. Hatte er? Er stellte fest: Nein. Aber so richtig atmete er erst auf, als er am Abend mit Suzanne telefonieren konnte. Er hörte ihre Stimme und fühlte sich geborgen, gerettet. Post an ihn sei unterwegs, sagte sie.

Am nächsten Morgen traf ein dicker Umschlag ein, darin ein Exemplar der »Revue d'Allemagne«. Clara las Suzannes Aufsatz über ihn und war recht beeindruckt. Am letzten Abend fragte sie, ob er eine andere liebe. Er tat so, als habe er die Frage nicht verstanden.

Als er anderntags – es war der 9. September 1930 – in Wien sein Haus betrat, das wie geplant wegen dringend nötiger Reparaturarbeiten eingerüstet war, fand er wieder eine Parte vor. Es war wie ein Ruf aus tiefer Vergangenheit. Die Todesanzeige betraf seine Jugendliebe Franziska Reich, Fanny, die ihn einst angehimmelt und der er seine ersten zärtlichen

Gefühle entgegengebracht hatte. Sie waren beide am selben Tag zur Welt gekommen, und Fännchen, wie er sie damals mit sechzehn Jahren liebevoll nannte, war das als Wink des Schicksals erschienen. Sie hatten lange Spaziergänge gemacht, zusammen getanzt und ihre Körper wild aneinandergepresst. Vor weiterem waren sie zurückgeschreckt. Und viel zu sagen hatten sie sich auch nicht, sie hatte keinerlei Interesse an seinen dichterischen Ambitionen gezeigt. Das war alles mehr als ein halbes Jahrhundert her und die Verliebtheit ohnehin irgendwann zu Ende gewesen.

Fanny aber hatte ihn nicht vergessen. Sie, Mutter eines Knaben und seit einigen Jahren Witwe, schickte ihm Jahre später einen Brief zu seinem 37. Geburtstag, der, woran sie ihn erinnerte, auch der ihre war. Sie bat den berühmten Autor um ein Wiedersehen. Eine befremdliche Begegnung war es gewesen: Ihr Mädchencharme war dahin, und ihr aufgeregtes, verlegenes Geplapper hatte ihn gestört. Da er nicht viel mit ihr anzufangen wusste, war er mit ihr für ein paar Stunden, wie mit anderen zuvor, im Hotel Victoria abgestiegen.

Die Einzelheiten hatte er längst vergessen – ein willkommener Anlass, die Tagebücher aus jener Zeit hervorzuholen, der Zeit kurz vor der Jahrhundertwende. Er suchte nach dem entsprechenden Eintrag, den es doch geben musste, und wie jedes Mal las er sich beim Blättern hier und da fest, verblüffte ihn manches, ließ ihn anderes lächeln. Dann fand er das Gesuchte: Im Mai 1899 war es gewesen, wenige Tage nach seinem 37. Geburtstag. Da stand ein lapidarer, grobschlächtiger Satz: »Anfangs ging sie mir auf die Nerven, dann siegte der Trieb!« Drei Tage später hatte er notiert: »Fännchen abgeschrieben.« Und dann: »Von Fännchen ein ganz netter Brief.«

Ein netter Brief? Hatte er das damals wirklich so empfunden? Er suchte und fand Fannys Brief, in dem ihr Schmerz schlicht, aber eindringlich geschildert war. Er habe sich ihrer wohl geschämt, stand darin. Offenbar hatte er keine Lust auf Wiederholung gehabt, und sie versuchte, sich einen Reim darauf zu machen. Er las es nicht gern, wie er damals mit Fanny umgesprungen war, die sich von dem Treffen mit ihm so viel versprochen hatte, viel zu viel. War es grausam gewesen? Er hatte ihren Brief danach in seiner Novelle »Frau Berta Garlan« verarbeitet. Jetzt, wo Fanny gestorben war, hielt er im aktuellen Tagebuch nüchtern fest: »Es ist über 30 Jahre her, dass Berta Garlan erlebt wurde.« Unfassbar, wie viel Zeit verstrichen war.

In der Novelle, die damals bald nach dem Besuch entstanden war und zunächst den Titel »Jugendliebe« trug, hatte er versucht, sich die Begegnung aus weiblicher Perspektive auszumalen – allerdings nicht ohne Nachsicht mit dem männlichen Part. Seinem Alter Ego, dem erfolgreichen Geiger und Kammervirtuosen Emil Lindbach, hatte er indirekt ein gutes Zeugnis als Liebhaber ausgestellt. Er ließ Berta, die für den Musiker lediglich eine Eroberung mehr bedeutete, in ihren Gefühlen hin und her schwanken: »Und, wenn sie ehrlich gegen sich selbst ist, muss sie doch auch sagen: von allem, was sie erlebt hat, ist das noch immer das Beste gewesen …«

Ja, der Mai 1899: Es hatte damals offenbar auch eine Lola gegeben, an die er sich kaum erinnern konnte. Und er war in die fünf Jahre jüngere Schauspielerin Marie Glümer verliebt gewesen, schmerzlich verliebt. Das nun wieder war unvergessen. Es hatte viele Szenen und Tränen gegeben, auf beiden Seiten, Trennungsängste und Vereinigungswünsche. Marie, seine Mizi, die leidenschaftliche Geliebte, die er mehrfach und die ihn einmal betrogen hatte – deswegen aber in unzähligen Briefen von ihm beschimpft, gepeinigt und mit bösartig-groben Worten bedacht worden war. Mizi, so hatte es begonnen, war eines Tages in seiner Praxis erschienen, 22 Jahre alt, vielleicht nicht ganz ohne Absichten. Ihrer beider Geschichte zog sich mit Höhenflügen und Abstürzen über ein Jahrzehnt hin. Später verewigte er sie als Schauspielerin Irene Herms im »Einsamen Weg«. Auch Mizi lebte nun schon nicht mehr, sie war vor knapp fünf Jahren gestorben. Der Kontakt zu ihr und ihrer Schwester war nie völlig abgerissen. Vieles sprach dafür, dass sie, zunehmend erfolglos im Beruf und vereinsamt, den Freitod gewählt hatte, mit einer Überdosis Veronal.

Nun kramte er auch die Briefe hervor, die sie sich gegenseitig geschrieben hatten und deren Zahl in die Hunderte ging. Die eigenen Briefe waren wieder in seinen Besitz gelangt, nachdem er eines Tages entdecken musste, dass sie bei ihr in offenen Hutschachteln herumlagen, was ihm unerträglich war. Sie hatte sie ihm ohne Murren ausgehändigt, und er hatte versprochen, dass sie sie zurückerhalten sollte, falls er vor ihr sterben würde, was wahrscheinlich sei. Es sollte nichts davon in falsche Hände geraten oder verloren gehen.

Er las, was sie einander vor dreißig, vierzig Jahren mitgeteilt hatten, ein wenig verwundert zunächst, aber dann kroch doch die alte kalte Wut wieder aus der Erinnerung hervor und lebte auf. Er konnte alles nachfühlen – und fand sich doch erbärmlich in seiner Gnadenlosigkeit. Ihre flehentlichen und um Verzeihung bittenden Briefe waren herzzerreißend. Ihn hatte der Teufel geritten, aber die Eifersucht war mit ihm durchgegangen, als »geile verlogene Dirne« hatte er sie beschimpft. Und ihr geschrieben: »Es gibt keine Qual, keine Schande, keine Schmach, keine Marter dieser Erde, die ich dir nicht wünsche. So unendlich meine Liebe war, so unendlich ist mein Hass.«

Er legte alles wieder in die Schubladen zurück, auch das Tagebuch von 1899. Ihm kamen die Einträge aus dieser Zeit unsäglich vor.

»Im Geistigen war ich verhältnismäßig weiter als im Seelischen«, sagte er anderntags zu Kolap, die seine Tagebücher zumeist kommentarlos abtippte. »Und ich war damals ja kein ganz junger Mann mehr.«

»Aber immer ganz aufrichtig«, sagte sie.

»Es gibt wohl kaum etwas, was tiefer bewegt als das eigene Leben, besonders dieses Gemenge aus Vergessenem und Unvergessenem, wie es sich im Tagebuch findet. Kürzlich habe ich im Traum gedacht: Schade, dass es mir nie vergönnt sein wird, eine ehrliche Biografie über mich zu lesen.«

»Ich weiß nicht, ob Ihnen das dann wirklich so gefallen würde«, sagte sie und setzte ihre Arbeit fort.

Ihm war bewusst, dass spätere Biografen, so es sie geben sollte, in Kenntnis der frühen Tagebücher und seiner Briefe ein Bild von ihm gewinnen müssten, das ihn als untreuen, verlogenen Mann zeigt, als gewissenlosen Verführer, als Roué, wie Hugo ihn genannt hatte. Sie würden jede

Menge Belege dafür finden, sie müssten nur zitieren. Es würde die Sache der Nachwelt sein, ein Urteil zu fällen, auch über ihn, zumal sein Werk mit dem Leben, dem privaten und geheimen, so eng verknüpft war. Zu wünschen war nur, dass sie das eine vom anderen zu trennen wüssten. Und dass die Missbilligung seiner Person nicht das Urteil über sein Schreiben verderben möge.

Ihm war es recht, sollte er eines fernen Tages in seiner ganzen Unzulänglichkeit nackt vor der Welt dastehen. Ihm war es immer um Wahrhaftigkeit gegangen, da konnte er sich selbst nicht ausnehmen. So wünschenswert die Anerkennung seines Werkes war, man sollte ihn ruhig so sehen, wie er war, wie er gewesen war. Bei biografischen Annäherungen zu Lebzeiten wurde zu viel Rücksicht genommen, auch in Unkenntnis der wahren Natur des Porträtierten. Bisher waren die Klatschgeschichten, die in Wien über ihn in Umlauf waren, in Veröffentlichungen nicht aufgetaucht, vielleicht taktvoll verschwiegen worden, wie es sich auch gehörte.

Bei aller Verwunderung über diesen jungen Mann, der er einmal war, konnte er auch jetzt nicht anders, als einen wohlwollenden Blick auf ihn zu werfen. Wenn er sich über ihn beugte, so kam ihm dieser Kerl, der einst die Gefühle und Gelüste der Mädchen und Frauen für sich ausnutzte, wie eine Romanfigur vor, die ihm zwar nicht unbedingt sympathisch, aber doch vertraut war. Ja, er gönnte diesem Menschen das, was er erfahren hatte. Und dass er es erfahren hatte. Es war gelebt worden, und es war Teil der Dichtung geworden. Und es ließ sich ohnehin nicht mehr rückgängig machen.

21

»Wahlen der Verzweiflung«: so lautete die Titelzeile in der Abendausgabe vom 15. September 1930. Am Vortag hatten sowohl die Nationalsozialisten als auch die Kommunisten in Deutschland ungeheure Stimmengewinne verbuchen können. Das hielt er in seinem Tagebuch fest, auch den Anruf seines Bruders Julius, der wegen des Berliner Bankguthabens in Sorge war. Das fehlte gerade noch!

Ja, es war zum Fürchten. Allem voran dieser »unerwartet große Erfolg des Hakenkreuzes«, wie es die »Neue Freie Presse« anderntags formulierte. In der Morgenausgabe wurde auf mehreren Seiten analysiert, was sich am Sonntag abgespielt hatte. Er las nahezu jeden Beitrag, auch die Kommentare und Korrespondentenberichte aus Berlin. Der Ton war jetzt entspannter. Noch waren die deutschen Sozialdemokraten schließlich stärkste Partei, hieß es, und durch eine Große Koalition, wie sie rechnerisch möglich war, könnten negative Auswirkungen der Überraschungserfolge eingedämmt werden. Die »Nazis«, so beruhigte der Hauptartikel, hätten auch zusammen mit den Kommunisten nicht die Majorität. Vor allem aber, wie betont wurde: »Sie haben keinerlei Hoffnung, sie zu gewinnen, denn die Wahlen eines nationalistischen Champagnerrausches werden sich so bald nicht wiederholen.«

Gut und schön, er las es gern. Die Nachrichten am Rande allerdings waren alles andere als beruhigend. Da wurde aus Ankara gemeldet, dass türkische Truppen aufständische Kurden »unbarmherzig vernichtet« hätten und der Generalstab den Kommandanten dazu beglückwünscht habe. Was konnte dagegen jener rührende Appell des in Genf tagenden Völkerbunds ausrichten, der wenige Seiten danach zitiert wurde? »Die ständige Drohung mit dem Krieg muss aus der Welt geschafft werden« – nur wie?

Gut gemeint, gewiss. Wie auch die Völkerbundfahrt des Luftschiffs »Graf Zeppelin« als Zeichen des Friedens. Am Landeplatz in Genf hatten sich immerhin 30 000 Zuschauer eingefunden. Schließlich las er auf den hinteren Seiten noch die dort nachgedruckte Rede, die Thomas Mann am Tag vor der Wahl gehalten hatte: über »Die geistige Situation des Schriftstellers in unserer Zeit«. Das drohende Feuer von rechts, hieß es darin, sei »sogar ärger und tückischer als das von links«.

Einmal mehr bewunderte er Thomas Mann für dessen Spürsinn und die Fähigkeit, in Erscheinung zu treten, vor Menschen zu sprechen, Essays und politische Kommentare zu verfassen. Er selbst konnte das nicht, er wollte das nicht, und er bedauerte es nicht einmal. Aber er hatte hohen Respekt vor dieser Leistung. Und die Besorgnis teilte er. Vor ein paar Tagen erst war ihm berichtet worden, dass jetzt in einer Parfümerie am Graben ein Schild im Schaufenster hing: »Auf jüdische Kunden wird verzichtet.« Und doch, daran hielt er fest: Die Gefahr des Bolschewismus war auch nicht zu unterschätzen.

In diesen Spätsommertagen holte er wieder einmal das Manuskript einer Novelle hervor, das er seit sechs Jahren nicht mehr angefasst hatte: »Wahn« lautete der Titel. Als Suzanne ihn besuchte, zeigte er ihr das druckfertige Typoskript. Es sei eine eigenartige, eigentlich ganz einfache Geschichte, sagte er dazu. »Einer hat Angst, wahnsinnig zu werden und wünscht von seinem Bruder, der Arzt ist, er möge ihn bei Ausbruch der Krankheit mit einem schmerzlosen Gift töten. Später steigert er sich aber derart in die Angst hinein, für wahnsinnig zu gelten, dass er es wirklich wird und seinen Bruder ermordet.«

Suzanne war begierig, die Novelle zu lesen, zumal er noch hinzufügte, keine seiner Arbeiten habe ihn je so in Zweifel gestürzt. »Ich trage die Idee seit mehr als zwanzig Jahren mit mir herum. Irgendwann habe ich eine erste Fassung geschrieben, dann eine zweite und eine dritte. Ich war bestimmt fünf Jahre damit beschäftigt, dann habe ich den Entschluss gefasst, die Novelle nicht zu veröffentlichen.«

Was der Grund sei, fragte sie

Er konnte es ihr nicht erklären. Er hatte sich das selbst oft genug gefragt. War es die Verwischung der Grenze zwischen Wahn und Wirklichkeit? Der Brudermord? Oder eignete sich das absolut Pathologische grundsätzlich nicht für ein künstlerisch gedachtes Werk?

»Eine Frage der Qualität war es nicht«, sagte er. »Ich

habe diese Wahnsinnsnovelle eigentlich nie für künstlerisch wertlos gehalten.«

Er hatte verschiedene Titel ausprobiert: »Der Verfolgte«, »Der Gehetzte« oder »Die Brüder«. Auch mit »Wahn« war er nicht glücklich. Vielleicht hatte sie einen Vorschlag? Er gab ihr eine Abschrift mit. Einen Durchschlag schickte er auch nach Berlin, um die Meinung von Olga und Heinrich zu erfahren. Plötzlich wollte er es wissen. Auch Clara erhielt eine Kopie. Als Suzanne gegangen war, nahm er sich das alte Manuskript wieder vor, mit heftigen Unlustgefühlen und zugleich sehr gespannt.

Am nächsten Tag las er es zu Ende. Und war wieder völlig ratlos. Als Suzanne anrief, von ihrer Erschütterung sprach und für Veröffentlichung plädierte, verärgerte er sie mit lauter selbstkritischen Einwänden. Sie war davon geradezu unangenehm berührt. Dabei kannte sie doch seine Zweifel. Wollte sie ihn mit ihrem Urteil vielleicht trösten? Aus seiner Depression befreien? Als sich dann Olga und Heinrich bei ihm meldeten, beide sehr beeindruckt, und auch von Clara glaubwürdig Zuspruch kam, ergab er sich schließlich. Er schien in diesem Fall sich selbst kein besonders guter Ratgeber zu sein.

Und der Titel? Suzanne hatte eine Idee, Clara kam gleich mit einer ganzen Liste. Und wundersamerweise befand sich unter ihren Vorschlägen auch der von Suzanne: »Flucht in die Finsternis«. Er würde an der Novelle noch viel feilen müssen, aber das kannte er, das scheute er nicht. Immerhin hatte sie jetzt einen Namen.

Suzanne suchte sich derweil mit Clara gut zu stellen. Sie telefonierten miteinander und hatten vor, gemeinsam sein Theaterstück »Die Schwestern oder Casanova in Spa« zu übersetzen. Er ließ sich von beiden über die Gespräche unterrichten, eine aufschlussreiche Doppelperspektive. Schade, dass es so etwas nicht öfter gab. Früher, während ihrer Ehe, hatte er einmal heimlich in Olgas Tagebuch hineingeschaut. Er hätte auch gern Claras Tagebücher gelesen, am liebsten verschiedene parallel, so wie seins und Lilis. Was ihn an fremden Tagebüchern faszinierte, war das Unmittelbare, das selbst hinter den Selbsttäuschungen und Beschönigungen auszumachen war, vor allem in der Jugendzeit. Suzanne, die elf Jahre älter als Lili war, hatte ihm kürzlich ihr Mädchentagebuch anvertraut, und er war sehr berührt gewesen. Sie war ihm dadurch noch näher gerückt, falls das denn möglich war.

Einmal begleitete Suzanne Clara an seiner Statt heim: nach einem Nachtmahl bei ihm, an dem neben den beiden Frauen auch Franz Werfel und Alma Mahler-Werfel teilgenommen hatten – sie waren seit Sommer vergangenen Jahres miteinander verheiratet –, außerdem Anton Wildgans, der seit Kurzem wieder, wie schon einmal Anfang der zwanziger Jahre, Direktor des Burgtheaters war. Wildgans war auf den unverständlichen Wunsch so vieler Österreicher nach einem Anschluss an das Deutsche Reich zu sprechen gekommen. Er hatte, wie zuvor auch schon öffentlich, für die staatliche Eigenständigkeit Österreichs plädiert. Es war eine angeregte Unterhaltung gewesen, bis spät in die Nacht.

Als er tags darauf am Telefon mit ihr über den Abend sprach, berichtete Suzanne, wie viel Hoffnung für Clara damit verbunden sei, dass ihr neues Theaterstück »Das

Fräulein von Corday d'Armont« vom Burgtheater angenommen würde, wo es nun schon eine ganze Weile lag.

Hedy hatte sich vorerst beruhigt. Als er ihr einen Spaziergang vorschlug, war sie entzückt: »Endlich wieder einmal so schöne anzügliche Gespräche, wo man frei von der Seele weg plaudern kann. Das geht nur mit dir!«

Sie wanderten auf vertrauten Wegen: Oberwiedenstraße, Gallitzinberg und hinunter ins Liebhartstal. Es waren kaum Menschen unterwegs. Die ersten Herbstblumen leuchteten in der Sonne, was beide entzückte. Und mitten im Wald sahen sie ein kleines Karussell, das der Besitzer für ein einziges Kind laufen ließ. Dann kam ihnen ein junger Mann entgegen, der den Mantel über dem Arm trug, seinen Hut aufhatte und eine große Aktentasche in der Hand hielt. Sie schauten sich amüsiert an.

»Am meisten fesseln mich doch immer wieder die Menschen«, sagte er. »So müsste man ein Theaterstück beginnen lassen: das Ringelspiel und der kleine Sohn des Besitzers, der unausgesetzt auf dem bunten Auto herumfährt und hupt. Und dann kommt ein Mann mit Hut daher, der sein Mittagessen in der Tasche trägt.«

»Glaubst du, das tut er?«

»Ich stelle es mir einfach so vor. Phantasie ist immer dabei.«

In dem Moment entdeckte er in der Nähe einen herrenlosen Hund und versteckte sich hinter Hedy. Sie kannte seine Phobie und musste lachen.

»Keine Angst, der läuft gleich weiter. Soll ich dir von meinem derzeitigen Liebhaber erzählen?«

»Natürlich. Ich bin doch immer neugierig. Und alles interessiert mich, mein Kind, wenn du es erzählst.«

»Er ist schrecklich langweilig. Er hängt an seiner Mutter und lässt sich von ihr herumkommandieren. Und ich habe keine Lust, darauf Rücksicht zu nehmen. Als er es gewagt hat, zwei Nächte hintereinander bei mir zu verbringen, wurde sie prompt krank, hatte Gallenkoliken und sagte ihm, es wäre besser, sie hätte ihn nie geboren. Aber wenn er mich dann besucht, ist es auch wieder recht schön.«

Er erzählte ihr von Marienbad und seinem Entschluss, Clara jetzt weniger häufig sehen zu wollen. Mehr sagte er nicht, kein Wort fiel über Suzanne. Auch Hedy schwieg. Nach einer Weile fragte sie: »Liebst du mich noch?«

»Mehr denn je«, sagte er ohne Zögern und lächelte dabei. Sie wusste ja, dass er eine andere liebte.

Bei ihrem nächsten Treffen, vier Wochen später, spazierten sie nur ein wenig durch die Straßen in der Nähe, da das Wetter trübe war und es zu regnen drohte. Er berichtete Hedy vom Umbau seines Hauses: »Ich hatte gerade eine lange Konferenz mit dem Baumeister. Es geht um Mauerungen, neue Türen und Ventilation, natürlich auch um Malerarbeiten. Eine Menge an Veränderungen.«

Sie waren gerade vor einem Neubau in der Gersthofer Straße stehen geblieben, um ihn zu begutachten, als wie aus dem Nichts Clara erschien, vielleicht zufällig, vielleicht, weil sie ihnen nachspioniert hatte. Sie lief rasch vorbei und sagte nur: »Guten Morgen, Herr Doktor!«

Er war so überrascht, dass er nur stammeln konnte: »Das ist sie …«

»Wer? Deine neue Geliebte?«, fragte Hedy.

»Nein, natürlich nicht. Das war Clara.«

»Das war Clara? Ich kenn' dich jetzt seit elf Jahren, und heute seh' ich sie zum ersten Mal. Was wird sie jetzt denken?«

»Dass du ihre Konkurrentin bist. Dummerweise habe ich in der Früh einen Spaziergang mit ihr abgelehnt, des schlechten Wetters wegen. In Wirklichkeit wollte ich lieber mit dir ein wenig durch die Gegend laufen. Ich werde sie nachher gleich anrufen.«

Und das tat er, kaum dass er zu Hause war. Wegen Hedy konnte er Clara dann schnell beruhigen, da er gelegentlich von ihr erzählt hatte. Aber prompt fragte Clara nach: »Wer dann? Ich weiß doch, dass allerlei geschieht, wovon du mir nichts sagst.«

»Clara, ich bitte dich, ich bin ein alter Mann. Meine Nerven versagen. Meine Libido ist schwach, mein Interesse an Frauen flau. Das ist es, was du spürst. Du erlebst mich doch selbst.«

»Wenn du mit mir verreist, erlebe ich dich anders.«

»Das sind Ausnahmen, das ist nicht der Alltag. Ich fühle mich ausgelaugt. Mehr kann ich dazu nicht sagen. Und ich habe es dir schon so oft erklärt: Freundschaft und Freiheit. Das heißt auch: keine Fragen dieser Art.«

Aber sie ließ nicht locker. Als er sie zwei Tage später zu Hause besuchte, ging es wieder los. »Ich will doch nur die Wahrheit von dir hören. Damit ich mich darauf einstellen kann. Ist das zu viel verlangt?«

Nein, das war es nicht. Aber ihm war der Mund verschlossen. Und sie ging jetzt alle durch, die sie in Verdacht hatte. Wenn es nicht immer noch Olga war, dann vielleicht doch diese Pianistin, Lili Kraus? Oder die Studentin, die ihre Dissertation über ihn geschrieben und ihn mehrfach besucht hatte? Oder Ruth Lindberg, die auch zu ihm nach Hause kam?

Ruth war seine Heilgymnastin, das war nun wirklich an den Haaren herbeigezogen. Mit der Studentin war Georgette Boner gemeint, 27 Jahre alt. Sie hatte in der Schweiz mit einer Arbeit über »Frauengestalten bei Arthur Schnitzler« promoviert und ihn in der Tat fasziniert. Inzwischen war ihre kluge Untersuchung auch als Buch erschienen. Und sie hatte ihn mehrmals besucht, einmal sogar mit ihrem Vater. Es war um ihre Zukunftspläne und wissenschaftlichen Projekte gegangen.

So konnte er Clara in allen Fällen beruhigen. Und nach der einen, der Entscheidenden, fragte sie nicht.

22

Am Telefon war Suzanne, der tägliche Morgenanruf. »Wie geht es dir heute, Liebster?«

»Diese innere Unruhe immer, entsetzlich«, sagte er. »Hypochondrien und Minderwertigkeitsgedanken. Ich bin dem hilflos ausgesetzt. Entschuldige, Suzanne, jetzt fange ich schon wieder damit an. Du hast genug eigene Sorgen.«

»Ich höre mir deine an, du dir meine. So einfach. Dafür haben wir uns. Hab Geduld mit dir, lass dich nicht von solchen Gedanken beherrschen. Du bist fleißig. Plötzlich ist wieder etwas fertig. Oder du zauberst etwas aus der Schublade.«

»Wildgans wird die ›Schwestern‹ frühestens 1932 rausbringen. Danach will er auch anderes von mir wieder spielen. Das hat er wenigstens versprochen.«

»Dieser Mann ist ein Glücksfall für dich. Endlich wird am Burgtheater wieder Schnitzler aufgeführt. Das wurde Zeit. Und warum erst im übernächsten Jahr?«

»Es bleibt dabei, dass er erst den ›Weiher‹ bringen möchte, weil er damit eine Uraufführung hat. Die Premiere soll schon im Februar stattfinden.«

»Das ist großartig. Ich werde dabei sein.«

»Aber nur, wenn du ohnehin in Wien bist. Der Premierentermin darf für deine Pläne keine Rolle spielen. Alles andere ist wichtiger. Innerlich habe ich mich von dem Stück längst wieder abgewandt. Ich kürze, stelle um und verfalle in Depression. Und doch bleibt die Zufriedenheit, dass es am Burgtheater rauskommt. Anders wäre es noch schlimmer.«

»Der Gang zum Weiher«: Seit vier Jahren lag das Schauspiel in einer Buchausgabe vor, aber keine Bühne hatte bisher zugegriffen. Anfragen und Anläufe gab es zwar, aber dann waren entweder nicht die richtigen Schauspieler gefunden worden oder die Pläne aus anderen Gründen gescheitert. Auch die vormalige Direktion des Burgtheaters hatte ihn hingehalten, weder Ja noch Nein gesagt. Ihm war sein dramatisches Gedicht, wie er es gern nannte, immer sehr lieb gewesen. Gelegentlich war er sogar ein wenig stolz darauf. Auch wenn er sich nicht unbedingt für einen begnadeten Verskünstler hielt, so schienen ihm doch einzelne Strophen wohlgelungen zu sein, auch im dramatischen Sinn. Und eine rhythmisierte Sprache war für die Schauspieler die beste Möglichkeit, Spielleidenschaft und rhetorisches Talent zu zeigen.

Seine immer wieder aufflackernde Abwehr gegen das Stück, das lange vor Lilis Tod gedruckt vorlag, mochte auch damit zu tun haben, dass ihn so vieles darin an sie erinnerte, manches ihm geradezu unheimlich vorkam. Der

Freiherr von Mainau, die Hauptfigur, schwärmte da einem alten Freund von seiner Tochter vor: »D'rum eine Tochter wünsche dir Sylvester,/Wie mir der Himmel gütig sie beschert,/Die – wer sie auch entführte – unser bleibt./Und immer nah', wie weit sie auch entrückte.«

Das hatte er bis heute nicht verstanden: Wie kamen die Worte und Sätze in den Kopf, plötzlich und unerwartet, nicht etwa am Schreibpult, nein, auf einem Spaziergang, einer Bank im Park, bei einem einsamen Nachtmahl – woher kamen diese Einfälle und warum oft in fertiger Gestalt, Sätze, die es rasch zu notieren galt, bevor sie wieder verflogen waren? Selbst wenn ein Gedanke vage im Kopf blieb ohne Notiz: mit dem genauen Wortlaut war auch dessen Wesenskern entschwunden.

Wie waren ihm schon vor Jahren diese Zeilen über die Liebe einer jungen Frau zu einem älteren Mann in den Sinn gekommen? Es war wiederum der Freiherr, der sich keine Illusionen macht: »Und jauchzte heut ihr unerfahrener Sinn,/Dem grauen Haupte zu, das ihr vom Hauch/Der Ewigkeit umwittert dünkt; – lasse nur/Geringe Frist vergeh'n – so ist dahin/All, was dein Zauber war …«

Aber er war eben doch nicht ganz dahin, der Zauber. Das Leben gehorchte keinem Versmaß. Da war jetzt ihre Stimme am Telefon, und für den Moment war alles gut.

»Wenn die Proben erst einmal begonnen haben«, sagte Suzanne, »wird das Theater deine Stimmung heben. Das ist deine Welt, und diese Bühne ganz besonders. Die Schauspieler werden den ›Weiher‹ lieben, glaub mir. Du musst mir versprechen, Arthur, nichts von deinen Zweifeln nach außen dringen zu lassen. Die Leute warten nur drauf.«

Er sagte: »Claras ›Corday‹ hat Wildgans nun endgültig abgelehnt. Ich habe mit ihm darüber gesprochen. Ihm gefällt das Stück sogar, er nannte es kultiviert, aber eher episch als dramatisch. Und für das Burgtheater eben doch nicht recht geeignet.«

»Das tut mir leid für sie. Die Arme! Es war ihr so wichtig. Ihre letzte Hoffnung, wie sie mir sagte. Aber muss es gleich das Burgtheater sein? Da sollen sie lieber Schnitzler spielen.«

»Ja, es ist traurig für sie«, sagte er. »Sie erlebt derzeit so viele Enttäuschungen. Auch ihre beiden Söhne bereiten ihr immer wieder Kummer, und dann die ewigen Geldsorgen. Und ich bin ihr größtes Unglück.«

»Nein, das bist du sicher nicht. Wir sind alle drei in einer unglücklichen Situation. Bei mir daheim häufen sich die Auseinandersetzungen mit Friedrich. Alle sind wir nervös, und keiner weiß, woran er ist.«

»Doch, wir beide.«

»Ja, wir beide. Aber wir dürfen es niemandem zeigen.«

Sie schwiegen. Dann sagte er: »Ich mache mir große Sorgen um dich, Liebes. Du arbeitest zu viel. Es ist überhaupt zu viel. Deine Kinder, dein Roman, deine Übersetzungen, unsere unmögliche Liebe, unsere stundenlangen Gespräche. Dann deine Versuche, dich mit Clara gut zu stellen, eure Zusammenarbeit. Und deine unermüdlichen Anstrengungen, meine Werke in Frankreich durchzusetzen. Wie willst du das alles auf Dauer durchhalten?«

»Mich stört am meisten die unablässige Unruhe zu Hause. Immer kommt jemand mit Fragen, das Hauspersonal, die Kinder. Ich komme einfach nicht zum Arbeiten.

Und dann bin ich wieder voller Reue, dass ich mich zu wenig um die Familie kümmere. Ich bin manchmal wirklich am Ende. Wenn ich dich nicht hätte, wäre ich es längst. Du glaubst nicht, wie gut es tut, mit dir darüber sprechen zu können. Aber lass uns später weiterreden. Jetzt wünsche ich dir erst mal einen schönen Tag. Und sei zufrieden mit dir!«

Als sie zwei Stunden später wieder anrief, auch das schon ein Ritual, hatte er inzwischen mit Clara gesprochen. Er sagte zu Suzanne: »Sie ist entsetzlich enttäuscht über die Absage von Wildgans, obgleich ich sie von Anfang an gewarnt habe, sich zu viele Hoffnungen zu machen.«

»Arthur, sie erwartet deinen Trost. Du musst für sie da sein.«

»Du weißt, welche Mühe ich mir gebe. Auch wenn es bald wirklich nicht mehr geht. Dieses Ausredengewebe, das unumgängliche, es überfordert mich, es macht mich depressiv. Heute war sie sehr ruhig, sie ist ja klug und kann es klar benennen. Im Grunde hat sie nur den einen Fehler, dass ich sie nicht liebe, nicht genug liebe. Oder sagen wir so: dass ich eine andere liebe.«

»Die dich auch liebt. Meinst du die?«

»Ja, und die offenbar dabei ist, einen sehr guten Roman zu schreiben. Ich habe vorhin die ersten Seiten deiner Abschrift gelesen. Heute Nachmittag lese ich den Rest. Kommst du denn trotz all der Störungen voran?«

»Ich versuche es. Und ich habe schon Neues, das ich dir gern vorlesen würde. Aber nur, wenn dir das Bisherige gefällt. Und du musst mir versprechen, genauso ehrlich zu sein wie Clara gegenüber. Keine Liebesdienste.«

»Da kannst du ganz beruhigt sein. Wenn es um Literatur geht, kenne ich keine Rücksicht.«

Gleich nach dem Gespräch setzte er sich wieder in seinen Lesesessel, zog den Schemel heran, legte die Füße hoch und eine Wolldecke über die Beine. Es war natürlich, anders als er behauptet hatte, keineswegs leicht, das Literarische vom Persönlichen zu trennen. Ihr Roman war höchst autobiografisch und ergriff ihn mehr und mehr. Sie war eine Begabung. Und er war glücklich: über das Gelungene und darüber, ihr unumwunden gratulieren zu können. Seine Suzanne wurde in diesem Roman ganz greifbar, und er musste sich zwingen, erst zu Ende zu lesen, bevor er sich mit ihr verbinden ließ.

»Ich bin überrascht«, sagte er und legte eine Kunstpause ein. »Ich habe wirklich nicht erwartet, etwas so Großartiges zu lesen.«

Ihre Reaktion war ein erleichtertes Aufschluchzen, etwas zwischen Lachen und Weinen.

»Und ich möchte gern schnell die Fortsetzung hören, wann immer du Zeit findest. Komm einfach her und lies mir vor.«

»Gleich heute Abend? Um sieben?«

Sie kam und las ihm lange vor, von seiner Ermutigung beflügelt. Sie blieb auch zum Nachtmahl, sie sprachen über die Angst vor einem neuen Krieg, über das beschädigte Ansehen der Deutschen im Ausland nach der Wahl, über die Sorge um die Kinder und den Absturz eines englischen Luftschiffs am Tag zuvor. Es war wieder einmal Mitternacht geworden, als er sie nach Hause begleitete.

Das Luftschiffdrama mit fast 50 Toten hatte sich in

Frankreich abgespielt und füllte die Zeitungsseiten. »Das größte Luftschiff der Welt vernichtet«, so überschrieb die »Neue Freie Presse« ihren Bericht. Es hatte ein internationaler Demonstrationsflug der R-101 werden sollen, die noch ein Stück länger und schwerer war als LZ-127 »Graf Zeppelin«, zu schwer offenbar, denn das Luftschiff hatte bei schlechter Sicht an Höhe verloren, Baumwipfel gestreift und sich in einen Felsen gebohrt. Auch Tage danach waren nicht alle Brandherde des Wracks gelöscht.

Ganz im Schatten dieses Dramas stand eine zweite Flugkatastrophe, die sich am selben Tag ereignet hatte. Unmittelbar vor der planmäßigen Zwischenlandung in Dresden war ein Flugzeug der Lufthansa auf der Route von Berlin nach Wien mit sechs Passagieren und zwei Mann Besatzung an Bord abgestürzt. Es gab, anders als in der Schweiz, keinen einzigen Überlebenden. Das Flugzeug war ebenfalls eine Neukonstruktion, eine einmotorige M20 von Messerschmitt, eines von drei erst vor Kurzem ausgelieferten Exemplaren.

Er studierte alles, was in diesen Oktobertagen in den Zeitungen darüber zu lesen war. Gemeinsam mit der Familie seines Bruders lauschte er am Radio der Trauerfeier für die Toten des Luftschiffs. Und ihm kam wieder sein Traum in den Sinn, der Traum von der Luftfahrt, die ihm bevorstand und die er, was alle schon wussten, nicht überleben würde.

DRITTER TEIL

Flucht in die Finsternis (1931)

In den 5. Akt gehören solche Dinge nicht.

Arthur Schnitzler (Tagebuch)

23

Ein halbes Jahr später lag das riesige Stahlskelett immer noch an der Stelle, wo das Luftschiff abgestürzt und ausgebrannt war. Für die 48 Toten gab es neben der Dorfkirche ein Gemeinschaftsgrab mit einer Erinnerungstafel, auf der sämtliche Namen eingraviert waren. Schaulustige kamen und gingen, Experten untersuchten das Wrack, und Schrotthändler wurden damit beauftragt, das wertvolle Material zu bergen. Auch die Zeppelinwerke in Friedrichshafen waren unter den Abnehmern.

Mai 1931. Er war fest entschlossen, seinen 69. Geburtstag allein zu verbringen. Er buchte im Südbahnhotel auf dem Semmering ein Zimmer für drei Nächte. Suzanne wollte er gleich danach in Wien treffen, am Abend des Tages, an dem sie 33 würde. Dass sie einen Tag nach ihm Geburtstag hatte, wusste er erst seit Kurzem. Ihm war einmal mehr erschreckend klar geworden: 69 und 33 – magische Zahlen, aber mehr als eine Generation lag dazwischen.

Bevor er abreiste, fragte ihn Clara, wann er vom Semmering zurück sein werde. Er ließ es offen. Sie begleitete ihn dennoch zum Bahnhof. Es ging ihr nicht gut, das war ihr anzumerken. Sie litt seit Längerem unter Gallenkoliken und hatte auch jetzt offenbar Schmerzen. Als er besorgt nachfragte, sagte sie nur: »Es ist doch ganz uninteressant, ob mir etwas wehtut oder nicht.« Er erwiderte nichts, um den Abschied nicht noch mühsamer zu gestalten. Inzwischen empfand er den Konflikt als derart unlösbar, dass er Angst hatte, an ihm zugrunde zu gehen.

Erst als die Türen geschlossen waren und der Zug sich gemächlich in Bewegung setzte, fiel die Anspannung nach und nach von ihm ab. Er konnte wieder durchatmen. Die Ausfahrt aus der Stadt, die bekannten Gebäude und Straßen vermittelten ihm wieder jenes beglückende Heimatgefühl, das einen überwältigen kann, wenn man weiß, dass man zurückkehren wird. Bald schon, er hatte den Übergang kaum wahrgenommen, breitete sich vor dem Fenster ein weiter Horizont aus, Hügel und Wälder waren zu sehen. Und ebenso übergangslos verschwamm ihm die vorbeigleitende Natur mit dem inneren Blick zurück. Sein Sohn hatte Ruth geheiratet und war schon wieder von ihr geschieden. Vielleicht war ihm das elterliche Beispiel eine Warnung gewesen, die sich quälend hinziehende Ehe. Die beiden jungen Leute hatten jedenfalls rasch gehandelt. Und es schien weder für Heinrich noch für Ruth ein Drama zu sein.

Das eigene dagegen wollte kein Ende nehmen. Auch das ging ihm nun durch den Kopf, ob er wollte oder nicht. »Lass mich doch endlich gehen«, hatte Clara vor wenigen

Tagen schluchzend bei ihm daheim gesagt, vor ihm kniend, während er stumm und wie versteinert in seinem Sessel saß. »Wenn du nicht anders zu mir sein kannst, dann lass mich gehen. Für immer.« Doch anstatt sie beim Wort zu nehmen und ziehen zu lassen, hatte er sich verzweifelt die Haare gerauft, ein lächerlicher Auftritt, und sie festgehalten. Sie solle ihn bitte nicht verlassen und schon gar nicht auf diese Weise. Er könne eben nicht mehr geben und ihr nur Freundschaft anbieten, hatte er gesagt, wieder einmal. Und sie: »Es müsste eine Freundschaft des Herzens sein. Und vor allem: Ehrlichkeit zwischen uns. Keine Geheimnisse!« Es war erbärmlich, vor allem seine eigene Rolle dabei.

Auf der anderen Bühne, der des Burgtheaters, hatte er eine bessere Figur abgegeben. Sein »Gang zum Weiher« war bei der Uraufführung im Februar freundlich beklatscht worden. Mehrmals hatte man ihn auf die Bühne gerufen. Suzanne war in Paris gewesen, aber von ihrem Mann hatte er einen herzlichen Brief zur Premiere erhalten, mit Dank dafür, dass er Suzannes Leben eine Richtung gegeben habe, womit natürlich die Übersetzertätigkeit gemeint war. Hedy, die Unberechenbare, hatte ihm einen prunkvollen bordeauxroten Schlafrock geschickt und dazu bemerkt, ganz so, als wäre sie seine Geliebte: »Du magst doch so gern Brokat, Samt und Seide.«

Die Zugfahrt ermüdete ihn auf wohlige Weise. Er verlor einen Faden, fand einen anderen. Er dämmerte vor sich hin, und so kamen die Figuren ungerufen auf die innere Bühne. Dieser Abend neulich bei ihm, als er mit dem Ehepaar Clauser im Garten sitzt und sie unaufhaltsam auf das

Thema Ehebruch und Betrug, Lüge und Wahrheit zusteuern. Es wird dann trotzdem noch ein schöner Abend und ein angeregtes Gespräch.

Nur wenige Tage zuvor hatte ihm Suzanne berichtet, dass Friedrich mit einer Duellforderung für den Fall gedroht habe, dass sie ihn, ihren Ehemann, betrügen würde. Er mochte Friedrich. Während Suzanne einmal in Paris war, hatte er ihn sogar zu Hause angerufen und sich nach dem Wohlergehen der Kinder erkundigt.

Dann ein anderer Abend, eine größere Runde: Richard und Paula Beer-Hofmann sind dabei, außerdem Clara und Suzanne. Plötzlich deren Schwindelanfall, beileibe nicht der erste, und Clara kümmert sich im Nebenzimmer um sie. Später erfährt er, dass sie bei der Gelegenheit diffuse Drohungen gegenüber der sich langsam erholenden Suzanne ausgesprochen habe, natürlich keine Duellforderung, aber doch die Ankündigung einer zu erwartenden Katastrophe, sollte ihr jemand den Geliebten entfremden.

So fuhr er mit halb geschlossenen Augen in den Abend hinein. Es blieb jetzt, Mitte des Monats, schon länger hell, und als er gegen neun Uhr endlich das Südbahnhotel betrat, blickte er zufrieden auf das vertraute Interieur, freute sich auf das komfortable Zimmer, auf die Spaziergänge und Wanderungen. Außerdem hatte er genügend Bücher dabei, er würde im Lesezimmer seine Ruhe haben. Was ihn außerdem froh stimmte: Die »Vossische Zeitung« hatte soeben mit dem Abdruck seiner Novelle »Flucht in die Finsternis« begonnen; bis Ende des Monats würden die täglichen Fortsetzungen noch laufen.

Natürlich führte ihn der erste Weg am nächsten Tag

hinauf auf den Pinkenkogel, ein steiler Aufstieg, den er aber gut bewältigte, auch wenn er sich hin und wieder auf einer Bank niederließ, hauptsächlich – so seine Entschuldigung vor sich selbst –, um die Landschaft auf sich wirken zu lassen. Und seinen Gedanken nachzuhängen.

Heute war er noch 68, Suzanne 32, machte zusammen 100, ein hübsches Zahlenspiel auch das. Und alles, was mit ihr zu tun hatte, war für ihn von einem Zauber umgeben. Im März hatte er sein Testament ergänzt, das seit der Niederschrift im August 1918 nicht mehr verändert worden war. Suzanne sollte nach seinem Tod sämtliche Einnahmen aus ihren Übersetzungen ins Französische erhalten, als geringes Zeichen seiner Dankbarkeit für ihre Bemühungen – so die Formulierung –, seine Werke im französischen Sprachraum zu propagieren. Seine Tagebücher, daran hatte er nichts geändert, sollten frühestens zwanzig Jahre nach seinem Tod veröffentlicht werden, soweit sie im vergangenen Jahrhundert geschrieben waren, und vierzig Jahre danach, soweit sie aus der Zeit nach 1900 stammten, also Olga und alles Spätere betrafen.

Oben auf dem Pinkenkogel ließ er sich von der Bedienung ein Glas kalte Milch bringen, sein liebstes Getränk nach einer so beschwerlichen Wanderung. Was für ein Ausblick! Hohe Tannen, Hügel und Wälder bis zum Horizont. Er überließ sich dem ziellosen Schauen und seinen Gedankenfluchten.

Später, auf dem Rückweg, ging ihm durch den Kopf, wie eigenartig es doch war, dass man eine Wegstrecke wieder zurückgehen und all das aus einem anderen Blickwinkel wahrnehmen konnte, was man schon hinter sich gelassen und jetzt wieder vor sich hatte. Dass einem der Rückweg immer kürzer vorkam, war bekannt. In diesem Fall ging es zudem bergab.

Dann war der Tag da, an dem sich sein 69. Lebensjahr vollendete. Nun ging es geradewegs auf die siebzig zu. Er rief gleich am Morgen bei Clara an. Es wurde ein sehr kurzes Gespräch. Befangenheit auf beiden Seiten. Sie fragte gewunden, ob es gestattet sei, ihm alles Gute zu wünschen. »Es ist gestattet«, antwortete er. Wann genau er zurück sein würde, fragte sie nicht, was ihn erleichterte. So konnte er danach ausgiebig mit Suzanne telefonieren, ohne eine Unterbrechung fürchten zu müssen. Sie freue sich auf den morgigen Tag, sagte sie. Er werde pünktlich am frühen Abend da sein, versprach er.

So geschah es. Bei Clara meldete er sich nicht. Und so saß er allein mit Suzanne auf seiner Terrasse beim Nachtmahl, sie feierten ihren 33. Geburtstag und nachträglich seinen eigenen. Es wurde spät, und er begleitete sie heim. Dass er an diesem Abend schon wieder in Wien war, musste Clara geahnt haben. Sie habe ihn nicht in Verlegenheit bringen wollen und sich selbst Besuch eingeladen, sagte sie am nächsten Morgen, als er sie anrief. Gern hätte er etwas Liebevolles erwidert. Aber es fiel ihm nichts ein.

Nachdem er aufgelegt hatte, dachte er, wie gern er eine Ehe geführt hätte, die ihn jetzt vor all dem bewahren würde, mit einer Frau, die nicht nur kluge Kommentare zu seinen Werken abgeben konnte, sondern eine ihm zugewandte, zärtliche Partnerin war, und das nicht nur als Gegenleistung für die Erfüllung ihrer Forderungen oder Maßregeln, eine, die jetzt im Alter an seiner Seite stehen würde, trotz seiner zunehmenden Schwäche und Verzweiflung. Aber so war es nun einmal nicht.

Gelingen und Misslingen lagen in der Kunst wie im Leben so eng beieinander, dass Zeit vergehen musste, um im Rückblick zu erkennen, ob es das eine oder das andere war. Und oft war es nicht einmal dann eindeutig. Eben noch schien etwas geglückt, am nächsten Tag stellte es sich als eitle Selbsttäuschung heraus, am Tag darauf gab es wieder Zufriedenheit und Versöhnung: mit sich, einem Text, einer Liebe.

24

Er saß, nach einem gemeinsamen Abendspaziergang, mit Hedy auf einer Bank. Der weite Blick vom Schafberg hinunter auf Wien, auf seine Stadt, die er gegen keine andere tauschen wollte. Ihnen zu Füßen Wiesen, Felder und Bäume, dahinter im leichten Dunst die Donau, die Votivkirche und in weiter Ferne der Stephansdom. Er war wehmütig, er schwieg. Auch unterwegs hatte er nicht viel gesprochen.

»Wenn ich dir nur helfen könnte«, sagte sie. »Du wirkst so traurig und verloren.«

»Ach, Hedy, ich bin es ja. Über Lilis Tod komme ich niemals hinweg. Und mein Leben? Ich empfinde meine ganze Situation als unmoralisch und irgendwie lächerlich.«

»Du musst dich schonen, mein Freund. Du arbeitest so viel, auch wenn du immer von dir behauptest, dass du gar nichts mehr schaffen würdest.«

»Die Arbeit ist das, was mich zusammenhält. Ja, es stimmt, mir ist nicht übermäßig wohl. Aber wir wollen hoffen, dass es wieder einmal Übergänge sind. Wenn man nur wüsste, wohin. Oder lieber nicht.«

»Du machst mir Angst«, sagte sie.

»Mein liebes Kind, das will ich nicht. Aber einmal wirst du aufwachen, und ich werde gestorben sein. So einfach ist das.«

»Sag das nicht.«

Er gab sich einen Ruck, wandte sich ihr zu und lächelte: »Früher wollte ich immer einen Roman über dich schreiben, über so eine ungebundene und eigensinnige junge Frau wie dich.«

»Das hätte mir gefallen.«

»Und zugleich voll erotischer Energie. Lili war dir da sehr ähnlich. Als Olga ihr einmal wegen ihrer Schwärmereien Vorhaltungen machte, rechtfertigte sie sich damit, dass sie es von ihrem Vater geerbt habe. Was soll man dazu sagen?«

»Vielleicht einfach, dass es stimmt?«

Sie schwiegen einen Augenblick. Dann sprach Hedy weiter, wobei sie sich eine Träne aus dem Auge wischte, ob die nun echt war oder nicht: »Obwohl wir nie ein richtiges Verhältnis hatten, bin ich immer noch so eifersüchtig auf deine neue Geliebte. Als wenn ich ein Recht darauf hätte. Du hast mir vor vielen Jahren einmal den Unterschied zwischen Erotik und Sexualität erklärt: Es komme darauf an, ob man einen süßen Nachgeschmack verspüre. Damals hast du hinzugefügt, dass das bei Clara leider nicht der Fall sei. Aber mit deiner neuen Geliebten wohl schon?«

Er überging es und fragte nach einer Weile: »Gab es eigentlich einen Augenblick, wo es möglich gewesen wäre?

Zwischen uns beiden?« Das wollte er doch wissen, jetzt, wo es nicht mehr darauf ankam.

»Das kann ich dir genau sagen«, begann sie eifrig. »Nachdem deine Tochter gestorben war, wollte ich ganz und gar zu dir kommen. Du hast so verzweifelt an meiner Schulter gelehnt. Es war wie eine Flucht vor diesen Frauen, die sich gegenseitig umlauerten, dich belagerten, selbst da, wo du in Ruhe trauern und weinen wolltest. Ich wollte dich ganz ernsthaft da rausholen. Ich glaubte damals, dass ich nur kommen müsste, die Einzige, die du wirklich willst. Das hattest du mir ja oft genug gesagt. Dann hättest du sie alle wegschicken können, war mein Gedanke.«

Sie machte eine längere Pause, als müsste sie überlegen, ob sie fortfahren sollte. Dann sagte sie: »Damals bildete ich mir ein, sie alle verdrängen zu können. Ich weiß noch, wie ich mir sagte: Er ist es doch immer gewesen! Was hindert dich? Du musst es mit dem Verstand entscheiden. Alles spricht für ihn, nur für ihn. Ja, und dann die Woche im Hotel, du weißt schon. Ich hatte meine Zimmertür nachts nicht abgeschlossen.«

Er musste nun doch lachen. »Und das sagst du mir erst jetzt?«

Es war ein Spiel, das wussten sie beide, und es tat gut, über die versäumten Möglichkeiten zu reden, ohne ihnen nachzutrauern.

Damals, vor sechs Jahren, als sie endlich für ein paar Tage zusammen in einem Hotel gewohnt hatten, in getrennten Zimmern zwar, aber Tür an Tür, waren sie wie gewohnt gewandert, hatten viel miteinander gesprochen, aber ohne ihr sonstiges Lieblingsthema zu berühren, hatten zusammen gespeist, von anderen Gästen taxiert und beobachtet. Aber es war ihnen nicht möglich gewesen, die wenigen Meter über den Flur zu bewältigen. Vielleicht war es gerade das, was sie gehindert hatte: dass es plötzlich im wahrsten Sinne so nah, so greifbar und eigentlich versprochen war. Denn dass sie eines Tages gemeinsam Urlaub machen wollten, war lange schon Thema gewesen. Wie oft hatten sie davon geredet. Und es immer wieder verschoben. Und so war beiden sehr bewusst gewesen, dass es nun, im Engadinerhof in Pontresina, hätte passieren können, dass eigentlich alles darauf hinauslief.

Aber es kam eben nicht dazu. Sie waren stattdessen viel unterwegs gewesen, meist am Vormittag. Er hatte sich dann, nach dem Lunch, in den Lesesaal zurückgezogen, um zu arbeiten, sie hatte Tennis gespielt oder im Liegestuhl gelesen und geschrieben. So gingen die Tage dahin. Der Wunsch, mit Hedy endlich eine Nacht zu verbringen, ihren Körper zu betrachten und zu spüren, dass sie seine Geliebte würde, war schlagartig in sich zusammengebrochen. Vielleicht auch nie real gewesen.

Jedenfalls fühlte er sich beim Abschied erleichtert, und sie wohl auch. Sie hatte ihn zur Bahn begleitet, und im Zug hatte ihn eine Art Wohlgefühl ergriffen, wieder allein zu sein. Erst Wochen später, in Wien, deutete sie ihm an, dass sie gleich nach seiner Abreise einen anderen Hotelgast verführt hatte. Erst wollte sie damit nicht herausrücken, sagte betont geheimnisvoll, dass sie ihm etwas Bestimmtes frühestens in zwei Jahren anvertrauen könne. Doch sie hatte seiner Neugier und dem eigenen Mitteilungsbedürfnis schnell nachgegeben. Zwei Stunden später schon kannte er das Wesentliche der Geschichte nach seiner Abreise, drei Tage später wusste er alles über ihre verrückte Affäre mit dem Holländer.

»Wir waren dumm damals«, sagte sie.

Er sah sie lange an, sah hinab auf Wien, seine geliebte Heimatstadt. »Das lässt sich später immer leicht behaupten«, sagte er dann.

25

Ob es klug war, noch einmal eine gemeinsame Reise zu wagen, wie von ihr gewünscht, fragte er sich von vornherein. »Wir können uns auch gern weit voneinander entfernte Zimmer nehmen«, hatte Clara gesagt.

Er war nicht mehr in der Verfassung, ihr etwas abzuschlagen. Also noch einmal Semmering, wieder im Südbahnhotel – zwei weitere Wochen dort, dachte er, das müsste doch auszuhalten sein, auch mit ihr. Zu arbeiten hatte er genug dort oben. Die Endkorrektur der Novelle »Flucht in die Finsternis«, die im Oktober als Buch erscheinen sollte, war zu erledigen. Und er beabsichtigte, sich seine schon recht weit gediehene Erzählung »Der Sekundant« vorzunehmen, an der er seit vier Jahren sporadisch arbeitete. Schließlich stand auch eine Revision des frühen Theaterstücks »Der Ruf des Lebens« an. Er hatte es erst vor wenigen Tagen wieder hervorgeholt und schon einige veränderte Szenen diktiert. Er war damit einer Bitte von Heinrich nachgekommen, der das Schauspiel am Volkstheater inszenieren wollte.

Die Reise fand im Juli 1931 statt, als auch die »Graf Zeppelin« noch einmal Wien besuchte und auf dem Flugfeld Aspern vor Anker ging, in jenem Monat, als die deutsche Danatbank vor dem Zusammenbruch stand. Und sich Lilis Todestag zum dritten Mal jährte. Es herrschte wieder eine drückende Schwüle in Wien, die wenigen Gewitter hatten kaum Abkühlung gebracht.

Das deutsche Luftschiff, das vier Tage vor der Semmering-Reise in Wien landete, war von der »Neuen Freien Presse« gemeinsam mit dem Österreichischen Aeroklub gechartert worden, um noch einmal einen großen Rundflug über Österreich zu ermöglichen. Mehrere Reporter waren im Einsatz, um das Ereignis zu begleiten und die Beteiligung der Zeitung gebührend herauszustreichen.

Und dann machte die deutsche Bankenkrise einen Strich durch die Rechnung, indem sie die Schlagzeile der Ausgabe vom folgenden Tag bestimmte. Es war in der Tat beängstigend, was da in Berlin passierte. Und die Redaktion tat ihm leid; er konnte gut nachvollziehen, dass sie sich nach Kräften mühte, beide Ereignisse unter dem Titel »Zahlungseinstellung einer deutschen Großbank« zu verkoppeln, die Zeppelinfahrt nicht völlig zur Nebensache geraten zu lassen. Und so lauteten die pathetischen ersten Sätze des Aufmachers: »Noch klingt uns der Jubel der hunderttausendköpfigen Menge in den Ohren, da das Luftschiff ›Graf Zeppelin‹ in Aspern landete, und schon verschwinden alle Bilder der Freude vor dem Schrecken einer gewaltigen Katastrophe. Heute früh wird bekannt, dass die Darmstädter und Nationalbank, Danatbank genannt, ihre Schalter geschlossen hat. Damit ist eine Großbank ersten Ranges vernichtet.«

Die Reichsregierung garantiere zwar per Notverordnung für die Einlagen, schrieb die »Neue Freie Presse«, doch fürchte man, dass Deutschland mit dem Problem alleingelassen werde. In einem Kommentar wurde gefragt: »Sind sich die Mächtigen in allen Ländern darüber im Klaren, wie sehr sie dem blutigen Radikalismus von rechts und links in die Hände arbeiten durch den Mangel an jeglicher Solidarität im Bürgertum?«

Der Österreichfahrt des Luftschiffs wurden immerhin mehrere Seiten eingeräumt. Der Kapitän der »Graf Zeppelin«, Hugo Eckener, wurde ausgiebig mit seinem Dank für die Einladung zitiert: Er wolle nicht politisch werden, hoffe aber, »dass wir einmal eine vollständig geschlossene kulturelle Gemeinschaft bilden werden«. Deutlicher war ein Vertreter des Österreichisch-deutschen Volksbundes geworden, der das Luftschiff als »Wahrzeichen der großen deutschen Nation« begrüßt und den Besuch als Symbol bezeichnet hatte – für das ganze deutsche Volk, »dem wir angehören«.

Die Bankenkrise füllte die Zeitungsseiten auch noch in den folgenden Tagen. »Die Sorge um die Beschaffung von Zahlungsmitteln« wurde in einem »Telegramm unseres Korrespondenten« gemeldet. »Im wilden Wechsel überstürzen sich die Ereignisse nach der Schalterschließung der Danatbank«, hieß es. Die Börsen von Berlin und Budapest waren geschlossen worden.

Er las es mit größtem Unbehagen. Es schürte die Angst.

Überhaupt war die Zeitungslektüre kein Vergnügen mehr. Die Zeiten waren nicht danach. Und wie stets versteckten sich manche Schrecknisse in den kleinen Meldungen. »Verhaftung eines nationalsozialistischen Totschlägers in Wien«, stand da. Oder: »Attentat auf ein Kino in Frankfurt«. Dort war eine Handgranate geworfen worden, als gerade »Im Westen nichts Neues« gezeigt wurde, die Verfilmung des Romans von Remarque; zum Glück hatte es nur Sachschaden gegeben. Schließlich die Meldung: »Hitler will die Regierung übernehmen.« Dessen Begründung: Es drohe die Bolschewisierung als Folge des allgemeinen wirtschaftlichen Ruins, und allein die nationale Opposition sei fähig und auch sofort bereit, diese Entwicklung aufzuhalten. »Niederringung des Bolschewismus in jeder Form« sei das Ziel, auch mit »scharfen Mitteln«. Er fand es wenig beruhigend, dass diese Nachricht nur kurz war, und legte die Zeitung rasch aus der Hand.

Auf dem Semmering war noch viel vom Überflug der »Graf Zeppelin« die Rede. Die anderen Gäste berichteten den Neuankömmlingen aufgeregt von dem Erlebnis. Aus den Zeitungsberichten wusste er, dass das Luftschiff auf 1400 Meter Höhe gestiegen war, um hier seine Runde zu drehen, begrüßt von winkenden Menschen vor den Hotels und auf den Dächern.

Mittags um eins waren Clara und er eingetroffen, und schon am Nachmittag saß er in der Halle des Südbahnhotels und vertiefte sich in die Umarbeitung seines Stücks »Der Ruf des Lebens«, dessen zweiten und dritten Akt er überarbeiten wollte. Er hatte immer noch die böse Kritik nach der Uraufführung am Berliner Lessingtheater im Ohr, was ihm nur mit negativen Urteilen passierte. Es war 25 Jahre her und wieder einmal der alte Vorwurf gewesen: Er entnehme seine Stoffe lediglich einem kleinen Spezialgebiet von erotischen Erlebnissen, die keinerlei allgemein menschliche Bedeutung hätten. Die Geschichte einer jungen Frau, die ihren kranken und bösartig-undankbaren Vater über Jahre umsorgt und mithilfe eines Arztes schließlich tötet – kein menschliches Sujet?

Das Arbeiten fiel ihm hier oben schwer. Er fühle, so notierte er im Tagebuch, wie die Unhaltbarkeit seiner Lebensverhältnisse seine Arbeitskraft völlig lähme. Hinzu kam, dass im Lesezimmer die Wiener Zeitungen auslagen. Und auch wenn er sich die Lektüre eigentlich lieber erspart hätte, schon, um nicht abgelenkt zu werden, griff er doch jeden Tag danach.

Und es gab auch Erstaunliches zu lesen. So hatte der englische Premierminister erklärt, die Alliierten hätten den Deutschen nicht ein solches Maß an Abrüstung auferlegt, weil sie deren militärische Stärke fürchteten, vielmehr solle dies nur einen ersten Schritt zu einer Begrenzung »aller Rüstungen« darstellen. Das klang naiv, wie er fand, und allzu optimistisch. Zumal zwischen den Zeilen die Angst vor einem neuen Krieg nur umso deutlicher wurde. Sogar von Mussolini wurde eine Erklärung zitiert, dass die Abrüstung derzeit eine der wichtigsten Fragen sei: Die Einsparungen würden den internationalen Handelsbeziehungen wieder auf die Beine helfen – sonst drohe der Kommunismus, besonders in Deutschland mit gut sechs Millionen Arbeitslosen.

Er schaute hinaus, wo sich ein prächtiger Regenbogen zeigte, der ihm das Gefühl gab, wenigstens hier oben geschützt zu sein. Außer natürlich vor Regengüssen. Am nächsten Tag schien schon wieder die Sonne, und der Himmel war makellos blau. Er machte sich allein auf den Weg, ließ sich auf einer Bank nieder und skizzierte im Notizbuch einige Ideen für die Erzählung »Der Sekundant«, die ihm immer besser gefiel. Das bereitete ihm mehr Vergnügen als die mühsame Arbeit am Theaterstück. Überhaupt fand er nichts angenehmer, als sich fern vom Schreibpult Einfälle zu notieren, von denen er gar nicht wusste, ob sie verwendbar sein würden. Das hatte eine wunderbare Leichtigkeit, und für einen Moment fühlte er sich wohl mit dem Notizbüchlein in der Hand, im Einklang mit sich und der Natur. Er dachte an Suzanne, die mit ihren Kindern ins tschechische Zöptau gereist war und versprochen hatte, ihm regelmäßig zu schreiben.

Dann war er wieder mit Clara unterwegs. Sie saßen nebeneinander auf einer Bank, als er die neuen Szenen des Schauspiels durchsah. Unvermittelt begann sie zu weinen. Er ignorierte es, aber später im Restaurant des Hotels erörterte er mit ihr die Möglichkeit medizinischer Hilfe für ihren Nervenzustand, was sie sofort mit den Worten zurückwies: »Du weißt doch, dass mir nur eines helfen würde. Wenn ich mit dir glücklicher sein könnte.«

Es sei unerträglich, sagte er daraufhin, als Krankheitsursache vor ihr zu sitzen und zugleich als fakultatives Heilmittel. Es seien ein paar Probleme zu viel für ihn.

Am erträglichsten war das Zusammensein mit Clara, wenn sie ihm in ihrem Zimmer aus einer neuen autobiografischen Arbeit vorlas, die er gern lobte, umso mehr, als sie ihm wirklich gefiel. Clara übergab ihm auch den Korrekturbogen von Aphorismen zu lesen, der ihr von der »Neuen Freien Presse« hierher nachgesandt worden war. Er werde durch die Lektüre einiges besser verstehen, sagte sie dazu. Ihre Gedanken seien schriftlich vielleicht überzeugender, als wenn sie sie mündlich vortrage.

Und so las er: »Schweigen kann die feigste aller Lügen und die grausamste aller Wahrheiten sein.« Er war überrascht, wie deutlich sich ihre eigene Befindlichkeit in diesen Aphorismen spiegelte: »Freundschaft kann manchmal den Keim einer großen Liebe in sich tragen und sich vielleicht in Liebe wandeln. Sie kann aber niemals ihr Ausklang oder ihr Ende sein.«

Oder auch: »Empfindet man erst einmal das, was man gibt oder empfängt, als eine erfüllte Pflicht, dann liegt die Liebe in den letzten Zügen, und man sollte ihr rasch den Todesstoß versetzen.« Das richtete sich direkt an ihn. Wie auch ihre Ansicht über Eifersucht, die immer eine Ursache habe und »im Dunkeln tappend etwas sucht, das sie verloren fühlt«. Eifersucht sei der Instinkt der Liebe, sie bringe schließlich die Gewissheit, dass das, was vermisst werde, »für immer entschwunden ist oder an Andere verschenkt oder von Andern – gestohlen wurde«.

Es schmerzte ihn, dass er den Anlass für diese verzweifelten Sentenzen gegeben hatte. Aber dann erwachte auch sein innerer Widerstand gegen ihre Haltung, gegen das kaum verborgene Selbstmitleid und die unterschwellige Anklage: War er denn schuldig? Wo war ein Ausweg? War er nicht selbst verzweifelt?

Um ihr etwas Gutes zu tun, bot er Clara an, sein Badezimmer zu benutzen, das größer war als ihres und außerdem über eine Badewanne verfügte. Was er dabei nicht bedachte: Im Papierkorb lag ein Briefumschlag von Suzanne. Während er deren täglich eintreffende Briefe unbeobachtet in Empfang nahm und sicher verwahrte, warf er die Umschläge einfach weg.

Und so entdeckte sie Clara. Zunächst einen, dann, offenbar gezielt auf der Suche danach, in den folgenden Tagen weitere. Das erfuhr er aber erst, als er noch eine Unachtsamkeit beging und Clara gegenüber behauptete, seine Übersetzerin habe ihm eine Postkarte aus Zöptau geschickt und lasse sie grüßen. Das sagte er, weil es ihm am unverdächtigsten und glaubwürdigsten erschien, um jeden Verdacht von Suzanne abzulenken.

Als er Claras skeptisches Gesicht sah, wiederholte er, was ihm inzwischen fast schon automatisch über die Lippen kam: Er könne nicht mehr Wärme geben, als ihm zur Verfügung stehe.

»Aber das Wenige teilst du auch noch«, sagte sie.

»Immer diese dummen Eifersüchteleien«, entgegnete er verdrossen. »Mal ist es Olga, mal die Pianistin, dann die Studentin. Und jetzt die Clauser. Was soll das?«

»Von der Clauser habe ich überhaupt nicht gesprochen. Aber es *ist* die Clauser.«

»Herrje«, rief er. »Nun hör schon auf damit. Ich leugne ja nicht, dass ich mit ihr befreundet bin, aber das ist auch alles.«

»Eine etwas merkwürdige Freundschaft, wenn sie dir täglich schreibt. Findest du nicht?«

In dem Moment wurde ihm klar, dass das Gespräch keine gute Wendung nahm. Um die Sache zu beenden, sagte er: »Ich schwöre dir bei allem, was mir heilig ist, dass ich nur einen Brief und eine Karte von ihr bekommen habe.«

Sie ergriff seine Hand wie eine Krankenschwester und sagte in feierlichem Ton: »Schau, Kind, es ist unwürdig, falsch zu schwören. Ich weiß doch, dass es in sieben Tagen mindestens sechs Briefe waren.«

»Du hast nur gesehen, dass Briefe aus der Tschechoslowakei kamen«, versuchte er es noch einmal und entzog ihr mit einem Ruck seine Hand. »Das waren Briefe von der Bank.«

»Nein, es war der Stempel von Zöptau auf den Umschlägen.«

Er spürte, wie ihn eine Welle von Wut durchströmte. Er schrie fast: »Diese elende Spioniererei!« Dann sagte er leise mit drohendem Unterton: »Wage es nicht, etwas gegen diese Frau zu unternehmen!«

Clara antwortete betont ruhig: »Nein, ich werde sie nicht erschießen, ich werde auch ihrem Mann keinen anonymen Brief schreiben. Aber sie hat sich genommen, was bisher mir gehörte, auch wenn da nichts Erotisches im engsten Sinn sein sollte. Ich verstehe es nicht: Die Frau hat doch alles, eine Familie, zwei kleine Kinder. Warum nimmt sie das Wenige, was mir noch geblieben ist? Was ich machen werde, weiß ich nicht. Auf jeden Fall werde ich jetzt gehen. Du bist frei, und ich bin es auch.«

Matt sagte er: »Glaub mir doch, du hast keinen Grund, böse auf mich zu sein.«

»Ich bin dir nicht böse. Ich hasse dich auch nicht. Ich gebe dir nur den Weg frei.«

Noch am selben Tag reiste Clara ab. Als sie packte, saß er schweigend daneben. Er bat sie nicht, es sich anders zu überlegen und zu bleiben. Er saß am Fenster und schaute hinaus: blauer Himmel, ein herrlicher Sommertag. Sie wollte von ihm nicht einmal zum Bahnhof begleitet werden, sondern lieber allein im Bus dorthin fahren. Wie sie sich dabei fühlte, wollte er sich lieber nicht vorstellen.

Und das an diesem Tag, am 27. Juli. »Um diese Stunde vor drei Jahren landete ich mit Olga in Venedig, wo uns Arnoldo mit der Todesnachricht erwartete«, sagte er beim Abschied leise zu Clara.

»Ich weiß«, sagte sie. »Ich habe heute Morgen schon daran gedacht. Es ist schrecklich. Es ist alles schrecklich.« Dann stieg sie rasch ein, ohne ihn zu umarmen. Er blieb mit dem Gefühl zurück, dass es nun unwiderruflich zu Ende sei. Dass es so nicht mehr hätte weitergehen können, lag auf der Hand. Hoffnungen aller Art erfüllten ihn, auch die, dass es ihm vielleicht vergönnt sein könnte, sich wieder besser zu fühlen.

26

Er war allein in seinem großen Haus. Kein Hausmädchen war da, nicht seine Sekretärin, nicht die Köchin, weder Clara noch Suzanne noch Hedy. Er stand vor seinen Schränken mit den Schubladen. Wie hatte sich das alles angesammelt? Wozu bewahrte er die Sachen auf? War es Eitelkeit oder Unfähigkeit, sich von etwas zu trennen? Als Material für mögliche Novellen oder Bühnenstücke war es kaum tauglich. Da machte er sich nichts vor. So viele Werke, um all das zu verwerten, würde es niemals geben, nicht nur, weil es an Kraft und Lebenszeit mangelte. Es war einfach zu viel für einen Einzelnen.

Solange die Schubladen geschlossen blieben, konnte er sich der Illusion hingeben, von allem befreit zu sein. Aber es war nicht so einfach wegzudenken, auch nicht, wenn man die Augen davor verschloss. Er wusste nur zu gut, was da wohlgeordnet abgelegt war: Abertausende von Seiten, Entwürfe und Fragmente, seine immer noch unvollständige Autobiografie, komplette Korrespondenzen, eigene Briefe in Abschrift oder im Original, auch solche, die nie abgeschickt worden waren. Dann die Charakteristiken, die Aufstellungen und Listen, die Literatur über ihn, Bücher und Aufsätze, Berge von Kritiken, die ihm seit vielen Jahren von einem Ausschnittbüro geliefert wurden. Auch die Tagebücher, die er während der Ehejahre im Banksafe aufbewahrt hatte, lagen inzwischen vollständig hier im Haus. Und sogar seine frühesten literarischen Versuche hatte er aufbewahrt; es war weniger Stolz im Spiel als eine Art autobiografische Pedanterie, wie ihm bewusst war.

Je nach Stimmung erschien ihm sein Privatarchiv mal als Schatztruhe, mal als sinnlose Anhäufung. Manchmal empfand er es auch einfach als Last. Hatte je ein Schriftsteller so konsequent nahezu alles von und über sich gesammelt, um es für die Nachwelt zu bewahren? Denn nur so ergab es einen Sinn: in der Erwartung, es würde sich eine Institution finden, um das zu bewahren und zu sichten. Jeder Laie wäre damit überfordert. Und dass sich Heinrich, Kolap oder Clara dereinst damit befassen würden, das konnte und wollte er nicht erwarten.

Er wusste, dass auch Clara und Hedy Tagebuch schrieben und er darin eine Rolle spielte. Und er hoffte, wenn er ihre Aufzeichnungen schon selbst nicht lesen durfte, was sehr bedauerlich war, dass sie doch erhalten blieben und eines Tages mit seinen eigenen Sammlungen in einem literarischen Archiv vereint würden. Dazu sollte der Ruhm gut sein, dazu sollte der seine hinreichen: dass alles nach seinem Tod zusammenblieb, dass es nicht in falsche Hände geriet und nicht auseinandergerissen wurde.

Wie viel Zeit hatte er dafür investiert, und was hatte es Kolap an Mühe und Kraft gekostet, seinem Wunsch nach Dokumentation des eigenen Lebens zu entsprechen. Ohne auch nur einen einzigen Einwand zu erheben, einen Zweifel zu äußern an der Sinnhaftigkeit dieser Arbeiten, der Auflistungen, der Abschriften. Seit vielen Jahren erledigte sie all dies ohne Murren. Unermüdlich fertigte sie Kopien und Exzerpte an, die er ihr stehend diktierte oder die sie abschrieb. Sie stand treu an seiner Seite, nicht nur an, auch auf seiner Seite, nicht blind, das nicht, aber voll Verständnis, Nachsicht und mit tiefem Respekt vor seiner Arbeit, selbst dann, wenn er selbst daran verzweifeln wollte.

Mit dem Alter nahm sein Verlangen nach Bilanz und Übersicht noch zu. Er wollte die Kontrolle über das Geschriebene behalten und über die öffentliche Wahrnehmung seiner Schriften. Er wollte nichts aus den Augen verlieren, nichts dem unzuverlässigen Gedächtnis überlassen. So ging kaum ein Brief aus dem Haus, von dem seine Sekretärin nicht zuvor eine Abschrift angefertigt hatte. Das hatte auch einen praktischen Nebeneffekt: Wenn ihm einmal eine Briefstelle besonders gelungen erschien, konnte er sie bei einem anderen Empfänger wieder verwenden.

Und Listen, immer wieder Listen: Sie anzulegen war ihm schon in jungen Jahren ein Bedürfnis gewesen. Sein Werkverzeichnis lag in einer Mappe, alphabetisch geordnet, mit den Daten der Entstehung, der Veröffentlichung oder Uraufführung, mit den Arbeitstiteln, in Einzelfällen auch eigenen Kommentaren zu späteren Kritiken dieser Werke. Auf diese Weise konnte er sich schnell einen Überblick über die jeweilige Entstehungsgeschichte verschaffen. Zu der im Weltkrieg entstandenen Novelle »Casanovas Heimfahrt« etwa gab es acht entsprechende Einträge. Im Februar 1915: »Casanova-Memoiren zu Ende gelesen«; im Juni: »zu diktieren begonnen«; im Juli: »vorläufig abgeschlossen«; dann im August 1917 noch einmal: »vorläufig abgeschlossen«; und schließlich im Oktober des Jahres: »Olga vorgelesen«. Mehr allerdings nicht, auch nichts über die Veröffentlichung im Jahre 1918. Das war die Crux all dieser Aufstellungen: Im Grunde hätten sie ständig aktualisiert werden müssen.

Es gab Listen seiner öffentlichen Vorlesungen und jener im privaten Kreis, Listen seiner Reisen, seiner Theaterbesuche, besonders vermerkt die »Aufführungen eigener Stücke in meiner Anwesenheit«. Er hatte in den Jahren 1911 bis 1919 sogar eine Aufstellung »Olga singt öffentlich« angelegt. Manche Liste hatte er irgendwann wieder aufgegeben, wie die der besuchten Orte seit seiner Kindheit: Sie umfasste zwar 67 locker getippte Seiten im Oktavformat, hörte aber 1927 auf. Dann hatte er offenbar die Lust verloren. Ohnehin waren Ortsangaben, sofern er nicht in Wien weilte, im Tagebuch jeweils sorgsam nach der Datumsangabe verzeichnet. Sogar Listen über zu Ergänzendes gab es, eine unter der Rubrik »Weitere Charakteristiken kämen noch in Betracht«. Aufgeführt waren hier unter anderem die Gebrüder Mann. Das war allerdings auch nicht mehr auf dem neuesten Stand: Die Charakteristik über Heinrich Mann war inzwischen angelegt worden.

Zuletzt hatte er Kolap Listen von Personen erstellen lassen, die in seinen Tagebüchern Erwähnung fanden, je eine für die Frauen und eine für die Männer: Freundinnen und Freunde, Geliebte und Bekannte, Kollegen, Schauspieler, Besucher und Gastgeber, Haupt- und Nebenfiguren, Menschen, die ihm immer noch vertraut, und solche, die nunmehr bloße Schemen für ihn waren. Diese Personenregister mit den genauen Daten der Einträge erlaubten es ihm, die Betreffenden quer durch die Jahre und Jahrzehnte in seinen Tagebüchern zu verfolgen. Eine erschreckend hohe Zahl Toter war dabei. Überhaupt erschien es ihm unbegreiflich, wie viele menschliche Begegnungen es in einem langen Leben gab. Hunderte waren hier verzeichnet, insgesamt mochten es Tausende sein.

All das Angehäufte und Aufgelistete wieder verschwinden zu lassen, wie sollte das jetzt noch möglich sein? Es war nun einmal vorhanden, und die Verlockung groß, sich von Zeit zu Zeit damit zu beschäftigen, auch ohne gezielte Suche. Einfach so. Im Grunde nichts als Zeitvertrödelung, Scheu vor der Arbeit, Flucht ins Vergangene und ein allzu großes Interesse für sich selbst. Da machte er sich nichts vor. Aber es war jedes Mal wie eine kleine Expedition. Und wozu hatte man eine Vergangenheit, wenn man sie nicht hin und wieder besuchen konnte?

Er zog ein Bündel Briefe hervor: Rosa Freudenthal. An sie hatte er, warum auch immer, auf der Heimreise vom Semmering plötzlich denken müssen. Eine verheiratete Frau mit zwei kleinen Kindern, auch sie. Und schon ein Vierteljahrhundert tot. Das wusste er. Wann er sie das erste Mal getroffen hatte und unter welchen Umständen, hingegen nicht mehr.

Briefe hatten sie erst später gewechselt. Über den Anfang ihrer Beziehung konnte er also nur im Tagebuch Auskunft finden. Und im alphabetischen Verzeichnis der Frauen fand er dann auch den gesuchten Überblick: »Rosa Freudenthal: 1897.28.6., 30.6. (ff.), 4.7., 4.8., 10.8., 11.8., 22.8. (ff.), 18.9. (Abschied), 16.10. (Brief zurück).« Weitere Begegnungen mit ihr waren für die Jahre 1898, 1899, 1903 und schließlich 1904 angeführt. Danach nichts mehr. Wieso waren so viele so jung gestorben?

Er suchte sich sein Tagebuch heraus. Und richtig: am 28. Juni 1897 hatte er Rosa zum ersten Mal gesehen, in jenem Sommer, in dem Marie Reinhard ein Kind von ihm erwartete. Als er das Tagebuch aufschlug, ahnte er schon, dass ihm die Wiederbegegnung keine reine Freude machen würde. Er studierte sein jüngeres Ich inzwischen mit großer Distanz. Und was er las, war tatsächlich mehr als befremdlich.

In Ischl war es gewesen, wo eine – wie es da hieß – »pikante Berlinerin« sein Interesse auf sich gezogen hatte. Drei Tage danach tauchte sie, Rosa, als »Frau Y.« auf, was ihn jetzt selbst überraschte. Sonst verwendete er im Tagebuch eigentlich stets Vornamen oder Initialen. Es war aber zunächst bei »Y.« geblieben: »Mit Y. im Wald« oder: »Gespräch mit Y. stundenlang beim Frühstück«. Ein Grund für diese Namensgebung könnte gewesen sein, dass er in diesen Tagen und im selben Hotel auch mit einer Risa, die eigentlich Therese hieß, »unerhörte Zärtlichkeiten« ausgetauscht hatte. »Ich log sie viel an, war aber so entzückt, dass es beinah wahr war.« Risa hier, Rosa dort, vielleicht war ihm das selbst etwas merkwürdig vorgekommen. Jedenfalls stand schon wenige Tage später da: »In der Nacht Y. bei mir.«

Und in dieser Nacht hatte sie ihm zu seiner Verblüffung gesagt: »Wenn ich einen Mann liebe, muss ich nicht unbedingt seine Geliebte werden, da ich auch so zu Gefühlen der Wollust komme. Wenn ich dagegen jemand nicht liebe, so wie dich, dann erlebe ich solche Gefühle nur, wenn ich seine Geliebte werde.«

Das war selbst ihm unromantisch erschienen, jedenfalls hatte es seine Eitelkeit verletzt. Am nächsten Tag hieß es nämlich: »Ich bin einfach verliebt in sie.« Und die schwangere Marie, die ihm täglich schrieb, wollte er vor ihrer Niederkunft am liebsten gar nicht mehr sehen.

Er las das heute mit Entsetzen. Was half es, dass dieser Kerl von Mitte dreißig sich laut Tagebuch als das »herzloseste, kälteste Individuum« vorgekommen war? Und festgestellt hatte, er sei »nur von Begierden, kaum von Gefühlen, von Rührungen vielleicht, aber nie von Innigkeit bewegt«? Wenn nichts daraus folgte? Es kam ja die Eifersucht hinzu, die ihn seinerzeit unentwegt plagte, auch im Fall von Y. alias Rosa. Es war da noch ein anderer Verehrer im Spiel gewesen. Und er hatte sich gleich wieder hintergangen gefühlt. Er könne es halt nicht ertragen, »dass eine abfällt«, so hatte er es damals formuliert. Dann folgte im Tagebuch wiederum eine Form von Selbstkritik. Die Eifersucht mache ihn »nahezu unzurechnungsfähig« und absorbiere ihn vollkommen. Und in Hinblick auf die schwangere Marie, die von all dem nichts erfahren durfte, hatte er, wie er schrieb, »die ganze Schwere meiner psychischen Erkrankung« empfunden. Aber ein Jahr später dann: »Warum kann man sie nicht alle haben, jede für sich allein, jede ohne Lüge, und jede ohne Qual für sich und für die andern.«

Einen Augenblick überlegte er jetzt, ob es nicht doch das Beste wäre, diese Dokumente seiner früheren Existenz zu vernichten. Musste er das hinterlassen? Niemand würde jemals all diese Geschichten und Parallelgeschichten seines damaligen Lebens rekonstruieren können. Er würde anders vor der Nachwelt dastehen. Wie konnte er wissen, in wessen Hände die Tagebücher nach seinem Tod einmal gelangen würden, ob die testamentarischen Bestimmungen ausreichend wären. Wie würde man später darüber denken? Alles Unwägbarkeiten.

Aber nein, er wollte keine Zensur ausüben, schon gar nicht gegen sich selbst. Vielleicht war gerade das hier sein Hauptwerk, sein Beitrag zur Moderne: die schonungslose Selbstdarstellung. Es ging ihm dabei nicht um stilistische Feinheiten, wie gewöhnlich, wenn er mit jeder Silbe rang. Bis heute fiel es ihm schwer, eine Novelle oder ein Bühnenwerk aus der Hand zu geben. Immer noch war ein Wort durch ein besseres zu ersetzen, ein Dialog flüssiger zu gestalten. Hier aber war gerade das rasch Geschriebene ohne spätere Korrekturen gefragt. Hier waren Beständigkeit, Beharrlichkeit und Durchhaltevermögen maßgeblich. Das hier war der Roman seines Lebens, ohne Beschönigung.

Er glaubte, sein früheres Ich heute besser zu verstehen. Mit jedem Mädchen, das er, wie er es damals leichthin formulierte, besessen oder genommen hatte, mit jeder Frau, die ihn begehrt und geliebt hatte, war er für kurze Zeit seinen Ängsten entkommen, den Todesängsten, Versagensängsten, Albträumen. Wenn eine Frau ihn für wert erachtete, so war das der Einlass in ein irdisches Paradies, aus dem ihn nur ihre Untreue wieder vertreiben konnte. Denn damit, dass eine Geliebte auch einem anderen diese Gunst gewähren konnte, allein die bloße Möglichkeit, jeder Gedanke daran, war nichts als Qual, weil es eine Rücknahme bedeutete und die gerade gewonnene Stabilität raubte. Alles kippte dann ins Gegenteil um. Und ein Gefühl des eigenen Unwerts, der Zurückweisung und Vernichtung brach sich Bahn.

Dass er selbst zur gleichen Zeit untreu war, ergab für ihn keinen Widerspruch. Jede Hingabe versprach nicht nur Lust, sondern war eine Aufwertung, gab ihm wieder ein Stück innere Stärke – und davon konnte er nicht genug bekommen. Und je massiver diese Aufwertung, diese Ermutigung, desto überzeugender war er als Liebhaber. Seine Freude an der Lust der Geliebten befeuerte sie beide. So entstand Sucht. Gegenseitig.

Mit Anfang zwanzig war ihm die Geselligkeit noch wichtiger gewesen als die eine oder andere Liebschaft, wichtiger auch als das Studium der Medizin. Mehr Energie und Zeit hatte er dem Karten- und Billardspiel gewidmet. Allerdings hatte er damals schon seinen Geliebten und Freunden gern aus seinen ersten literarischen Versuchen vorgelesen und sogar aus dem Tagebuch. Daran erinnerte er sich gut. Dann sah er wieder seine kleine Spitalswohnung vor sich, in der sein Pianino stand, auf dem er gern vorgespielt und improvisiert hatte, bisweilen nur mit der linken Hand, wenn er mit der rechten im blonden Haar einer Geliebten wühlte, die ihm zu Füßen saß. Manches Mal kam ihm die Verführung, abgesehen vom Gefühl des Vergnügens, wie eine Verpflichtung vor.

Warum hatten die Mädchen es ihm so leicht gemacht?

Warum flüsterte die eine ihm heimlich zu: »So hab' ich noch mit niemandem getanzt. Wenn Sie nur ein paar Jahre älter wären, ich heiratete Sie auf der Stelle.« Sie hieß Charlotte und hatte weiter gesagt: »Es gibt wohl keine Hoffnung mehr, den zu heiraten, der allein mich glücklich machen könnte.« Und eine gewisse Gisela hatte ihn wild geküsst, während ihr Verlobter im Nebenzimmer auf sie wartete: »Wenn ich meinen Bräutigam nur halb so liebhaben könnte wie Sie!« Das war fünf Tage vor ihrer Vermählung gewesen. War es da ein Wunder, dass er einer anderen vorgeschlagen hatte, die Nacht vor ihrer Hochzeit mit ihm zuzubringen? Diese »reizenden, dummen, verächtlichen, süßen Geschöpfe« hatte er sich notiert. Da war er 21 gewesen. Und angesichts der Untreue einer gewissen Betty hieß es sogar: »O Gesindel von Weibern!« Er hatte sich damals selbst gefragt, ob es bei ihm eine »geckenhafte Selbstzufriedenheit« gebe – sich aber dann gleich selbst zur Antwort gegeben: »Nein, ich spüre gar nichts davon.«

Gern hätte er Fotos von allen gehabt, von den Frauen und Mädchen, mit denen er seine Angstanfälle kurzfristig vertrieben hatte. Zum Teil, zum großen Teil, konnte er sich nicht einmal mehr an ihre Gesichter erinnern, wenn er auf bestimmte Namen, oft nur Vornamen, im Tagebuch stieß.

Nein, ihm gefiel der junge Mann von damals immer weniger, dieser Getriebene, der die Mädchen, ihre Liebe und ihre Lust ausnutzte. Seine permanente Eifersucht auf die Vorgänger war eine erregende Empfindung gewesen, das wusste er heute, die die jeweilige Geliebte für ihn interessanter gemacht hatte, was er aber verschwieg. Sie sollte mit sich und ihrer Vergangenheit hadern, vielleicht sogar das trügerische Gefühl haben, sie wäre von ihm geliebt, gar geheiratet worden, hätte es nur diese Amouren vor ihm nicht gegeben. Wie viel Verzweiflung hatte er damit ausgelöst!

Seine impertinente Sinnlichkeit schon in Jugendtagen: Bisweilen hatte er sich gefragt, ob andere überhaupt dasselbe meinten, wenn sie, falls überhaupt, über ein sexuelles Verhältnis sprachen, etwas, das manche offenbar problemlos in ihren Alltag integrieren konnten – ohne den Wahnsinn, die Entgrenzung, die völlige Unvereinbarkeit auch nur zu spüren.

Die Lust der Frauen hatte ihn erfüllt, ihre Schamlosigkeit fasziniert und beruhigt. Er fühlte sich dann verbunden mit ihnen, aber nicht beobachtet, nicht taxiert, nicht bewertet, nur begehrt. Es war ihm wichtig gewesen, dass sie sich bei ihm aufgehoben fühlten, sich gehen lassen und ihre Paroxysmen, ihre Höhepunkte, erleben und ausleben konnten, dass sie sich in seinen Armen sicher fühlten und beschützt. Darüber hatte er eine Zeit lang sogar Statistiken geführt. Wie war er damals fast verrückt geworden, wenn er mehrere Tage lang ohne die Lust auskommen musste, ohne das beglückte Seufzen und Stöhnen der Mädchen. Es war eine einzige Qual für ihn gewesen.

Und hatte er nicht Abbitte geleistet, indem das von ihm verursachte Leid in Novellen und Bühnenwerke eingegangen war? Nein, hatte er nicht. Was half es den Betroffenen? Fast musste es sie noch nachträglich verstören, dass er offenbar wusste, wie sehr er sie verletzt hatte. Andererseits: Sie hatten ihn ja gewollt, vielleicht auch nur seinen Ruhm, sie suchten den Schriftsteller, wollten selbst schreiben und taten es, andere, Schauspielerinnen wie Mizi Glümer und vor allem Adele Sandrock, hatten gehofft, dass er ihnen Rollen auf den Leib schrieb. Wie oft waren Liebesschwüre mit der Post ins Haus gekommen. Und er hatte alle Briefe gesammelt, wie zum Beweis dafür, dass es das wirklich einmal gegeben hatte, dass es wahr gewesen war: seine Leidenschaft, ihr Begehren.

So in Erinnerung versunken, stand er am Fenster. Er blickte in den Garten hinunter und sah doch nichts. Er starrte ins Leere. Das erlebte er jetzt öfter: Stillstand, Verharren, Verlorenheit.

Er war sich im Klaren darüber, und doch war es ein bestürzender Gedanke, dass er das, was er in bald einem halben Jahrhundert geschrieben, notiert, verschickt und empfangen hatte, nie mehr zur Gänze würde durchsehen können. Er hätte, um das vergangene Leben lesend nachzuvollziehen, das gegenwärtige stillstellen müssen. Die reine Aporie. Aber: In der Schrift war bewahrt, was sonst verloren wäre.

27

Natürlich war es nicht vorbei. Wie hatte er das bloß glauben können? Clara fuhr doppelgleisig. Während sie ihm gegenüber am Telefon dabei blieb, dass es endgültig aus sei, dass sie Vorbereitungen treffe, das Cottage zu verlassen und sich woanders eine Wohnung zu suchen, schickte sie zugleich an Ferry verzweifelte Briefe, in denen sie den gemeinsamen Arzt davon zu überzeugen suchte, dass sie doch nichts Unbilliges fordere.

Ferry zeigte ihm die Briefe. Und so las er: »Der einzige Grund, der uns wieder zusammenführen darf: dass er ohne mich unglücklich ist, dass er mich liebhat, dass er mich braucht.« Allerdings, so hatte sie dann geschrieben, keinesfalls unter dem Motto »Freundschaft und Freiheit«. Freiheit ja, aber nur bei größter Aufrichtigkeit und genauer Rechenschaft.

Sie war nicht davon abzubringen. Warum konnte sie seine Erklärung nicht gelten lassen, dass man in einem gewissen Stadium der Beziehung oder des Alters zur Liebe nicht mehr geneigt sei? Man konnte doch befreundet bleiben, warum nicht? Aber eben ohne Rechenschaft und Spionage. Das sagte er zu Ferry, der ihm in der Rolle des Boten und Mittlers leidtat. Die gute Seele war sichtlich überfordert. Wie er selbst ja auch.

Clara schrieb Ferry von Badgastein aus, wohin sie gleich nach der Rückkehr vom Semmering aufgebrochen war. In einem zweiten Brief wies sie die Vorhaltungen Ferrys zurück, dass ihre Unduldsamkeit der Grund für die Konflikte sei. Ihr Gegenargument: das »Übelbefinden« sei vielmehr auf das schlechte Gewissen zurückzuführen, das er, Arthur, ihr gegenüber habe, und auf die inneren Konflikte, die er sich überflüssigerweise schaffe. Wodurch und mit wem, ließ sie offen. Sie wolle kein Mitleid, hieß es zum Schluss, auch keine Anerkennung ihrer guten Eigenschaften – damit könnte man eine Wirtschafterin engagieren, aber »keine Beziehung wie die unsere führen«.

Er verstand sie ja. Und es lähmte ihn. Manchmal saß er im Sessel und war zu keiner Bewegung mehr fähig. Er konnte nicht einmal zu einem der Bücher hinter sich auf der Fensterbank greifen. Aber all das verflog, sobald er mit Suzanne zusammen war. Ihm wurde leicht ums Herz, und fast erschrocken stellte er fest, wie er die ferne Clara so gut wie vergaß. Nun, wo sie weg war, waren keine Ausflüchte, keine Lügen durch Verschweigen mehr nötig, wenn er mit Suzanne zusammentraf. So saßen sie entspannt auf seiner Terrasse, spazierten durch den Prater, speisten im Lusthaus – und bewerkstelligten es, Tage später gemeinsam nach Linz zu reisen. Zum ersten Mal waren sie zusammen in einer fremden Stadt. Abends spazierten sie am Donauufer entlang und redeten fröhlich aufeinander ein.

Am nächsten Morgen frühstückten sie zusammen, als wäre es das Normalste von der Welt, und fuhren dann im Auto Richtung Gmunden. Es regnete, und sie legten mittags eine Rast in Lambach ein. Sie hatten diese Fahrt in den Urlaub mit unterschiedlichem Reiseziel genauestens geplant, um wenigstens ein Stück der Route gemeinsam zu haben. Suzanne war auf dem Weg nach Bad Aussee, er blieb in Gmunden, wo Olga auf ihn wartete. Die Orte lagen nicht weit voneinander entfernt, und schon zwei Tage später kam Suzanne zu Besuch. Olga, die immer noch ohne Argwohn war, freundete sich rasch mit ihr an und zog sie ins Vertrauen. Sie beklagte sich über Clara, die verhindere, dass sie, Olga, wieder nach Wien ziehen könnte. Auch Heinrich und Arnoldo, die nacheinander eintrafen, lernten Suzanne kennen. Ihm gefiel das, aber er versuchte, es sich nicht zu sehr anmerken zu lassen.

Clara war informiert über den Aufenthalt in Gmunden, natürlich ohne dass Suzanne erwähnt worden war. Um sie zu besänftigen, hatte er in Aussicht gestellt, danach zu ihr nach Badgastein zu reisen. Aber was hieß das genau: danach? Sie schrieb ihm nach Gmunden und bat um genaue Terminabsprache. Er bereute inzwischen längst, das Angebot überhaupt gemacht zu haben. Es sträubte sich alles in ihm dagegen, Clara zu treffen.

Aber er musste jetzt umsichtig auf die bedrängenden Anfragen aus Badgastein reagieren. Zunächst redete sie ihn im Brief noch mit »Lieber!« an, gab sich verständnisvoll und bat ihn, nur das zu tun, was er sich zuliebe tun müsse: »Alles andere wäre von vornherein falsch, ganz falsch.« Sie würde allerdings gern bald wissen, ob er denn überhaupt komme, um Dispositionen zu treffen. Auch reiche ihr Geld nicht mehr lange.

Also legte er seinem Antwortbrief einige Geldscheine bei und gemahnte sie, vorerst zu bleiben, zumal doch ihre Kurzeit drei Wochen betrage. Sie könne ja eventuell auch zu ihm nach Gmunden kommen, wenn die anderen abgereist seien. Wann genau das sein werde, könne er ihr allerdings nicht sagen.

Sie schickte ihm das Geld umgehend zurück. Der Ton wurde frostiger. Ihr erscheine mittlerweile das geplante Wiedersehen als ein schlecht und lieblos inszeniertes Stück mit falscher Besetzung der Hauptrollen, schrieb sie. Es sei nicht einzusehen, dass immer nur sie Konzessionen machen müsse und, wie sie es formulierte, »von der anderen Seite nichts verlangt werden darf«.

Die andere Seite: das waren er und Olga. Um das noch einmal deutlich zu machen, rief Clara ihn in Gmunden an. Er sei nun schon zwei Wochen mit seiner geschiedenen, davongelaufenen Gattin zusammen, und vermutlich sei auch Frau Clauser in der Nähe. Er könne sie nun nicht länger hinhalten. Es war ein sehr unerfreuliches Gespräch, und hinterher setzte er sich gleich hin und schrieb einen Brief, in dem er sich jeden Eingriff in seine Bewegungsfreiheit verbat.

Die Antwort Claras kam per Express: Sein Brief habe ihr namenlos wehgetan. Nun seien für sie die letzten Zweifel beseitigt, dass sie den am Semmering betretenen Weg weiterzugehen habe. Er wisse genau, wie es in ihr aussehe, und welche Worte er hätte wählen müssen, »wenn Du mich wirklich *wiederfinden* wolltest«.

Er schrieb rasch und kurz zurück. Ein Treffen sei nun wohl nicht mehr sinnvoll und aussichtsreich. Aber er hoffe, sie in Wien bald zu sehen und grüße sie vielmals in aller Innigkeit und mit allen guten Gedanken. Und er unterschrieb mit »Dein Arthur«.

Tatsächlich hatte ihr Brief ihn sehr ergriffen, und als er sich am Nachmittag hinlegte, träumte er wieder einmal, was lange nicht geschehen war, von Lili: Sie sitzen alle vier am Familientisch, Lili, Heinrich, Olga und er. Die Tochter im Alter von fünfzehn. Er fragt, ob sie denn nicht tot sei. Sie schaut ihn ernst an, und er ergreift ihre Hand. Er wendet sich an die Mutter: »Könnt ihr mir schwören, dass ich nicht träume?« Olga beruhigt ihn. Lilis Tod sei nur geträumt, dies sei die Wirklichkeit. Er weint vor Glück.

Und so, mit Tränen in den Augen, erwachte er jäh aus diesem schönen Traum. Kurz darauf rief Clara an: Sie sei nun wieder in Wien und habe vor, dieser Tage ihre Wohnung endgültig zu verlassen. Es sei doch völlig egal, ob sie krepiere oder nicht. Da legte er auf. Und schrieb in sein Tagebuch: »In mir ein Gemisch von Kälte, Schuldgefühl und Weh.«

Er wollte die letzte Woche in Gmunden nutzen, um wieder zu sich selbst zu finden. Er ging ins Strandbad, schwamm dort manch ausgiebige Runde, was ihm stets eine Freude war, und er hörte sich belustigt Berufsideen von Olga an, die ihm alle bar jeder Realisierbarkeit schienen, ob es sich nun um den Posten einer Sekretärin in einer Kunsthandlung oder um die Leitung eines Sanatoriums handelte. Es war ihre Reaktion auf seine finanziellen Sorgen. Dabei hatte er ihr erst kürzlich einen größeren Betrag anweisen lassen und zu diesem Zweck ein Konto auflösen müssen, das von ihm einmal als Nachlassreserve angelegt worden war. Und er ging mit ihr und Heinrich liebend gern in die Konditorei – wo er zu seiner Überraschung und seinem Verdruss in der Auslage ein »Schnitzler-Törtchen« sah. Er bat dringend darum, diese Bezeichnung in Zukunft zu unterlassen.

Als er Heinrich und Olga zur Bahn brachte, sagte er, dass das ewige Adieusagen doch recht strapaziös sei. Daraufhin sie sofort: »Und eigentlich ein Unsinn!« Noch immer war sie offensichtlich jederzeit dazu bereit, in die Sternwartestraße zurückzukehren, wenn er sie nur riefe.

Am folgenden Tag besuchten ihn Dora Michaelis und ihr Mann, die Urlaub in Berchtesgaden machten. Es war ein wunderschöner Sommertag, und sie saßen im Hotelgarten. Als er kurz mit Dora allein war, erzählte er ihr, was ihn bewegte und fast verzweifeln ließ. Sie war wie stets eine aufmerksame Zuhörerin. Sie wurden unterbrochen. Es traf ein Expressbrief von Ferry ein. Clara habe einen Nervenzusammenbruch erlitten, es sei besorgniserregend. Nachdem er seine Gäste zum Bahnhof gebracht hatte, gab er ein Telegramm an den Arzt auf: Er werde morgen nach Wien zurückkehren.

Gleich nach seiner Ankunft besuchte er Clara und wiederholte ein weiteres Mal seinen Wunsch nach Freundschaft und Freiheit. Es war aussichtslos und längst ein lästiges Ritual. Ob ihm denn Ferry nicht mitgeteilt habe, dass sie darauf nie und nimmer eingehen werde? Dann sprudelte es aus ihr heraus: »Ich fordere, dass sich deine Beziehung zu Frau Clauser von jetzt an auf ihre Arbeit als Übersetzerin und gesellschaftliche Anlässe beschränkt. Du darfst sie nicht mehr allein treffen. Das gilt auch für Olga, die dich in Gmunden bestimmt wieder auf ihre Seite gezogen hat. Lieber bringe ich mich um, als so weiterzumachen. Es geht dich auch eigentlich gar nichts mehr an.«

Er verließ wortlos die Wohnung und ging zu Fuß zu seinem Bruder, um seine Nerven zu beruhigen. Er berichtete ihm von diesem Drama, aus dem es keinen Ausweg zu geben schien. Julius versuchte vergebens, ihm die Panik zu nehmen. Offenbar war er von seinem Schwiegersohn eingeweiht worden. Der, Ferry, rief noch am selben Abend an. Es sei etwas Furchtbares geschehen. Clara habe einen Selbstmordversuch mit Schlaftabletten unternommen.

Aber sie war gerettet worden.

28

Es ist genug. Auch du musst dich retten! Doch wie? Es gibt keine Lösung. Wer soll dich erlösen?

Die Dämmerung verdrängte allmählich die Finsternis. Er lag wach. Seit wie vielen Stunden schon? Bald würde es hell sein. Er würde aufstehen müssen, müde und zerschlagen, mit einem dumpfen Kopf. Aber noch lag er. Er schob sich ein zusätzliches Kissen unter den Kopf. Das brachte ihm Erleichterung, ließ ihn freier atmen. Er hielt die Augen geschlossen. Der lästige Schweißfilm auf der Haut, der schwere Atem, die Angst vor dem Tag. Er bewegte sich nicht. Du musst etwas tun, gegen den Verfall des Körpers, gegen deine Schwäche, den Schwindel. Das Versteckspiel muss aufhören! Die Verlogenheit, die Verlorenheit. Du musst es in Ordnung bringen.

Aber wie denn? Es geht nicht anders, es muss bleiben, wie es ist. Geheim. Geschützt. Das unverdiente Glück, du musst es unbedingt verteidigen. Es darf sich nicht abnutzen wie bei Olga. Du willst es nicht zerstören. Dafür bist du zu alt, um noch einmal ein solches Drama zu erleben. Einfach zu alt. Das kann auch von Vorteil sein. Es bleibt einfach nicht mehr genug Zeit für eine jahrzehntelang sich hinziehende Qual.

Was hilft das alles? Du bist für Clara verantwortlich. So unerträglich ihre Raserei, du wirst nicht nachlassen, dahinter ihre Hilflosigkeit, Verzweiflung, Liebe zu sehen, ihre Sorge um dich, ihre Einsamkeit ohne dich. Die Kränkung. Du bist ohnehin zu schwach, um noch etwas zu lösen, dich von Clara zu lösen. Euch zu erlösen. Du weißt, dass du dich an etwas klammerst, was dich beschwert, beschädigt, zerstört. Und auch sie. Unerträglich bist ja auch du, böse, verletzend und zerstörerisch. Deine Angst vor der Unumkehrbarkeit, wenn alles offenbar würde und zu Ende wäre, oder, schlimmer gar, danach alles so weiterginge, nur noch unerbittlicher, noch anklagender, vernichtender. Gegenseitig.

Ach, Clara, die Ahnungslose und insgeheim doch Wissende. Er ist nun wach. Und weiß: Er wird sich von diesem Wirrwarr im Kopf, diesen Bildern, die ihm durch den Schädel schießen, mitten hindurch, er wird sich von diesen irrlichternden Einsichten, die kommen und gehen, nur befreien können, wenn er jetzt sofort aufsteht. Wenn er zur Tür geht, den Tag beginnt, frühstückt, das erste Telefonat mit Suzanne führt, sich beruhigt und beruhigen lässt. Wenn er wieder Mut fasst, an die Möglichkeit glaubt, Worte zu finden, den richtigen Ton zu treffen, wenigstens für einige Seiten, ein paar Dialoge.

Aber er bleibt liegen, und er fragt sich, was der Wahrheit näher kommt: die Zerrbilder der Finsternis, das Grauen am Morgen oder die Beruhigung in der Tageshelle? Was täuscht besser? Sind nicht seine Albträume realistischer als jede Hoffnung auf Beruhigung? Bei Licht besehen, heißt es. In der Sprache ist die Erfahrung der Menschheit aufgehoben, gut aufgehoben, man ist nicht allein. Doch der Sprachgebrauch hat dem Schrecken die Spitze genommen. Bei Licht betrachtet, das soll ja heißen: Es ist alles nur halb so schlimm, lösbar, zu einem guten Ende zu führen.

Nein, das ist es nicht. Wer kann ermessen, was die Abwehr der destruktiven Energie kostet, was zerstört wird durch das depressive Ausharren, Aushalten, Durchhalten. Er erinnert sich nur zu gut der allmorgendlichen Weinkrämpfe nach der Scheidung von Olga, an die große Einsamkeit, aus der ihn nicht einmal Lili befreien konnte, und andere schon gar nicht, auch nicht die eine oder andere Geliebte.

Jetzt ist das anders. Suzanne würde ihn niemals so verteufeln wie Olga oder so entsetzt ansehen wie seine Marcolina den teuflischen Casanova im ersten Morgenlicht nach der erschlichenen Nacht: Alter Mann! Und das hat er geschrieben, als er 53 war. Nun ist er bald siebzig. Und er hört von Vorbereitungen, geplanten Festlichkeiten zu seinen Ehren: ein schrecklicher Gedanke.

Sie ist also gerettet worden, wie gut. Das hätte gerade noch gefehlt. Aber es ist schlimm genug. Man kann auch sagen: Das *hatte* noch gefehlt, diese endgültige Zuspitzung. So hat er es gleich am nächsten Morgen im Brief an Suzanne nach Thalheim berichtet. Man habe Schlafmittel in höchst *überflüssiger* Menge genommen. Mit diesem Pronomen. Nicht Clara, nicht sie, sondern: man. Das klingt herzlos, ja, aber es ist wohl verzeihlich. Wie soll ihn derlei noch erschüttern? Es ist genug. Er hat zu viele Selbstmorde erlebt. Er will das nicht mehr. Und der eine, der eigentlich keiner war, allenfalls ein dramatisches Versehen mit tödlichem Ausgang, er reicht ihm bis ans Lebensende.

Ja, er ist ungnädig gewesen, verhärtet bei seinem ersten Besuch danach. Es steckt zu viel Unechtheit dahinter. Auch wenn Clara geweint und geklagt hat, dass man sie gerettet habe: Sie war nie ernstlich in Gefahr. Die Dosis zu geringfügig, und es muss ihr klar gewesen sein, dass entweder ihr Sohn oder ihr Arzt nach ihr schauen würde. Auch von Ferry weiß er, dass der sich von Clara hintergangen fühlt. Der Selbstmord, er wird eine sinnlose Sache, wenn man dadurch keinem Menschen mehr einen Schmerz bereitet. Erst das heißt, sich völlig ins Nichts zu stürzen ... Das ist ihm schon bei anderer Gelegenheit durch den Kopf gegangen, das hat er so aufgeschrieben. Er hat auf der Bühne fragen lassen: Und was beweist ein Selbstmord am Ende? Vielleicht nur, dass man in irgendeinem Augenblick den Tod nicht recht verstanden hat ... Ein weites Land. Aber was genau hat er damit sagen wollen?

Und was genau hat ihm Clara sagen wollen? Der Abschiedsbrief, ihn sollte er offenbar lesen, sie hat ihn überbringen lassen, auch wenn es nun kein Brief zum Abschied geworden ist. Das hat ihn nicht überzeugen können, es hat ihn nur hartherziger gemacht. Und gleichgültiger. Du hast an ihrem Bett gesessen und geschworen, nie in Suzanne verliebt gewesen zu sein, und dass es, ja, das hast du tatsächlich gesagt, nicht einmal eine erotische Spannung zwischen euch gebe. So ein Feigling? Das hat sie nur noch mehr verwirrt. Aber es ist doch verzeihlich.

Was willst du? Du hast Lili verloren, deine Einzige, die Unersetzliche. Aber du hast Suzanne gewonnen, auch sie eine Einzige. Die Letzte, die Endgültige. Und nun steh auf, alter Mann! Denn das bist du ja. Wenn du hier liegen bleibst, wird es nicht besser.

Aber er will nicht, er kann nicht. Er lässt den Kopf zurück ins Kissen sinken. Ja, es war geschehen. Das Undenkbare, das, was sich nicht schickt für einen Mann von bald siebzig Jahren. Im Tagebuch hat er sich darüber ausgeschwiegen. Keine Triumphmeldung, kein Stolz, keine Notiz. Nur Erstaunen, Erzittern und Bangen. Wie ist das Glück zu ertragen? Suzanne hat von Seligkeit gesprochen. Sie hat es mit den Worten aus der Casanova-Novelle gesagt. Die eheliche Liebe sei Pflicht, Vergnügen vielleicht sogar. Mit ihm aber sei's Seligkeit. Das macht es nicht leichter. Und doch: wie schwerelos ist das Leben in dem Moment gewesen. Ja, Stunden, die gleich als glückliche geboren werden.

Und dann hast du dich gezwungen, es noch einmal mit einem Brief zu versuchen. Liebes Kind, hast du geschrieben, nur ein paar Worte, um die Diskussion zum Abschluss zu bringen. Aber du hast selbst nicht daran geglaubt. Freundschaft und Freiheit als Basis, es war lächerlich, das erneut zu erwähnen. Aber eine Schweinerei, wie sie gesagt hat? Das sei für einen logisch denkenden Menschen durchaus nicht einzusehen – hast du beim Niederschreiben wirklich geglaubt, sie würde es nun besser verstehen? In diesem Ton? Du hast doch selbst gewusst, dass es sinnlos ist, derlei überhaupt noch einmal zu formulieren. Jedem Wort ist anzumerken, dass es nicht an sich glaubt: Schon aus Selbsterhaltungstrieb bitte ich dich, auf weitere Unterhaltungen über dieses Thema nicht zu bestehen ... Wie sinnlos, all diese Versuche in so vielen Jahren, es in Worte zu kleiden – dabei ist alles in den Wind gesprochen. Was da geschrieben wird, kommt im tiefsten Sinne niemals an. Ist niemals angekommen. Wird niemals ankommen.

Nimmt es kein Ende? Wie sollte es, wenn du kein Ende machst? Clara schafft es nicht. So oft sie auch damit droht. Du selbst musst es tun! Aber es fehlt dir an Kraft. Heute mehr denn je. Oder ziehst du – nur ehrlich! – aus ihrer Anhänglichkeit immer noch eine Art Stabilität? Du lässt sie verzweifeln, sie hat sich auf einen gemeinsamen Lebensabend mit dir eingestellt. Davon kann sie nicht mehr weg. Die endlose Wiederholung. Der Albtraum. Du träumst ihn mit weit geöffneten Augen. Zum Verzweifeln.

Dann übermannt ihn erneut die Müdigkeit. Ein Zustand zwischen Schlummern und Wachen. Aber das selige Vergessen, es will sich nicht einstellen, es lässt sich nicht zwingen. Er taucht ein wenig ab, sieht sich dabei zu, wie das Gehirn umschaltet, ihn forttragen will in unbekanntes Gelände, dorthin, wo alles befremdlich miteinander verknüpft ist. Aber er öffnet seine Augen wieder, er will jetzt nicht träumen. Dabei sind sie ein Bestandteil des Lebens, die Träume. Sie sind ihm immer wichtig gewesen. Er hat vor Jahren schon beobachtet und festgehalten, wie wir im Traum zu Gefühlswahrheiten kommen, deren sich im Wachsein unsere Eitelkeit schämt.

Und dann die anderen Welten: die Krankheit, der Schmerz, das Schreiben – und die Lust, das einzig wirklich selige Vergessen der Last des Tages und der Nacht. Und natürlich das Gedächtnis, das bewahrt oder auch nicht:

noch so ein Souverän. Nichts ist ohne das andere. Nichts davon darf immerwährend sein, nichts davon ist entbehrlich. Nur Schlaf, nur Liebe, nur Erinnerung, nur Schmerz, nur die Schrift: das wäre unerträglich. Aber wenn nur eins davon auf Dauer fehlen würde: wäre das ein Leben?

Ihr Brief liegt auf dem Nachttisch. Es ist jetzt hell genug, um ihn noch einmal zu lesen. Wozu nur? Aus einem Pflichtgefühl heraus, aus Anstand vielleicht. Oder zur Bestätigung, dass ein ernst gemeinter Abschiedsbrief anders klingen würde. Die wenigen Zeilen, datiert auf den 26. August 1931. Er soll es nicht vergessen. Er soll sich schuldig fühlen. So ist es gedacht bei Sätzen dieser Art:

»Wohin mein Weg mich führt, ich weiß es nicht, – aber er führt mich weit fort von dir. Ich habe dir alles geben wollen, was ein Herz zu geben vermag, aber ich bin seit mehr als einem Jahr vor verschlossenen Türen gestanden. Mögen dich andere glücklicher machen als ich es vermochte. Vielleicht wirst du mich einmal in der Erinnerung so sehen wie ich wirklich war. Deine Clara Katharina«

Er liest es, und plötzlich ist da ein schwarzer Fleck vor seinem Auge. Er kann die Buchstaben nicht mehr richtig erkennen, nur noch die Ränder, links und rechts, oben und unten. In der Mitte klafft ein dunkles Loch. Es verwandelt sich nach und nach in ein leuchtendes Mosaik, farbige Zacken und Quadrate in ständiger Bewegung. Fließende Formen, wechselnde Farben. Eigentlich ein wunderschönes Vexierbild, besonders, wenn er die Augen schließt. Ein Flimmerskotom. Als Arzt weiß er, dass das bunte Treiben nicht wirklich bedrohlich und von kurzer Dauer ist. Eine Viertelstunde vielleicht. Aber der Hypochonder in ihm, der immer wieder die Oberhand gewinnt, befürchtet, dass es ein schlimmes Vorzeichen sein könnte. Sollte er, wie es Ferry ihm schon lange angeraten hat, doch besser auf starken Tee und Kaffee und die Havannas verzichten? Nein, bloß das nicht.

Du hast ein langes Leben gehabt, sei dankbar. Und nun der fünfte Akt. Der Lebensabend. Du hast die arme Therese mit diesem Wort konfrontiert, du hast sie erschrecken lassen ... Das Wort stand plötzlich vor ihr, und da sie ihm gleichsam ins Auge sah, lächelte sie ein wenig trüb. Abend? War es schon so weit? Ja, im Roman vielleicht.

Zum ersten Mal hat er als Kind mitten in der Nacht an den Tod gedacht, oder besser: dessen Unausweichlichkeit verstanden. Ein entsetzlicher Schreck ist es gewesen. Er hat geweint, sehr laut, und gehofft, dass sein Vater erwacht und ihn beruhigen kommt. Er sieht es vor sich, das Kind in seiner Verzweiflung. Sich selbst. Das ist doch erst gestern gewesen. Es ist ihm nie mehr aus dem Kopf gegangen.

Ja, eines schönen Tages legt man sich hin und stirbt! Wozu man dann alles dieses gefühlt hat ... So hast du es im Tagebuch notiert, als du noch keine dreißig warst. Und du warst keine fünfzig, als du formuliert hast: Es gibt nur ein Erlebnis – das heißt Altern. Alles andere ist Abenteuer ... Nun erlebst du es. Aber was für ein Erlebnis ist denn das? Dabei kann auch Suzanne dir nicht beistehen. Wie sollte sie? Sie wird noch ein Leben haben, wenn du längst nicht mehr da bist. Das ist so, das soll so sein. Und da sie jetzt nicht an deiner Seite ist, nicht in diesem Moment, spürst du die eisige Einsamkeit nur umso deutlicher. Aber das ist dir doch immer schon klar gewesen und längst zum Aphorismus geworden: Kein Gespenst überfällt uns in vielfältigeren Verkleidungen als die Einsamkeit, und eine ihrer undurchschaubarsten Masken heißt Liebe … Schöne Worte, deine Worte. Nein, es ist eben gerade nicht so, wie es in deiner Komödie heißt: dass das Leben immer köstlicher wird, je weniger davon übrig bleibt. Schon eher: Und wenn uns ein Zug von Bacchanten begleitet, den Weg hinab gehen wir alle allein … einen einsamen Weg. So einfach ist das.

Was hast du alles geschrieben – dahinter könntest du ein Ausrufungszeichen setzen. Oder ein Fragezeichen. Manches davon hast du im Kopf, wie eingebrannt. Anderes ist ferngerückt und fremd geworden. Beim Wiederlesen kannst du manchmal gar nicht glauben, dass es von dir stammt. Ach ja, die täuschende Erinnerung, die ohnmächtige Rache, die unser Gedächtnis an der Unwiderruflichkeit alles Geschehens nimmt …

L'appel des ténèbres: Suzanne, die Unermüdliche, hat deine Novelle schon ins Französische übertragen, die im nächsten Monat bei Fischer erscheinen wird. Nun endlich. »Flucht in die Finsternis«: wie passend jetzt, was du dem Wahnsinnigen vor nahezu zwanzig Jahren in den Mund gelegt hast: Rette mich … Und er warf einen Blick empor, als flüchteten am nächtlichen Himmel die sinnlosen Wahngedanken in das Nichts zurück, aus dem sie gekommen waren … Ruf der Dunkelheit, *L'appel des ténèbres*: Du bist, zu ihrer großen Enttäuschung, nicht sofort einverstanden gewesen mit Suzannes Titelwahl für die französische Ausgabe. Aber sie hat doch recht. Sie ruft, die Finsternis.

Und nun erheb dich endlich, alter Mann! Bring es in Ordnung. Sonst wird es dich umbringen.

29

»Es wird sich nichts mehr ändern«, sagte er. »Man könnte doch denken, nach einer solchen Tat müsste sich etwas ändern.«

Es war ein Tag in der Mitte des Monats September, als sie hinunter auf Schloss Schönbrunn blickten, das in der Abendsonne lag. Auch der schlanke, alles überragende Turm der Pfarrkirche von Rudolfsheim war noch in dieses warme Licht getaucht, während die darunterliegenden Gebäude schon im Schatten lagen, auch der Schönbrunner Vorpark und das imposante Gebäude des Technischen Museums an der Mariahilfer Straße. Auf der schnurgeraden Schlossallee fuhren vereinzelt Automobile schon mit Licht. Die Ausläufer des Wienerwalds am Horizont waren in düsteres Graugrün getaucht.

»So schön hier oben«, sagte Suzanne. »Und so schwere Herzen.« Sie schien den Tränen nah.

»Vor ein paar Tagen«, sagte er, »ist Clara auf die Idee gekommen, sie könnte eigentlich mittags regelmäßig bei mir speisen. Das würde für sie eine große Ersparnis bedeuten. Es ist schon sonderbar. Davon, dass sie das Cottage verlassen wollte, ist keine Rede mehr.«

»Es hält sich die Unhaltbarkeit«, zitierte Suzanne traurig lächelnd aus einem seiner Briefe.

Der Blick von der Gloriette hinab auf das Schloss war ihnen immer einer der liebsten gewesen. Suzanne und er waren den verschlungenen Fußweg durch den Schlosspark heraufgestiegen, die Augen, während kurzer Verschnaufpausen, auf das Bauwerk mit den fast zwanzig Meter hohen Säulen gerichtet. Und nun hatten sie von hier oben diesen weiten Blick über die Stadt.

»Ich halte das Leben daheim kaum mehr aus.« Jetzt weinte Suzanne doch, ließ sich von ihm in den Arm nehmen. »Wozu das mühsame Aufrechterhalten dieser Ehe? Was ist das für ein schreckliches Durcheinander! Bitte, bleib mir erhalten. Ohne deine Liebe wäre ich verloren.«

Er schwieg und zog sie fester an sich. Sie waren unbeobachtet. »Wir kommen uns wie Verbrecher vor«, sagte sie. »Und dabei ist mein Friedrich wahrscheinlich auch nicht der Treueste. Ich kann es ihm nicht übel nehmen. Ich weise ihn ständig ab.«

Suzanne hatte vor einigen Monaten eine Ehekrise bei einer Freundin schlichten müssen, die mit einem Gutsbesitzer verheiratet war und in Thalheim lebte. Es stellte sich heraus, dass Friedrich an dieser Krise nicht ganz unbeteiligt war. Bis heute war nicht klar, was sich zwischen ihm und der Freundin abgespielt hatte und vielleicht weiterhin abspielte. Es hatte suspekte Ausreden von Friedrich gegeben. In der ersten Hälfte des Septembers war Suzanne dennoch in Thalheim auf Urlaub gewesen.

Und er, Schnitzler, hatte dorthin Briefe an die »Verehrte gnädige und (einzig) maßgebliche Frau Suzanne« gesandt, des Inhaltes: Sie wisse ja, dass alle seine Gedanken um sie, bei ihr und immer die gleichen seien. Am 9. September hatte er gleich zweimal nach Thalheim geschrieben und sie als »Licht in der Finsternis« bezeichnet – das sei nicht nur der Titel eines Bühnenstücks von Tolstoi, sondern für ihn Realität, allerdings eine, die augenblicklich nur von Ferne herleuchte. Zwanzig Jahre zuvor, am 9.9.1911, war seine Mutter gestorben. Und Lili wäre in diesen Septembertagen 22 geworden, was er wieder, wie bisher bei jedem ihrer Geburtstage, im Tagebuch festhielt. Auch ihr Tod war nun schon mehr als drei Jahre her.

Suzanne riss ihn aus seinen Gedanken. »Kommst du überhaupt zum Arbeiten?«

»Ich habe vor ein paar Tagen Kolap neue Seiten diktiert«, sagte er. »Diese Geschichte vom jungen Sekundanten, der nach einem Duell der schönen Witwe die Todesnachricht überbringen soll und es nicht fertigbringt. Ich will die Erzählung endlich zum Abschluss bringen. Sie gefällt mir immer noch. Und dann habe ich auch wieder Passagen aus meinem Tagebuch diktiert. Das verrückte Jahr 1894, als ich es nicht schaffte, mich von Adele Sandrock zu trennen, du weißt ja.«

Er hatte Suzanne erzählt, wie es ihm einfach nicht gelungen war, Schluss zu machen. Dilly war schließlich ein Star. Und so wollte sie auch behandelt werden. Er konnte sie nachts noch so sehr für einen Bühnenauftritt loben, wenn er sich morgens von ihr verabschiedete, hieß es, es wäre ihm wohl keine Perle aus der Krone gefallen, wenn er gesagt hätte, dass sie gut gespielt habe.

»Ich habe mich gestern amüsiert, als ich Kolap einen Satz von damals diktierte, der sinngemäß lautet, ich könne schon die Zeit vorhersehen, in der ich auf diese zurückschauen würde wie auf ein verlorenes Paradies … Das war auch im September, also vor jetzt, warte …«

»37 Jahren«, sagte sie rasch.

»Tatsächlich, und du warst da noch nicht einmal auf der Welt. Unvorstellbar: eine Welt ohne dich. Und ich damals so altklug, ein Mann von Anfang dreißig, der sich vorstellt, wie er im Alter einmal dastehen wird. Aber er hat sich verrechnet. Diese Jahre ein Paradies? Nein, wirklich nicht. Es lief ja alles parallel. Die Sandrock, Marie Reinhard, Mizi Glümer und andere, darunter ein unpathetisches Mädel, wie ich es damals nannte, das ohne viel Federlesens ihren Bräutigam mit mir betrog. Ich fand nichts dabei. Du weißt ja, was für ein übler Kerl ich war. Und bin.«

»Arthur, hör bloß auf! Muss ich dir wirklich noch einmal sagen, dass ich das ganz anders sehe, dass du offenbar schon damals ein attraktiver und zärtlicher Mann gewesen bist? Aber keine Sorge: Es gibt keinen lieben Gott, der dich dafür strafen wird.«

»Bist du da völlig sicher?«

»Nein, nicht ganz. Aber falls es das Paradies gibt, wären da oben genug Frauen zur Stelle, um dir beizustehen. Ich auch vielleicht. Irgendwann.«

»Aber andere würden mich ohne Zweifel in die Hölle schicken.«

»Das könnte gut sein. Vielleicht wäre da auch für mich ein Platz.« Jetzt lächelte sie wieder.

Die Sonne hatte an Kraft verloren. Sie machten sich an den Abstieg. Während sie brav den Serpentinen folgten, stürmten ein paar junge Leute lachend an ihnen vorbei, auf direktem Weg über die Wiese hinunter zum Schloss. Nachdem Suzanne und er schweigend ein paar Kurven weitergegangen waren, blieben sie beide stehen und blickten noch einmal zurück auf die den Schlossgarten krönende Gloriette. Jedes Mal wieder ein Abschied.

»Aber du wirst mir ehrlich sagen, wenn die Neufassung nichts taugt?« Sie sprach jetzt über ihren Roman. »Ich habe übrigens Friedrich im Spaß gefragt, ob er etwas dagegen hätte, wenn ich das Manuskript einem Verlag anböte. Und weißt du, was er gesagt hat? Wenn er schlecht ist, nimmt ihn sowieso keiner, wenn er gut ist, so werde er mich doch nicht hindern. Er kennt den Roman ja gar nicht, aber ahnt wohl, dass viel Autobiografisches drinsteckt.«

»Du hast eben einen klugen Mann.«

»Liebster, du sollst nicht spotten. Für mich ist der Roman wichtig. Aber vielleicht wird dich meine Überarbeitung nicht überzeugen. Was mache ich dann?«

Seit er ihr Ende des vergangenen Jahres, ohne sein generelles Lob zurückzunehmen, ein paar Einwände vorgetragen hatte, Bedenken gegen die gewählte Tagebuchform, war sie zunächst gekränkt gewesen. Er war zum Jahreswechsel in Wien geblieben, nicht zuletzt, um Suzanne mit ihren Zweifeln nicht allein zu lassen. Sie spüre die Mängel ihres Romans ja selbst, hatte sie gesagt. Sie glaube aber nicht, es besser machen zu können. Zudem hatte sie über

Gesundheitsprobleme geklagt, Zahnschmerzen und Erschöpfungszustände. Dass auch sie krank werden könnte, war ihm bis dahin nie in den Sinn gekommen. Suzanne hatte sogar kurz die Idee erörtert, im Sommer eine Kur zu machen, und zwar mit ihm. Ein schöner, vergeblicher Traum. Silvester hatte er jedenfalls nicht mit ihr zusammen feiern können, dafür mit Clara, seiner Sekretärin und deren Bruder, Hofrat Pollak. Sie waren allesamt bis halb sechs am Morgen zusammengeblieben.

Im neuen Jahr hatte er sich zunächst noch einmal mit dem »Zug der Schatten« beschäftigt. Doch er kam bald zu der Überzeugung, dass das Stück endgültig aufzugeben sei. Und er hatte sich eines alten Entwurfs angenommen, des schon 1912 konzipierten Schauspiels »Die Sängerin«, das ihm weiterhin attraktiv erschien. Der Major und das Mädchen: die Geschichte einer unpassenden Liebe. Merkwürdige Analogien über die Jahrzehnte hinweg. Die junge Frau kontert den Einwand des alten Majors, dass er sie nur fasziniere, weil er berühmt sei, mit dem empörten Ausruf: »Ihr Ruhm ist mir gleichgültig!« Daraufhin er: »Das glauben Sie nur. Die Täuschung ist nicht selten.« Und wieder sie, die Sängerin: »Ich täusche mich nicht.«

Die Arbeit war dann aber auch bald ins Stocken geraten. Und so hatte er Suzanne in einem Brief nach Paris die Mitteilung gemacht: »Mit dem 5. Akt des Stückes stimmt etwas nicht. Wer weiß, ob ich es spielte, wenn ich der Direktor wäre.«

Der Sommer ging zu Ende. Nichts hatte sich geändert. Gut die Hälfte der Septemberabende verbrachte er wieder mit

Clara. Einmal besuchten sie gemeinsam die Oper, dreimal das Theater, achtmal gingen sie ins Kino. Immerhin hielt sich Clara daran, so gut sie es eben vermochte, keine Diskussionen mehr anzuzetteln – was ihr auch von Ferry noch einmal dringend ans Herz gelegt worden war. An einem dieser Abende las sie vor: den Beginn eines neuen Romans, den sie zu schreiben begonnen hatte. Das immerhin war ein produktives Zusammensein. Sonst gab es reichlich verlegenes Schweigen, Unbehagen und oft genug das Gefühl von Pflichterfüllung.

Der Oktober brachte besonders schöne und warme Herbsttage mit sich. Clara und er trafen sich nun fast täglich. Einmal rief er sie sogar schon früh am Morgen an, als sich ein leuchtend blauer Himmel über Wien zeigte. Sie ließen sich zum Dornbacher Park chauffieren, dem ehemaligen Neuwaldegger Schlosspark mit seiner großzügigen Gartenanlage, und beide waren sie entzückt vom Laub, das auf den Wegen lag, und den roten und gelben Blättern, die noch vereinzelt an den Bäumen hingen und bisweilen sacht zu Boden glitten. Es war eine Szenerie, die aus einem von Claras Romanen hätte stammen können. Aber so war es nun einmal.

Sie saßen auf einer Bank, sie ergriff seine Hand. Es tat ihm gut, sie bei sich zu wissen und auf sie zählen zu können. Ja, es breitete sich trotz aller Kämpfe eine wohltuende Ruhe in ihm aus. Und sie waren sich wortlos einig, wie es vorkommt bei alten Paaren, die bei aller Entfremdung über eine tief verwurzelte Vertrautheit verfügten.

»Zum ersten Mal seit Monaten fühle ich mich wieder froh«, sagte Clara. Mit Tränen in den Augen.

Das Karussell drehte sich weiter, er konnte nicht mehr abspringen. Olga rief aus Berlin an. Wegen der seit einigen Wochen bestehenden Devisensperre war sein Konto in Deutschland nicht mehr ungehindert zugänglich und der Verkauf von Wertpapieren nur eingeschränkt möglich. Die Vereinigten Staaten hatten die Krise offenbar noch dadurch angeheizt, dass sie auf die Idee verfallen waren, die Schutzzölle zu erhöhen. Der internationale Geld- und Devisenverkehr war nahezu zum Erliegen gekommen. Olga sorgte sich panisch um ihre finanzielle Zukunft. Er vermochte sie nur leidlich zu beruhigen. Er durchschaute die Zusammenhänge selbst nicht genau; auch fachlicher Rat, den er gesucht hatte, war für ihn wenig hilfreich gewesen.

Mit Suzanne telefonierte er täglich mindestens dreimal, manchmal häufiger. Als er an einem besonders schönen Oktobertag mit ihr durch die herbstliche Hauptallee des Praters flanierte, kam ihnen eine junge Frau entgegen, die einen älteren Mann in einem Rollwagen schob.

»Wenn man nur sicher wäre, dass einem so etwas nicht passiert«, sagte er leise zu Suzanne.

Er ließ sich auf einer Bank nieder, sie setzte sich dazu. »Ach, Suzanne«, sagte er nur. Er nahm ihren besorgten Blick wahr. Es hätte nicht zu ihr gepasst, oberflächliche Trostworte zu spenden. Er hatte das Gefühl, dass sie sich erstmals seines wahren Alters bewusst wurde. Nach einer Weile sagte sie: »Komm, lass uns gehen.«

Sie schlenderten zurück zum Lusthaus, wo sie noch eine Stunde im Garten saßen, einen Kaffee tranken und wieder unbeschwert und liebevoll miteinander sprachen.

Hedy kam ihn besuchen. Er lag auf dem Lederdivan, hatte seinen Thermophor, die Wärmflasche, auf dem Bauch und sagte: »Dass ich in einer so grauenhaften Zeit zugrundegehen muss, ist kaum zu ertragen. Du wirst den Aufstieg noch erleben. Ich nicht mehr.« Er sah durch seine halb geschlossenen Augen. Sie stand da und schaute sich im Zimmer um. Ihm war elend zumute. Der treue Ferry ließ ihn im Ungewissen. Und er selbst versagte als Arzt in eigener Sache. Aber er hatte das Gefühl, dass es der Zusammenbruch seines Kraftfelds war, seines innersten Antriebs.

»Wohin entschwindest du mir?«, fragte er plötzlich.

»Ich bin doch da, Arthur.«

Nach einer Pause sagte er: »Geh jetzt fort, mein Kind. Ich möchte ein bisschen allein sein.«

»Wie, du schickst mich weg? Das hast du noch nie gemacht.« Sie zögerte. »Nein, ich würde gern bleiben. Ich werde mich zu dir setzen und auch ganz still sein.«

Er zog sie an seine Seite, nahm ihr Gesicht in beide Hände und küsste es von allen Seiten, wollte es gar nicht mehr loslassen. Doch dann sagte er noch einmal: »Geh für heute fort!«

»Das ist wie ein Hinauswurf«, sagte sie etwas trotzig, »zwar ein zärtlicher, aber doch ein Hinauswurf.«

»Ja«, sagte er.

Er sah ihr nach, wie sie zögernd zur Tür ging. Sie schaute sich nicht mehr um. Er spürte, wie ihn der Schlaf übermannte und ihm keine Zeit für Wehmut ließ.

30

Er hielt das erste Exemplar seiner Novelle »Flucht in die Finsternis« in Händen, das ihm der Verlag übersandt hatte. Es war jedes Mal ein leichter Schrecken, ein neues Buch von sich aufzublättern. Nichts war mehr zu ändern. »Erste bis fünfzehnte Auflage 1931« lautete die Angabe im Impressum. Jetzt war die Novelle da, die ihm immer ein wenig unheimlich gewesen war. Den Schutzumschlag zierte eine in dunklem Grau gehaltene Zeichnung: der Held, der Wahnsinnige, auf seinem Bett sitzend. Der Titel in weißen Lettern, darüber, ebenfalls in Weiß, der Schriftzug des Autors, sein Schriftzug.

Was hatte er mit dem Buch zu schaffen? Wie hatte es ihm überhaupt gelingen können, dass ein Buch daraus entstanden war, aus dieser Geschichte zweier Brüder, die einander zugeneigt waren, bis einer den anderen in der Wahnvorstellung ermordet, der andere wolle eigentlich ihn umbringen.

Er hätte das Exemplar jetzt am liebsten gleich wieder

weggelegt, ohne einen Blick hineinzuwerfen. Aber das gelang ihm dann doch nicht – und es wäre wohl auch ein wenig lächerlich gewesen. Die Novelle war ja längst in der Welt, spätestens seit dem Fortsetzungsabdruck in der »Vossischen Zeitung«.

Also schlug er entschlossen die ersten Seiten auf und fand zumindest keinen Setzfehler. Schon auf der zweiten Seite war von Dingen die Rede, die offenbar doch sein ewig wiederkehrendes Thema waren, von »Trübungen, die, unerwartet aus dunklen Seelengründen aufsteigend, über die Beziehungen zwischen Mann und Frau wolkenhaft heraufzuziehen pflegen«. Seine Augen glitten nun wie von allein über die Sätze und Seiten, blieben hier und da hängen, so an einer Stelle, wo er seinen Helden Robert über einen Traum nachsinnen ließ, in dem eine Waldwanderung vorkam: »Er aber wusste, dass dies eigentlich keinen Spaziergang zu bedeuten hatte, sondern seinen eigenen Lebensweg, ja, sein allmählich zur Neige gehendes Dasein; und diese Erkenntnis erfüllte ihn mit einer halb lächerlichen, halb ärgerlichen Rührung.«

Er erschrak, als seine Sekretärin anklopfte, ihn mit dem Buch sah und ihn dazu beglückwünschte.

»Sie können stolz darauf sein«, sagte sie. »Falls ich mir das Urteil erlauben darf: Diese Novelle zählt zu Ihren absoluten Meisterwerken. Ich habe sie ins Reine getippt, ich weiß, wovon ich rede.«

»Ach, liebes Fräulein Frieda. Ich bin mir nicht sicher. Aber ich danke Ihnen. Ihr Urteil ist mir immer wichtig. Wissen Sie das eigentlich? Am Ende stehen Sie mir doch am nächsten.«

»Das lassen Sie lieber Frau Clauser nicht hören. Und auch nicht Clara.«

Er musste lachen. »Nein, das werden sie nicht erfahren, das bleibt unter uns, versprochen. Aber sie ahnen es ohnehin. Wollen wir noch ein paar Briefe erledigen?«

Es war eine erste Anfrage in Hinblick auf seinen 70. Geburtstag eingetroffen. Dabei war der mehr als ein halbes Jahr hin. Aber jetzt schon wollte man von ihm wissen: Ob er für ein Interview bereitstehen werde oder selbst einen Beitrag leisten könne?

»Ich sollte das grundsätzlich formulieren«, sagte er zu Kolap. »Was meinen Sie? Dann können wir es auch in Zukunft wiederverwenden.« Er stützte sich auf sein Schreibpult und begann sogleich: Es liege ihm persönlich durchaus fern, von diesem Tag Notiz zu nehmen … »Nein, warten Sie! Setzen Sie noch einen Satz davor.« Er werde alle Aufforderungen ablehnen, »die anlässlich meines angeblich bevorstehenden 70. Geburtstages an mich ergehen«.

»Angeblich bevorstehend! Ja, das ist gut«, sagte seine Sekretärin vergnügt.

Er diktierte schon weiter: Er werde sich weder über seine Person noch sein Leben äußern – und auch nicht über das Werk im Ganzen oder im Einzelnen, erläuternd oder anekdotisch für die Öffentlichkeit oder auch für einen kleineren Kreis.

»Das dürfte umfassend genug sein«, sagte sie und zog den Bogen mitsamt Durchschlagpapier aus der Maschine. »Das schicke ich so ab, wenn Sie es unterschrieben haben.«

Dann ein Anlass zur Freude: Der in Budapest erscheinende »Pester Lloyd« brachte im Morgenblatt des 16. Oktober 1931 eine Kritik seiner »Flucht in die Finsternis«. Sie war, wie er drei Tage später im Tagebuch vermerkte, »sehr enthusiastisch«. Und das war noch untertrieben: Als »eine der schönsten Novellen in der deutschen Literatur überhaupt« wurde das Buch gefeiert, als psychologische Studie und trauriges Nachtstück, als »eine fesselnde, spannende, faszinierende Lektüre«, wie sie das neue deutsche Schrifttum sonst kaum aufzuweisen habe.

Ja, es tat gut. Verfasst war die Zeitungskritik von einem langjährigen Begleiter seines Werks, der ihn vor Jahren auch einmal in Wien aufgesucht hatte, Julian Weiß, ihm als verständiger und sympathischer Altersgenosse gut in Erinnerung.

Am selben Tag saß er mehr als zwei Stunden lang dem Porträtmaler Wilhelm Viktor Krausz Modell, ein letztes Mal, bevor der das Gemälde dann zur Vollendung in sein Atelier mitnahm. Zu Beginn des Monats hatte er den beharrlichen Kunstprofessor nach jahrelangem Sträuben endlich vorgelassen – nach Fürsprache von Suzanne, deren von Krausz gemaltes Bildnis, das bei ihr zu Hause hing, ihm sehr gefallen hatte. Das jetzt entstandene Porträt schien ebenfalls gelungen zu sein. So war er auch damit zufrieden.

Überhaupt hatte das Lob im »Pester Lloyd« seine Lebensgeister geweckt, und am frühen Abend rief er bei Clara an: Ob sie vielleicht mit ihm ins Kino gehen wolle.

»Aber gern«, sagte sie freudig überrascht. »Ich bin doch froh, wenn du mit mir gehen magst.«

Der Film trug den Titel »Café Paradies«, spielte in einer französischen Hafenstadt und erwies sich als höchst unterhaltsam; ein Tonfilm zwar, aber das war inzwischen fast schon zur Selbstverständlichkeit geworden. Sei's drum. Er fühlte sich gut, und während er in letzter Zeit im Kino häufig eingenickt war, gelegentlich einen Film regelrecht verschlafen hatte, blieb er dieses Mal munter. Und zu Clara sagte er: »Das Leben ist doch schön und interessant, und um der schönen Stunden willen möchte ich es gleich noch einmal leben.«

»Ach, nein«, sagte sie. »Ich habe eigentlich von dem einen Mal genug.«

Als er wieder allein war, gab es die üblichen Beklemmungen und schmerzhaften Druckgefühle. Er legte sich ein wenig hin. Seine Selbstdiagnose – kardiale Dyspepsie – war von Ferry auf der Herzstation mehr oder weniger bestätigt worden. Es kam eine störende Parakusie hinzu, wie sie gelegentlich mit Schwerhörigkeit einherging: Die Stimmen der anderen klangen vorübergehend auf geradezu unheimliche Weise verändert.

Am nächsten Vormittag – er hatte sehr schlecht geschlafen – wartete er auf Kolap, um ihr Weiteres zu diktieren. Dann wurde ihm übel, auf eine Art, wie er es nie zuvor erlebt hatte. Er dachte noch: Wie sonderbar. Es war so, als ob im Kopf das Licht ausgehen würde. Eine Kammer nach der anderen verdunkelte sich, von rechts nach links. Die Beine gaben nach. Dann nichts mehr. Aber wer weiß.

Vielleicht, dass er sich Suzanne an seine Seite wünschte. Und Lili. Wo war seine Lili? Und Olga, wo war sie? Jemand hielt seinen Kopf fest umschlungen. Das spürte er, als er schon nicht mehr sprechen, die Augen nicht mehr öffnen konnte. Es geschah aus Liebe. Und, mag sein, er hatte diesen letzten Gedanken: Clara, sie hat es geschafft.

ABSPANN

Wer ist vorübergegangen?
Wir oder an uns ein Leben?
Fahren wir, oder fährt der Zug
auf dem anderen Gleis?
Botho Strauß (»Der Fortführer«)

Arthur Schnitzler erlag am 21. Oktober 1931 – knapp drei Jahre und drei Monate nach dem Tod seiner Tochter Lili – einem Hirnschlag, 69 Jahre alt. Der umfangreiche Nachlass enthielt neben Entwürfen, Listen, Tagebüchern und Briefen (vieles davon in Kopie und Abschrift) auch mehr als 20 000 Zeitungsausschnitte über ihn und sein Werk. Zum Begräbnis auf dem Wiener Zentralfriedhof erschien Olga Schnitzler, die einstige Ehefrau, mit dem Sohn Heinrich an ihrer Seite, tief verschleiert wie eine Witwe. Schnitzlers Werke verloren nach seinem Tod für einen längeren Zeitraum an Beachtung und Wertschätzung. Erst nach dem Zweiten Weltkrieg sollte sich das wieder ändern: Das erzählerische und dramatische Werk wurde neu ediert, die Theaterstücke kehrten auf die Bühnen zurück. Es gab bis heute mehr als hundert Verfilmungen seiner Stoffe. Schnitzlers bis 1889 reichende Autobiografie »Leben und Nachklang«, die er noch fortzusetzen gedachte, erschien 1968 aus dem Nachlass unter dem Titel »Jugend in Wien«. Die 7797 Manuskriptseiten seines Tagebuches wurden – »nicht gemildert, gekürzt oder sonstwie verändert«, wie er es gewünscht hatte – in den Jahren von 1981 bis 2000 in einer zehnbändigen Akademie-Ausgabe sorgfältig ediert.

Olga Schnitzler, von 1903 bis 1921 Ehefrau des Schriftstellers und Mutter der gemeinsamen Kinder Lili und Heinrich, konnte schon bald nach Schnitzlers Tod – mit Billigung ihres Sohnes, der das Haus geerbt hatte – wieder in der Sternwartestraße 71 einziehen. Ihr ist es wesentlich zu verdanken, dass der umfangreiche Nachlass Arthur Schnitzlers in Sicherheit gebracht werden konnte. Kurz nach Einmarsch der deutschen Truppen in Wien verhalf ihr ein Germanistik-Student aus England dazu, Kontakt mit der Universität in Cambridge aufzunehmen und das britische Konsulat in Wien zu veranlassen, Schnitzlers Arbeitszimmer mit Hoheitszeichen zu versiegeln, was von den Nazis respektiert wurde und noch 1938 den Abtransport und die Verschiffung von zwölf großen Kisten ermöglichte. Olga Schnitzler folgte im Jahr darauf nach Cambridge, wo man den Nachlass inzwischen als Eigentum der Universität betrachtete, auch wenn der eigentliche Erbe, Heinrich Schnitzler, nie zugestimmt hatte. Immerhin konnte sie erreichen, einen Teil der Korrespondenz Schnitzlers und wertvolle Manuskripte mit in die USA zu nehmen, wohin sie ihrem Sohn folgte und wo sie später in Berkeley als Deutschlehrerin und Logopädin arbeitete. Ihre Träume von einer Karriere als Sängerin konnte sie nie realisieren. Einige Jahre nach Kriegsende ließ sie sich wieder in Europa nieder. Sie starb 1970, wenige Tage vor ihrem 88. Geburtstag, in einem Sanatorium in Lugano.

Die Tagebücher von **Lili Schnitzler** sind, anders als ihre Mutter es sich erwünscht hatte, nicht vernichtet worden. Sie liegen heute unveröffentlicht im Deutschen Literaturarchiv Marbach: im Original und als Typoskript. Die Inschrift des schlichten grauen Grabsteins auf dem jüdischen Friedhof von Venedig lautet: »LILI CAPPELLINI NATA SCHNITZLER 1909–1928«.

Heinrich Schnitzler kümmerte sich intensiv um das Erbe seines Vaters und trug damit wesentlich zur Schnitzler-Renaissance nach dem Zweiten Weltkrieg bei. Er emigrierte im September 1938 mit Familie – noch vor seiner Mutter – in die USA. Er nahm fünf Jahre später die amerikanische Staatsbürgerschaft an. Erst 1959 kehrte er endgültig nach Wien zurück und fand am Theater in der Josefstadt eine neue Wirkungsstätte. Vier Jahre zuvor schon hatte er, als erste Regiearbeit in Europa nach dem Krieg, »Professor Bernhardi« am Berliner Schillertheater inszeniert. Wie sein Vater verliebte auch er sich im hohen Alter noch einmal: in die mehr als 40 Jahre jüngere Schnitzler-Biografin Renate Wagner. Er starb 1982, kurz vor seinem 80. Geburtstag. Seine zweite Frau Lilly – mit der er zwei Söhne hatte und eine glücklichere Ehe führte als mit seiner ersten Ehefrau Ruth – überlebte ihn um mehr als ein Vierteljahrhundert. Sie hatte in den letzten Tagen vor dem Tod ihres Mannes die Großmut besessen, die junge Geliebte, wie von ihm gewünscht, an sein Sterbebett zu rufen.

Clara Katharina Pollaczek, Schnitzlers Lebensgefährtin von 1923 an bis zu seinem Tod, veröffentlichte eine Reihe überwiegend kitschiger Gedichte, in denen sie ihre intime Nähe zu ihm beschwor. Als Schriftstellerin konnte sie an ihre Anfangserfolge nie wieder anknüpfen. Sie schrieb ihre private Geschichte mit Schnitzler anhand von eigenen Tagebuchnotizen, Briefen und Erinnerungen auf; das Typoskript »Arthur Schnitzler und ich«, 1933 druckfertig abgeschlossen und rund 900 Seiten stark, vermachte sie der Wiener Stadtbibliothek (der heutigen Wienbibliothek). Sie selbst floh 1938 vor den Nazis erst nach Prag, dann weiter nach Genf, wo sie den Krieg überlebte (anders als ihre Schwester Anna, die mit ihrer Familie nach Theresienstadt deportiert wurde). Sie kehrte 1948 nach Wien zurück und starb dort drei Jahre später mit 76 Jahren.

Suzanne Clauser, die letzte große Liebe Arthur Schnitzlers, wurde von Clara Katharina Pollaczek nach seinem Tod aufgefordert, beim Leben ihrer Kinder zu schwören, dass die Beziehung zu Schnitzler rein platonisch geblieben war. Sie bejahte es, da »in solchen Momenten«, wie sie später einmal Heinrich Schnitzler schrieb, die Wahrheit eine Sünde sei. Ihre Ehe mit Friedrich Clauser wurde schon bald nach Schnitzlers Tod geschieden. Unter dem Autorennamen Dominique Auclères (Anagramm von Clauser) arbeitete sie in Paris als renommierte Journalistin und Schriftstellerin. Sie überlebte Arthur Schnitzler um ein halbes Jahrhundert und starb 1981 mit 83 Jahren. Sie äußerte sich so gut wie nie über ihre Beziehung zu dem Schriftsteller. Ihre Briefe an ihn gelten als verloren.

Hedwig Kempny, genannt Hedy, verlor 1934 ihre Stellung bei der Bank, als diese in Konkurs ging; sie arbeitete fortan als Journalistin und Verlagsmitarbeiterin. Nach dem Anschluss Österreichs verließ sie aus Abneigung gegen die

Nazis Ende 1938 Wien und zog nach Zürich. Zuvor hatte sie die annähernd 600 Briefe und Karten ihrer Korrespondenz mit Schnitzler, aufgeteilt auf verschiedene Postsendungen, glücklich in die Schweiz geschafft. Die Briefe, die Schnitzler von ihr bekommen und sorgsam gesammelt hatte, waren ihr, wie versprochen, gleich nach seinem Tod von Frieda Pollak zurückgegeben worden. Bei Rowohlt ließ sie 1984 eine Auswahl dieser Korrespondenz durch ihren Großneffen Heinz Adamek publizieren, ergänzt um Teile aus ihrem Tagebuch. Über Lilis Tod schrieb sie im August 1928: »Die Tochter war ihm alles. Er liebte sie unendlich zärtlich. Scheinbar hat sie sich in einer Art Psychose erschossen. An einem mörderisch heißen Tag (wie sie heuer so häufig sind – über 35 Grad), nach einem an sich unbedeutenden Streit mit ihrem Mann. Unwohl war sie auch gerade.« Hedy Kempny starb 1986 in New York, wo sie von 1947 an gelebt und bis ins hohe Alter in einem Verlag gearbeitet hatte; sie wurde 90 Jahre alt.

Frieda Pollak, »Kolap«, wie sie nicht nur von der kleinen Lili genannt wurde, die Sekretärin und Vertraute Schnitzlers von 1909 bis zu seinem Tod, war unermüdlich für ihn tätig, auch noch danach, wie testamentarisch gewünscht: Sie fertigte weiterhin Abschriften von Schnitzlers Tagebuch an und half, den Nachlass zu ordnen. Sie arbeitete auch für Clara Pollaczek, deren Typoskript »Arthur Schnitzler und ich« sie größtenteils erstellte. Der Versuchung, selbst etwas über ihre Jahre in der Sternwartestraße zu schreiben, ist sie (leider) nicht erlegen. Sie starb 1937, knapp sechs Jahre nach Schnitzler, im Alter von 56 Jahren. Die »Neue Freie Presse«

bedachte »Die Sekretärin Arthur Schnitzlers« mit einem würdigen Nachruf.

Julius Schnitzler, der Bruder und Professor der Chirurgie, starb im Sommer 1939 im Alter von 74 Jahren in Wien; die Schwester **Gisela Hajek,** Gisa, verheiratet mit dem Arzt Marcus Hajek, emigrierte nach London und starb dort 1953 mit 86 Jahren.

Ferdinand Donath, genannt Ferry, Schnitzlers Arzt in seinen letzten Jahren, Ehemann von dessen Nichte Anna, floh Anfang 1939 mit seiner Familie in die USA, wo er in Ohio als Mediziner rasch Arbeit fand. Er starb 1966 mit 81 Jahren.

Dora Michaelis, die Berliner Freundin von Olga und Arthur Schnitzler, emigrierte mit ihrem Mann 1939 rechtzeitig in die USA, wo sie 1946 im Alter von 64 Jahren starb.

Über den weiteren Lebenslauf **Arnoldo Cappellinis**, des 1889 geborenen italienischen Ehemanns von Lili Schnitzler, ist wenig bekannt. Er blieb zunächst weiterhin mit Olga und Heinrich in Kontakt. Dann verliert sich seine Spur, er lebte offenbar nach Ende des Zweiten Weltkriegs in Südamerika und starb 1954 in Rom.

Sigmund Freud, der seine »Doppelgängerscheu« überwand und mit Arthur Schnitzler einige intensive Begegnungen hatte, musste noch erleben, was dem Schriftsteller erspart blieb: den Sieg der »Hitlerei« in Deutschland, den triumphalen Einmarsch der Nazis in Österreich, Flucht und Exil. Seine Erkrankung im Rachenraum, von Schnitzlers Schwager zunächst nur oberflächlich behandelt, quälte ihn bis ans Ende seines Lebens, auch wenn spätere fachgerechte Eingriffe durch einen anderen Arzt das Krebsleiden zumindest eingrenzen konnten. Er starb 1939, kurz nach Ausbruch des Zweiten Weltkriegs, in London.

Die Schauspielerin **Elisabeth Bergner** feierte weiterhin im Film und auf der Bühne große Erfolge. Mit dem Regisseur Paul Czinner, ihrem späteren Ehemann, floh sie 1933 aus Deutschland, zunächst nach Wien, dann nach London; 1940 ging es weiter in die USA. Erst 1954 kehrte sie wieder nach Deutschland zurück, wo sie 1978 ihre Autobiografie »Bewundert viel und viel gescholten …« publizierte. Darin berichtet sie auch von den Begegnungen mit Arthur Schnitzler, respekt- und liebevoll. Sie starb 1986 im Alter von 88.

Die Pianistin **Lili Kraus**, die in jungen Jahren so gern zu dem Schriftsteller gezogen wäre, wurde 81 Jahre alt und eine weltbekannte Interpretin, vor allem von Klavierwerken Mozarts. Sie lebte zuletzt in Asheville, USA, wo sie 1986 starb.

Rudolf Stanger, der Pilot jener Junkers G 24, mit der Arthur und Olga Schnitzler am 27. Juli 1928 gemeinsam nach Venedig flogen, wurde im Jahr darauf zum Flugkapitän der ÖLAG befördert, der Österreichischen Luftverkehrs-AG, und starb 1935 mit nur 48 Jahren.

ANMERKUNG DES AUTORS

Ohne die Forschungsleistung etlicher Experten, besonders der Herausgeber von Arthur Schnitzlers Tagebuch, sowie die Möglichkeit, Bestände literarischer Archive in Freiburg, Marbach und Wien einzusehen, wäre dieses Buch nicht möglich gewesen. Wertvolle Erkenntnisse verdanken sich den Schnitzler-Biografen Giuseppe Farese, Max Haberich, Jutta Jacobi, Hartmut Scheible, Renate Wagner und Ulrich Weinzierl.

Hilfreich waren Essays, Monografien und Studien der folgenden Autoren: Nikolaj Beier, Ulrich von Bülow, Kristina Fink, Konstanze Fliedl, Peter Gay, Dietmar Grieser, Domenico Jacono, Christoph Jürgensen, Eric Kandel, Stephan Kurz, Rolf-Peter Lacher, Karl Philipp Landauer, Richard Lucht, Wolfgang Lukas, Burkhard Müller, Martin Anton Müller, Gerhard Neumann, Bettina Riedmann, Michael Rohrwasser, Gabriella Rovagnati, Johannes Sachslehner, Michael Scheffel, Andreas Tallian, Heide Tarnowski-Seidel, Vanessa Trösch, Reinhard Urbach und Werner Michael Schwarz.

Besonders dankbar bin ich für die Gespräche mit Michael Schnitzler, dem Enkel, dem ich die Erlaubnis verdanke, aus den bislang gesperrten Tagebüchern Lili Schnitzlers zu zitieren, mit Heinz Adamek, dem Großneffen von Hedy Kempny, und mit Peter Michael Braunwarth, ohne dessen Sachkenntnis und Hilfsbereitschaft manche Detailfrage ungeklärt geblieben wäre.

Bei Walter Dorn, dem Lehrer aus Lübeck, handelt es sich um eine erfundene Figur. Das Gespräch mit Arthur Schnitzler in Wien ist fiktiv. Allerdings ließ sich der Schriftsteller – auch in der fraglichen Zeit – bisweilen auf Gespräche mit Germanisten, Biografen oder Reportern ein, seiner verbürgten Abwehrhaltung gegenüber den »Ausfragern« (wie sie Thomas Mann nannte) zum Trotz. Der adorierende Tonfall des Berichts entspricht dem Stil von Zeitungsporträts aus jenen Jahren. Die Antworten und Überlegungen Arthur Schnitzlers, das versteht sich, haben Entsprechungen in veröffentlichten und unveröffentlichten Interviews, Aufzeichnungen, Tagebüchern und Briefen.